世界的误算 2：生而为人

宋钊 著

新 星 出 版 社　NEW STAR PRESS

目 录

1	第一章	搬入公社
28	第二章	帷幕一角
62	第三章	不速之客
92	第四章	隐形建筑
123	第五章	死亡陷阱
157	第六章	全面渗透
208	第七章	密谋追踪
236	第八章	寻亲之路
267	第九章	午夜交锋
300	第十章	探秘之旅

第一章　搬入公社

1

洛奇在微光中醒来，不知此刻究竟是白天还是黑夜。

躺在床上，能感觉到屋里有人来回走动。

"醒了醒了。"

是瓦丽的声音，接着那张俊俏而熟悉的面孔出现在他的视野里。

"我，怎么回事？"他问。

稍稍转头，能看到叶海山站在门口，正低声跟两个身穿制服的陌生人道别。

"吓死我了，"瓦丽说，"你差点儿死掉。"

"你怎么会……"

话未说完，瓦丽就打断了他，"好在我及时联系了海山，我们俩几乎同时到达，多亏他在这儿处理这些事情。"

走近床边的叶海山看上去有些憔悴，脸上有些许胡茬，显然是在毫无准备的情况下被叫来的。

"没事就好，我早说过，所谓智能系统其实并不可靠，关键时刻还得靠人。"

"刚才那两个人不是大楼管理部的。"洛奇说。

"医生和大楼管理员早走了。那两个人是中央数据库安全管理中心B科的调查员,他们来检查你家X系统故障问题。"

中央数据库安全管理中心下辖五个科室,其中C科负责管理虚拟人业务,B科负责工程系统相关问题——大至城市管网,小到家中智能硬件,只要出问题,理论上他们都有权过问。普通市民日常打交道最多的基本就是这两个科室。此外还有A科,负责与生物工程相关的数据管理,只有当涉及器官移植或克隆技术时,才会需要他们出面。至于另外两个编号为D、E的科室,一般人都不清楚其职责。某种程度上,它们简直就像传说中的部门,据说连孔目那样的公务员都不知道它们的功能和职责。

"故障?"

洛奇下意识重复着,在脑海里努力检索记忆。

他想起自己做过一个古怪的梦,古怪到分不清何时开始、何时结束。梦境中的主角不是真实的人,也不是虚拟的人,而恰恰就是——X!

"当时我跟这个管家系统有过对话,完全不同于以往任何一次,不是发布指令让它给我订购商品,也不是询问外面天气阴晴冷暖,严格说来,那是一次真正意义上的对话,双方完全站在平等立场,讨论十分严肃的话题"——可惜我暂时记不清具体内容了。梦总是如此,无论多么令人心悸的梦,醒来之后都会像被狂风吹过的乌云,迅速消散在空中。"

"你走了以后,不知为何,我开始坐卧不安,好像有个小人儿在心里走来走去,踩得人心烦意乱。于是我就试着联系你,可怎么都联系不上,按说那时你早该到家了。越联系不上你,我就越慌。长这么大,第一次有这种感觉,内心有个声音不断提醒我,得赶紧做点什么。可是又不知该做什么。"瓦丽说。

站在一旁的叶海山接话了:"瞧你把自己说的,好像真是个没主见的人一样。其实要不是有你,洛奇现在还不知道怎样了。"

说着他侧身坐到床边,认真地看着洛奇说:"多亏这丫头,她先联系我,我就让她联系这栋大楼的管理部,让他们检查监控,确定你是否回来了,接着我就往这儿赶。等我到的时候,不仅大门被打开,连急救队都在场。原来,管理部接到瓦丽的联系请求,就调取监控,发现你确实回来了,而且在进屋之前,去敲过五号的房门,里面没有应答,之后你才回自己房间。于是他们开始通过楼宇内部对讲系统呼叫你,然而始终没回应,更奇怪的是,你家的X系统也处于休眠状态,没有响应。大楼管理部的人判断是线路故障。他们把这些信息反馈给瓦丽,她马上要求管理部启动紧急救援条例,以便能进入房间查看情况。

"你知道,按照规定,任何单位未经许可无权进入私人住宅。一般来说只有两种情况下允许紧急进入,一是房主突发疾病,呼叫紧急医护救助,但必须由家用X系统提出请求,就像瓦丽生病那次;二是向中央数据库安全管理中心B科提出申请,以智能系统故障为由进入,但这需要审批时间;此外,还有一种很特别的方式,大部分人都不知道,那就是家属申请。作为房主的亲属,在怀疑对方处于危险状态的时候,可以提出特别申请。这种情况下,大楼管理部可以先直接破门进入,之后再进行报备。在新城区,所谓亲属关系已经几乎不存在,因此没人知道还有这个特别途径。幸运的是,瓦丽知道。她以你未婚妻的名义要求大楼管理部紧急破门,同时呼叫医疗系统。这么有条理的安排,还说自己没主见?"

"可我真不知道那些事究竟怎么安排的,"瓦丽看上去显得有些不好意思,"当时脑子一片混乱,不知怎么回事,那些话简直就是脱口而出,想停都停不住,好奇怪。"

洛奇心里闪过一个念头，却没说出口，只是问："X怎么可能有故障？"

"谁知道，原先人们觉得所有的事情都可以交给X，什么都问它，结果当X有故障的时候，才发现关于X的事反倒没人知道了，比如我们就没法问X：你为什么会出问题？"

瓦丽随口说的这句话，有玩笑意味，似乎也隐藏着某种深意。

"于是B科就介入了，他们检查了硬件，同时提取程序的核心代码。而且还要做亲属关系备案。"叶海山说。

洛奇知道X系统的架构像棵大树，主干是中央处理系统，而分散进入每户的终端则像细小的叶片，针对不同用户需求进行个性化设计，这是个动态调整的过程，需要时间进行磨合。现在看来，B科是怀疑家庭部分的系统存在问题。

"备什么案？"接着他才想起叶海山最后那句话。

"瓦丽以你未婚妻的名义要求打开这扇门，这可不是儿戏，是件相当严肃的事，因此必须向上报备，我也不知道究竟哪个部门管这件事，反正很快会有人找你们核实此事。今后你们俩的生活状态就不再是单身，而是预备婚姻状态。未来两年你们可以选择恢复单身，也可以选择进入婚姻状态，就像我跟我老婆那样。"叶海山微笑着解释。

"那么，我现在没事了吗？"洛奇试着想坐起来，瓦丽忙伸手扶住他。

"应该没事了，医生说不清具体病因，对照你的基因库，也没发现任何问题。目前可知的是，你睡得过于深沉，以至于中枢神经开始进入某种麻痹状态，实际上等同于昏迷，这种情况极罕见，如果超过一定时间不及时唤醒，就很危险。"叶海山说。

"怎么会这样？"

洛奇开始在屋里慢慢来回走动，感觉身体正逐渐恢复正常，就像昏睡两天刚刚醒来那样。

"不好说，即便如今科技发达到这种程度，人体的某些奇特现象依然没有合理解释。"

"明白了，那么，"洛奇转头看着瓦丽，"今晚我能继续住你那里吗？我不想一个人住在这里，至少今晚不想。"

瓦丽点点头。

"这样好，我刚才还想X有故障，不放心你一个人在家，要是有瓦丽照顾，一定没问题。要不现在就走，有什么要带的东西吗？"

叶海山高兴地拍拍手，随即环顾四周，寻找需要携带的东西。

瓦丽微微一笑，说："这下显出你们传统人的本色了吧？我们"新人类"过的都是极简生活，传统意义上的物质，对我们来说只有消耗价值，没有保存价值，哪有什么大包小包要带的东西。"

即便如此，还是有些东西要带，其中就包括洛奇买的那本《罪与罚》，他刚看了开头，还没顾得上往下看。

来到楼下，洛奇叫住即将离开的叶海山。

"还有一件事，我想搬家，不知你们老城区容易找到房子吗？"

2

叶海山从停靠在站台上的快速轨道列车上跳下来时，感觉左脚轻微扭了一下，不严重；可他还是靠在栏杆上休息了一下，趁机看看远处的风景。

车站位于高架桥上，视野开阔，从他所处的位置能看到来的方向有一道如城墙般整齐单调的楼群，轨道交通线就从那里一个巨大空旷的间隙里钻出来，之后划出一道线条优美的弧线，穿过一片片低矮老旧的楼群，最终结束在脚下。

这里是轨道线的终点。以那道楼群为分界，城市被切割成两个截然不同的区域，一边时尚现代，另一边则陈旧落后。中间那块巨大空旷的地方是个广场，它位于两个城区的中间地带，也是两种不同生活方式和文化相互交融的地区。最初他就是在那里的咖啡馆里鼓动洛奇走出户外，重新感受真实的生活。只是当时他无论如何也没想到会取得今天这样的成果——一个"新人类"居然要放弃新潮生活，重新回归传统生活。面对如此巨大的成果，他反倒有些不知所措。

老城区建筑由大量五层高的居民楼和十五层高的塔楼组成。普遍外观陈旧，内部设施也很简陋。代表现代化的高科技，都在那道如城墙般整齐的楼群前止步不前，别说什么人工智能、虚拟现实技术，就连无所不在的信息高速通路都在那里遇到关卡，无法进入老城区。

这是传统人不懈努力甚至斗争的成果，他们最初逃离被高科技全面渗透的新城区，在城市外部边缘建立各个散落的临时定居点，最后又聚合在一处，形成了眼前这个庞大的传统人社区，老一辈人骄傲地将其称为"公社"。有共同价值观的人们生活在一起，守护着他们共同的信念，哪怕物质生活相对艰苦，也无法动摇他们坚定的决心。

对着灰蒙蒙的天空发了会儿呆，叶海山将注意力转回到脚踝上。试着转动一下左脚，确认并没什么问题，这才顺着高高的台阶慢慢走下去。

叶海山所在的小区位于老城区边缘，是公社五大社区里规模最大的一个。社区大约有三千户人家，从结构上说属于开放社区，与其他四个社区都可随意联通，只在最西侧临近荒原的地方建起一道一人高的人工绿化带，主要是为了防止社区内的小孩或小动物误入无人居住的荒原。

顺着临近城市轨道交通线的侧门进入小区，叶海山家所在的那栋塔楼就出现在眼前。几个头发花白的老人坐在花园长椅上晒太阳，小孩子在周围跑来跑去。一个看上去只有三四岁的小女孩攥着两只小手，走了几步，仿佛被地上的什么东西吸引了注意力。只见她蹲下身，几秒钟后又站了起来，地上有一摊小便的痕迹。此时，孩子家长才不知从何处跑过来。

一个几乎每天都能看到的景象，此刻却让叶海山感觉有些异样，接着他才意识到，自己其实是在用"新人类"的眼光打量眼前的一切。

那天下午，洛奇带着术后不久的瓦丽一起来做客，当时还有孔目，他们从轨道交通车上下来，必须从这条路走过。洛奇不好说，但孔目和瓦丽那时应该都是初次走进这片陌生社区，他们的观感想必很复杂。

比如看到这些随地小便的孩子，他们一定十分震惊。"新人类"社区不是没有孩子，但那些从人造胚胎里出生的孩子都被妥善安排在特定场所。他们会健康地成长，接受全面的教育，然后按部就班进入社会，其间当然也会在保育管理者带领监护下熟悉外部环境，但他们是有纪律和有教养的群体，绝不会出现这种随地大小便的情形。

但是洛奇似乎并不反感这里，甚至还很喜欢，否则也不会提出要搬来此处。刚才分手时洛奇说出找房子的话，让叶海山不禁大吃一惊，他没想到一个人的思想观念在短时间里会发生如此大的转变。

照理说，自己一直在不遗余力地宣扬传统价值观的优越性，同时也在贬低高科技的影响，可当一个纯正的"新人类"真正接受感召投向传统价值观怀抱时，他却忽然有点高兴不起来了。

没错，他在所有"新人类"面前总是竭力维护传统，为已经消失或即将消失的东西辩护：人类迷失了方向，丧失了自我，完全不知道该往哪里去，诸如此类——可问题在于，除了这么说，还能怎么说呢？

看看身边这些被世界抛弃的人类，他们从母体中刚一出生，就等于自动签署了一份沉重的契约，把属于自己的自由交付出去，背负上亲情与家庭的双重责任。严格说来，这不是个人选择的结果，因为他们根本没有选择的余地。

如果说出身决定立场，那么所有生活在这个公社的人，其实都已经提前被预设好了立场。

现实世界要依靠某种张力维持平衡。比如叶海山站在传统人角度，而洛奇他们站在"新人类"角度，彼此立场对立，于是就形成了今天的局面。可现在，作为反对力量一员的洛奇忽然倒戈，这简直让人措手不及。

叶海山惊奇地发现，一旦阻力消失，自己看待现实的眼光居然也发生了微妙的变化。原先作为抽象标志物存在的传统生活价值观，此刻摇身一变成为鲜活的现实——污渍斑斑的墙体，斑驳的道路，地面上的垃圾，还有随地小便的孩童，每一样都显得格外刺眼。

仿佛为了给他的感慨提供脚注，那辆轮椅恰在此时从大楼里推了出来。

是三洋。

三洋是这个社区的奇观。因为智力残疾，七岁的他只能坐在轮椅上，每天让妈妈推出来晒晒太阳。在生物医学高度发达的今天，能出现这种病例简直不可想象。

其实这是个意外的悲剧。信奉传统价值观的三洋父母理所当然地拒绝人工胚胎孕育法，坚持自然生育。七年前，公社的组织管理已经走向完善，医疗保障体系也相对成熟，按说对胎儿的检查和监护都没问题，可三洋父母犯了一个只有传统人才会犯的错误：因为争吵和嫉妒而走入极端。据说三洋爸爸在妻子怀孕期间跟另一个女人发生关系，而且事情很快暴露——在社交过度频繁的公社里，这种事不暴露都很难——于是三洋妈妈服药自杀。当然不是真想结束自己的生命，只想以此吓唬丈夫，可没想到药物却对胎儿产生了严重伤害，三洋一出生就变成了智障儿。

即便是几乎无所不能的当代医学，也无法治愈三洋的病。道理很简单：过度先进的医学系统根本没将这种不可能出现的伤害计算在治疗范围内——具备理性的人怎么可能试图结束自己的生命呢？明知肚子里有孩子，怎么可能服用有害药物呢？因此无法提供有效的事后补充治疗手段。换句话说，对于已经出生的婴儿，损害一旦形成就无法逆转。

于是三洋不光成了他父母的难题，还给整个传统人街区带来困扰——这个看上去怪异的存在似乎在时刻提醒人们：拒绝科技、拒绝进步的后果极其严重，稍不留神，生活就会陷入悲惨境地，而这些又是人们咎由自取。

或许正因为这层原因，大家对轮椅上的三洋普遍采取视而不见的态度，只要看他出来，人们都会远远躲开。

叶海山最近正跟妻子争执孩子的问题，更不愿看到这个令人不适的小孩，于是他打算临时改变路线，先去花园转转。

刚一转身，就差点儿跟身后的老徐撞个满怀。

"哎哟，抱歉，我没看到你。"他赶忙说道。

"没关系，"老徐下意识将脑袋一侧耷拉下来的头发撩起，重新盖住光光的头顶，"是我走得太急，低头想事情呢，结果……像不像从前传说中的汽车追尾？"

没想到这小老头还挺有幽默感。叶海山当然知道汽车追尾是怎么回事，虽然那种事在无人驾驶技术成熟之后就消失了，但身为传统人，对那些消失的老事物多少都知道一些。

"您这是刚下班？"他问。

"嗯，你也是？"老徐问。

"不，刚才同事出了点意外，我去帮忙处理一下。"

"哦？"老徐似乎感兴趣地看着叶海山。

"同一个项目组的同事，上次还到家里做客来着。"

老徐点点头。"这么说，上次我好像见过。"

"是吗？"叶海山有些惊讶，随即想起电梯里那次偶遇，"对，就是上次您在电梯里遇到的那个年轻人。"

"不是那次，还有一次，其中有个漂亮的年轻女孩。"

"是吗？那是洛奇第二次来了。我不知道你还见过他们。他们都是我项目组的同事，女孩叫瓦丽，刚刚就是她找我，说洛奇忽然病了，更巧的是他家的X系统也出现故障，没有预警，差点儿出大事。这件事，包括之前的一些事，让这两个年轻人对智能系统越来越不信任了，他们甚至想搬到公社来住。看来，咱们这些年的坚持是正确的。"

"年轻人的想法，往往都是心血来潮。"

老徐简单地说了一句就不再往下说了，他将目光转向不远处轮椅上的三洋。

"您不觉得这是一个重要的标志性事件吗?"叶海山问。

"也许只是个偶发事件。"

老徐继续盯着三洋看,好像之前没见过他一样。

"三洋这孩子,可真是……"叶海山喃喃自语道。

"是啊,悲剧。人类的悲剧。"老徐说。

叶海山忽然想起妻子说过老徐的家庭,他有过一个女儿,后来死了。那么三洋在老徐眼里跟在自己眼里看去一定是不同的。

轮椅从他俩不远处推过去,三洋妈妈面无表情,轮椅上的三洋却用力扭动小脑袋,盯着两个人看了半天。

那个目光让叶海山觉得不适,它不大像个脑瘫智障儿童的眼神,里面似乎还包含更多的内容。而且那双闪亮的小眼睛让他瞬间产生某种不快的联想——它不像是人类的眼睛,倒更像是某种小动物的眼睛。

"那个孩子的眼睛看上去像某种小动物的眼睛。"叶海山不禁脱口而出。

意外的是老徐竟然点点头。"没错,像小老鼠。"

听上去语气里毫无嘲讽或贬低的意味,倒更像是有感而发。叶海山相信,在现实生活中,很多人跟自己一样,从没见过那种小动物。不过老徐显然曾经见过。

3

起初,洛奇和瓦丽在找房子这件事上遇到了意想不到的困难。

按说整个城市管理体系科学有序,找房子这种事应该轻而易举。可实际操作起来,才发现里面存在一个重大缺陷。

在新城区,理论上任何人想要更换住宅,只需在市政公众平台提出申请,系统就会列出符合要求的房源,一旦入住新居,激活或刷新房屋的 X 系统,旧房子就会被自动列入待入住房源列表。所有房屋都免费,居住者只需承担相应的生活费用即可。

但问题在于,这种便利的迁居方式只适用于新城区。而在"传统人"社区却是另一番景象。那里没有 X 系统,更不用提虚拟现实了;更重要的是,他们的房源并不属市政厅管理,而是由相对独立的公社管理委员会进行统筹管理。这也意味着洛奇根本无法通过市政公众平台提出换房申请,只能依靠叶海山帮忙去公社找房子。

经过一段时间的等待,某天叶海山连线到瓦丽家,告知他们,在公社房源异常紧张的情况下,他终于找到一套空房。房主一年前去世,由于没有继承人,房屋便交由公社管理委员会进行管理。目前这套房子处于待出租状态。房屋状况良好,唯一美中不足的是邻居住户不大理想——隔壁邻居家的孩子从出生起就有智力障碍,只能坐轮椅,无法自由行动,整个社区只有这一个特例,相当特别。公社里很多人出于种种考虑,都不愿意与他们为邻。但叶海山向洛奇和瓦丽保证,他们的日常生活不会受到任何影响。

洛奇和瓦丽并不介意与谁为邻,而且对他俩来说,这个被叶海山特意提及、被公社居民视为怪胎的小孩,在某种程度上还激发起他俩的好奇心。

搬家很简单,诚如瓦丽跟叶海山开玩笑时所说,现代人具有高度自由,不会被物质羁绊,这也意味着他们基本以消耗物质而不以拥有物质作为生活标准。即便如此,瓦丽家的东西也比洛奇要多出不少。

正午时分刚过，洛奇和瓦丽已经坐在位于老城区的家里，开始感受浓浓的怀旧氛围了。

虽然大楼外观看上去一副年久失修的样子，可这间房子内部却让他们非常满意。那简直就是传说中理想家庭的模样：房间不大，四壁贴着干净的碎花图案壁纸，几样简单的木质家具，坚固耐用。卧室里有张不大的双人床，上面铺着新床单和床罩。无论从哪扇窗户看出去，外面都是真实的风景。

洛奇尤其喜欢那个单人沙发，看上去硬邦邦的感觉，坐上却舒服得不想再站起来。瓦丽喜欢镶在墙上的那排书架，前任房主大约很喜欢书，因此才有这么大的书架，可惜现在上面空空荡荡，那些书都不知流散到何处了。瓦丽那二三十本书放上去，架上显得更空了。

"你说，这个架子上以前会不会插满了书？"

整理告一段落，瓦丽站在离书架不远处，一边打量着自己那些书，一边问洛奇。

洛奇坐在单人沙发上，跷着二郎腿，试图想象高大的书架里插满书的样子。这并不困难，因为见过那间名叫"四季"的书店以后，很容易想象满架图书的景象。不过他没法想象那都是些什么书——谁知道前任房主是怎样的人呢？

"我很好奇，"洛奇环视一下屋内，午后的阳光从西面的小窗射进来，那扇窗子跟叶海山家的大小一样，"那些书都到哪儿去了？"

据叶海山介绍，类似这样没有继承人的房子，公社回收以后会进行适当清理，以便再次利用。所谓适当清理，是指将物品进行分类，出于卫生考虑，类似被褥铺盖和其他日用消耗品都会彻底清掉，完全换新；但家具等消毒后，不影响重复使用的物品则会保留下来，这也是进行传统价值观教育的一个重要环节。至于图书，大约是被归入消耗品范围，否则的话应该还摆在书架上。

金黄色的阳光稍微偏移了一点，照在书架上的光线更充足了，空着的隔断看上去有种落寞感。

瓦丽依旧保持刚才的姿势，两手抱在胸前，仿佛陷入沉思，对洛奇的话也毫无反应。

洛奇将两腿调换一下，坐得更舒服一些，身下发出衣服跟沙发坐垫间轻微的摩擦声。

瓦丽的面部侧影异常柔和，只有熟睡中的人才有这种放松的面部线条。

洛奇的心头莫名地掠过一丝不安，于是问："你能猜出架上以前都放过哪些书吗？"

瓦丽抬手将额头一缕头发撩开，然后不紧不慢地开口了。

"最上面一层，应该都是大部头的套装书，布面精装，平时不大会去翻看；中间这两层是历史书，上面记载的都是所谓发生过的事，但其实历史根本无法被准确描述，里面记载的其实是反映作者观点的所谓史实；下面这一层，会放辞书，就是工具书，有字典、百科全书，还有其他的专业工具书。网络发达以后，大多数人都习惯在网上查找资料，这些砖头般厚重的东西几乎要被淘汰了。不过，显然这里以前的房主很喜欢它们，偶尔会抽出时间不厌其烦地调整书籍摆放位置。空闲的时候，他会从这里抽出本书，翻一下。觉得喜欢了，就回到你此刻坐的地方，也像你一样跷起二郎腿，习惯性地轻轻抖腿。对了，他看书的时候喜欢喝酒——那种气味浓烈的琥珀色液体。"

话音落地，屋内异常安静。

洛奇一动不动坐在沙发上，避免弄出任何声响。听上去，瓦丽不像是在开玩笑地乱说，但正因为如此才令人惊讶——她怎么可能知道这些？

"听上去像是真的，可证据呢？"

瓦丽回过头来看着他，眼睛闪闪发亮。

"家具和生活设施显示他是单身，至少在他去世前五年就开始保持单身状态了。他平时生活简朴，但却很有规律，是那种每次都选择同一时间外出散步的人。整个房间的布置显示他有相当高的文化水准，品位也不错。他不会花钱买华而不实的高级自动汽车，但会花大价钱买那些早已不再生产的爱尔兰威士忌。有这样规模书架的人，工作势必跟书籍有密切关系，所以我推断他是学者或大学讲师。"

"即便如此，也没法断定那些书是……"

"别急，等我说完。事实上，如果刚才的推断合理，已经基本可以得出结论了。学者也好，大学讲师也罢，只要搞清楚是哪个领域的就行了。我刚说过，他经常调整书籍，因为书架上有重叠的印痕，只要仔细观察就一清二楚。然后最简单的部分来了，每本书的厚度都不同，如果不是同一本书，就算页数相同，厚度也有细微差别。这有点像人的指纹，看着高度相似，其实是能够区分出差别的。所以，只需把这些厚度的印痕进行分析对比，就能知道具体是些什么书了。对比结果，只有历史相关著作符合条件，所以我判断房主是研究历史的学者。"

她说完，看着书架陷入沉默。

洛奇猛地站起身，快步走到瓦丽——不，爱丽丝身边，从侧面看，她脸上的线条依旧柔和，在这张面孔之下，他似乎看到另一个美丽的影子。

这简直就是魔法。

他将手放在眼前这个女人的肩上。她打了个冷战般回过头来。

魔法瞬间消失。那些原本放松的面部肌肉重新绷紧，眼神里重新焕发出神采，不过跟洛奇刚才看到的完全不同。

"吓死我了，你不是在那儿坐着嘛，怎么不声不响跑过来了？"她嗔怪地说。

"你刚才说那些书……"

"书？我这些书太少了，不知什么时候能把这书架填满。"瓦丽说。

"不不，我们刚说到前任房主，他是研究历史的……"

"历史？你怎么知道？"瓦丽瞪大眼睛看着洛奇。

洛奇苦笑一下摇摇头。"没什么，我猜的。"

正在此时，有人敲门。

只敲了两下，那扇木门就被人从外面推开，叶海山微微谢顶的脑袋伸了进来。

"我猜你们就没锁门，果然入乡随俗啊，知道我们这儿平时都不锁门。两件事，第一，记得去我家吃晚饭；第二，公社管委会副主任沙东刚才告诉我，新城区有人对你们这次搬家很感兴趣，很快会来找你们做面访。看来你们这次搬家的动静比想象中大多了。"

4

果然，下午三点左右，大楼管理员就跑来通知洛奇去公社管委会会议室，市政厅有关部门的人希望与他进行面谈。

公社管委会办公室位于社区一角，是一栋独立的两层建筑，房间并不多，会议室在一层。

洛奇进去的时候，里面已经坐了三个人。其中，公社管理委员会副主任沙东，此前洛奇来看房子时，叶海山就给他介绍过，算是认识；另外一老一少则明显是政府公务员的派头。

"快请坐，房间怎么样，住得还习惯？"

沙东亲切地招呼洛奇。

"谢谢，还不错。这二位……"

年轻调查员早已准备好证件卡，见他询问，便隔着桌子推给他看。上面除了照片和服务单位，只有个简单的编号：20号调查员，E科，中央数据库安全管理中心。

这种证件洛奇以前见过，孔目不是就有吗？

他抬头看着那个年纪大些的调查员，至少有五十多岁，比叶海山应该还要大一点，体形偏瘦，穿着整洁的白衬衫，两个袖口都扣着。短短的头发根根直竖，白得毫无杂色，让人印象深刻。

"这是我同事，一起的。"E20号调查员补充了一句。

"我也想看看他的证件。"洛奇说。

"这……"

很难说具体原因，从进门起，洛奇就被这满头白发的调查员吸引，对方仿佛有股强大气场，令人难以直视。

白发调查员微微点头，从衬衫口袋里拿出同样的证件卡，顺着桌面推过来，跟年轻调查员那张并排放在了一起。目光停留了片刻，确定洛奇看清楚了上面的信息，才又原路拿回去，重新放回衬衫口袋里。全程他都没有讲话。

上面的编号是E03号。

"请问找我有什么事？"

两位调查员目光炯炯地盯着他，好像从此刻才正式进入工作状态。

年轻的E20号调查员先开口了："我们注意到你搬离了原先的房间，所以需要跟你核实一些信息。"

"我想不出来这会有什么问题，难道公民没有随意搬家的自由？"

"当然有，但如实申报自己的居住状况、以便于政府部门提供更好的服务，也是公民的一项义务。"E20号调查员说。

"若是我不需要那些服务呢？"洛奇问。

"很遗憾，现在早已不是传说中的原始年代，科技已经将社会生活完全无缝连接在一起，谁也没法分清哪些是自己需要的，哪些是不需要的。"

"是这样吗？"

洛奇将头转向沙东。

沙东习惯性地眨眨眼睛，"虽然公社是相对独立的社区，但由于历史原因，没法跟新城区做完全彻底的切割，双方在各个方面的联系比你想象中更紧密。比如公社很多人需要去新城区工作，水电燃气管网之类的生活设施也需要从新城区延伸进来。所以在管理方面，很多数据是需要双方共享的。"

"包括我搬家这件事？"

"当然。"

"好的，我明白了。那么，"洛奇将头转向桌子正对面的二人，"有什么问题就请问吧，我会尽力配合。"

"感谢。"

说到这里，E20号调查员的手指开始在便携式信息录入器上滑动起来，看上去在进行设定。洛奇趁此机会又看了看沙东和E03号调查员，前者有些不自在地扭动一下身体，避开他的目光。白发的E03号调查员面无表情地看着他，眼光既不锐利也不退缩。

"好了。首先核实一下你的两个准确住址。"

年轻调查员一字一句地念出洛奇在新城区的住址和刚刚搬入的公社住址，然后抬头用询问的眼神看着他。

"没错，完全正确。"洛奇点点头。

"能告诉我们，你为什么会想到搬家吗？"E20号调查员问。

洛奇侧着头稍微想了一下，然后回答："因为我险些在原先的家里出事，那个智能系统在关键时刻失灵，所以我对智能系统失去了信任，觉得还是尽量不依靠它们更好。对了，当时B科的人去过现场，不知是否查出系统故障的原因了？"

E20号调查员看了一眼白发调查员，说："是普通硬件故障，芯片组里一枚芯片沾染了灰尘，自动清理程序没有清理干净，所以导致系统运行异常。据我们了解，B科已经针对相关设备供应商启动处罚和索赔程序，过段时间会有人联系您处理此事。"

这个答案在洛奇意料之中，身为工程师，他很清楚刚才的解释不仅听上去很合理，而且无懈可击。

唯一的问题是——他不相信！

虽然无法清晰回忆起更多细节，但在脑海深处残存的记忆里，他总觉得曾经发生过一些离奇的事，离奇到令人无法相信的程度。正因为无法分辨真假，所以他宁愿选择逃离。

看到洛奇没说话，E20号调查员问了第二个问题："可否告诉我们您对新旧两个社区的初步印象，比如说最大的区别在哪里？"

"过去生活的地方比较封闭压抑，没法跟旁人交流；现在的社区很开放，我可以随时找人谈话。如果说最大的区别，我想就是这个吧。"

一直没说话的 E03 号调查员插话了,声音听上去很有磁性。

"为什么您会觉得与人交流那么重要?虚拟爱人不是照样可以起到交流作用吗?"

"感觉不同,我很难准确回答这个问题,不过可以举个例子。一位朋友曾经对我说过:人与人交流的妙处在于除了语言,还有肢体和表情作为重要补充。比如我拍拍你的肩膀,对你眨眨眼睛,你会瞬间明白出于种种原因我省略或隐藏的那部分内容。你瞧,这就是人与人之间交流的妙处。可虚拟人不行,我甚至没法触摸到虚拟爱人的头发,哪怕那头发看上去那么漂亮。如果我一言不发,她也没法单从外表判断我的情绪,我与她之间其实并未建立起真实的交流通道。"

"您是什么时候意识到这点的?我指真实的交流通道。"E20 号调查员问。

洛奇摇摇头:"我不确定。"

"理论上说,应该有个转折点,某个事件或契机诱发。能想起来吗,无论是什么。"

"在相处近一年时间后,我对周围的一切开始感觉乏味无聊,无论是无穷无尽的虚拟实境,还是曾经相当依赖的虚拟爱人。但我确实不清楚究竟是具体哪件事诱发了这些不满。"洛奇说。

"我们知道您跟同事平时有比较密切的来往,现在还跟其中一位建立了恋爱关系。现在看,会不会是因为受他们的影响,才让你对虚拟世界逐渐丧失兴趣,开始向往外部的真实世界了?"E20 号调查员问。

洛奇再次摇摇头。

"我想不是,因为你说的这些都是外部因素,我宁可把它们看作结果而非原因。正确的顺序应该是：正因为我感觉到无聊，才会主动跟他们靠近，才会发生后面那些事。如果说一定要找个诱因，或许是人类的原始本能在作怪吧。平时我们用理智掩盖它，用道德约束它，结果到了某个时刻，它还是会破土而出，根本不受我们控制。原始本能需要真实的异性，否则无法获得根本满足。这大概是设计虚拟爱人和粉红药丸的人所没有料到的吧。"

"我冒昧问一句，您能确切感受到那个所谓原始本能吗？"白发调查员问，表情严肃认真。

"我不确定，但某些特别的时刻，我好像确实能感受到某些与以往完全不同的东西。"洛奇说。

白发调查员若有所思地微微点头，手指下意识地轻轻敲打桌面，仿佛陷入沉思。一时间会议室里也安静下来，只有沙东身下的座椅偶尔发出咯咯吱吱的声响。

"未来一段时间您如何规划自己的工作和生活？"

"我想我会继续保留眼下这份工作，除了写程序编代码，我恐怕也干不了别的什么。至于其他，暂时还没有想到。"

"很好，我们预祝你在新的环境中一切顺利。"

E20号调查员说着放下手里的便携式信息录入器，然后忽然想起什么似的说："对了，稍后B科会更新一下你家里的智能硬件系统。"

"什么？"洛奇警惕起来，"是X系统吗？我以为在这里不用……"

E20号调查员微微笑了一下，这是进门以来第一次看到他的笑容。

"别误会，不是X，是一个标准化的数据包，用于更新住宅的信息，它会绑定您的个人信息，只有如此，日常生活才能正常运转。我理解您的顾虑，尤其是在经历过 X 系统的崩溃之后，难免会有心理阴影。但您要知道，只要是人类社会，就离不开智能系统，无论新旧社区都是如此。早在一百年前，相关系统的硬件铺设工作就一劳永逸地完成了，那些设备都植入在每个建筑里，不然那些水电燃气以及维持日常生活的智能系统如何运作？再说清楚一些，你和你的同事又如何在家就能完成公司安排的工作？不都是靠网络嘛。唯一的区别是：新社区软件定期升级，而老城区的软件应用就比较落伍。你们没法享受最新的虚拟现实技术带来的体验，没法享受智能健康服务，没法拥有虚拟爱人，只能靠网络维持最基本的生活。"

"我觉得维持基本生活就足够了，这也是老城区人共有的价值观，我们珍视这一传统。"坐在边上的沙东忽然冒出一句。

E20 号调查员瞟了他一眼，没接话。

洛奇想了一下，问："那么 X 呢？按照你的说法，这里应该也没有那位智能管家咯？"

"对，没有。"E20 号调查员往前倾了一下身体，将两手握在一起，"因为公社在体制上高度自治，在新老城区交界处设立了网关，信息高速通路无法延伸到此处，所以刚才说的那些技术都没法在此处应用。而且公社每户人家里都有一个硬件开关，确保你们可以把这些高新技术隔绝在外。"

"准确的说法是，把那些迷惑人的虚拟化产物隔绝在外。作为人类，就应该过人类该过的生活，哪怕它不够理想，更重要的是，人性的弱点决定了大多数人缺乏自制力，因此，无论网关也好、家里的硬件开关也罢，都是用制度规范大家生活的做法，人们需要制度的束缚和管理。"沙东说。

"好吧，我们继续下面的话题。"白发调查员做了个不争辩的手势，然后对洛奇说，"我们承认你有选择自己生活方式的权利，但同时也需要接受最低限度的管理。所以今天我们很感谢你来接受面访。年轻人，你只需记住，有些事情不是个体能决定的，事物有其自身的发展趋势，我们只能顺势而为。对人类来说，所有进步都要付出代价，任何成就都是付出与所得的综合，天下没有免费的午餐。"

"最后一个问题。"E20号调查员低头看一眼手边的便携式信息录入器，"能谈谈您的婚恋观吗？比如您如何看待生育这件事？"

"坦白说，我还没考虑过这个问题。"洛奇如实回答。

"就是说，您还没有想过将来自己的孩子是选择母体生育还是人工胚胎孕育？"E20号调查员追问着。

"不，我根本就没想过要不要孩子这件事，更别提具体方式了。"

"明白了。未来也许会有市政厅相关部门就此问题再次回访，希望到时您会有明确的答案。生育虽然是私人的事，但毕竟需要政府医疗资源协助，我们也希望能尽最大努力帮到您。"

E20号调查员结束谈话般地合上便携式信息录入器，转头看了白发调查员一眼。

"我有一个不算正式问题的问题，你可以不回答：未来，你会考虑重返新城区生活吗？"白发调查员问。

"我想不会吧，我看不出来那里有什么值得留恋的。"洛奇这次回答得很干脆。

"谢谢配合。"白发调查员说完站起身来。

"我有一个问题。"洛奇说，"刚才你们提到我的同事、女朋友，这些你们都特意调查过？"

白发调查员露出浅浅的微笑。"不，不用特意调查，对我们来说，这些都是公开的信息。每个人的行为本质上都能转化为数据，都会被记录下来，我们只需要找出那几条相关的就行。相信我，在这个年代，个人隐私远没你想象得那么重要。"

5

当晚叶海山来到洛奇家，一进门顾不上寒暄，就连忙打听 E 科面访的情况。

"简直太不可思议了，"他还没坐下，站在那里就开始滔滔不绝地说起来，"居然是那个神秘的科室来调查两个新人类搬家这种小事。你知道 E 科吗？什么，不知道？我告诉你吧，那几乎是个传说中的机构，虽然在市政厅管理架构中有它的名字，但并没公示过它的业务范围和管理职责，几乎没人知道，不，应该说完全没人知道它是干什么的。我以前问过老徐，甚至连他那样的政府公务员都不知道 E 科的底细。"

洛奇饶有兴味地听叶海山说完，才半开玩笑地说："那么现在知道了，看来他们是管理人口流动的。"

"不可能，他们应该还是管理数据而非人类，否则这世界成什么样了？据我所知，在新城区内更换住宅根本不会有所谓面访。在公社内部换房子就更不用他们管了。你们是特例，因为你们是时隔近十年，再次从新城区搬入老城区的人，大概还是有史以来第一个新人类搬入传统人社区的事例。"

洛奇和瓦丽面面相觑，不知该如何表达自己的惊奇和诧异。

"意思就是除了我们俩，以前从没有任何一个新人类从新城区搬来？"

"没错。"叶海山点点头,"我特意去问过沙东,你们是第一例特殊移民。"

"沙东当副主任多久了?"洛奇问。

"十年。"

"沙东说他有点担心。"叶海山停了一下,说。

"担心什么?"

"说来话长,"叶海山看看周围,目光落在那张舒适的单人沙发上,"等我坐下来跟你们说。"

说罢,他走过去坐下,抬头看见书架上摆的那二三十本书,不觉一愣。

"这是哪儿来的?"

"瓦丽买的,她喜欢这个。"洛奇说。

叶海山看了瓦丽一眼,那个眼神就好像此前不认识她一样。

"作为一个新人类,你怎么会对这些古老的玩意感兴趣?"

瓦丽摇摇头。"其实我也说不好。两三年前,我偶然见到一本旧书,不知怎么就勾起了兴趣,此后一发不可收,尽我所能去搜集。你也知道,这些东西现在几乎都是古董了,价格也高,我只能适可而止。"

"只是书吗?"叶海山问。

"什么?"瓦丽没明白他的意思。

"我是说,你只对古书感兴趣,还是对其他那些老旧的玩意儿都有兴趣?"

"都有。"洛奇插了进来,"看见那个没打开的提包没,里面都是稀奇古怪但又毫无用处的小玩意儿。"

叶海山点点头,又看了瓦丽一眼。

"接着说,你刚说沙东有些担心,担心什么?"瓦丽问。

"很多年前，传统人大量离开新城区，那时我还没出生。人们拖家带口，成群结队离开中心城区，去城市边缘开辟新的临时定居点。直到公社成立，那些分散在周围定居点的人集中过来，大家的生活才稳定下来，近年再没人从新城区搬来。沙东原来觉得你们搬家没什么大惊小怪的，结果没想到影响这么大。今天E科那两个调查员让他心神不宁，尤其是其中那个白头发的级别相当高。据说市政厅公务员的编号大小代表职位高低，3号算是部门领导了。他亲自出马，可见此事非同小可。还有就是数据更新的问题，刷新你家里的信息系统，就意味着需要短暂开放通往新城区的信息高速通路的网关，允许数据包进入。虽然只是很短暂的过程，他还是担心会有安全隐患。因为公社在信息化建设方面很落后，就好像一个免疫力低下的人，任何细菌和病毒对他来说都是致命的。"

"有这么严重？"洛奇问。

"我觉得沙东有些多虑，当然，作为公社领导，他必须要比别人想得多一些。你们不必担心，既来之则安之，好好安顿下来，体会一下这里的生活。也许会发现比想象的要差一些，也有可能发现它比想象中更有趣，这些只能靠你们自己去感受了。"

说完叶海山站起身打算离开，洛奇叫住他。

"对了，那个调查员说每户家里都有个硬件开关？"

"对，全称智能总控开关，只要不开启它，预埋的智能信息系统就无法被激活，无法运行任何高科技应用程序，开关应该在……"

说着叶海山四处寻找，最后在书架旁一幅水彩画后面发现了那个镶嵌在墙壁里罩着透明保护罩的红色开关。

"就是它，我猜以前房主很不喜欢它，所以用画盖住了。"

洛奇跟着他走过去，看到开关确实处于关闭状态。

"对了，你刚提到老徐，是中央数据库安全管理中心 C 科的负责人吗？"一直没说话的瓦丽忽然开口问道。

"你怎么知道他是 C 科的？他的具体工作我不清楚，这些人的身份都对外保密。说起来也奇怪，按说传统人都是被放逐出来的边缘人群，可是在市政厅很多高级管理岗位上，依然有不少传统人担任领导职务，这也让人想不通。"叶海山说。

洛奇眼前闪过那个个子矮小、声音尖细、头顶没几根头发的小老头的身影，随即又想到瓦丽在那个夜晚曾经拥抱过他，感谢他给予的帮助——不，那是爱丽丝，获得新生的爱丽丝。

现在他几乎能百分百确定爱丽丝确实存在于瓦丽的体内，同时他也清楚，老徐在这个过程中扮演了关键角色。只是他想不明白对方何以要这么做。

第二章　帷幕一角

1

老鼠大约已经从地球上消失了，至少在人类生活的城市再也见不到它们的踪影。老徐之所以知道这种动物，是因为小时候偶然见过一次，正是那次偶遇，彻底改变了他的人生轨迹。

老徐名叫徐未然，最初的童年记忆始于那处传统人定居点，当时年仅六岁的他跟父母住在一栋老旧的大楼里。以现在的方位看，那个临时定居点距今天公社所在位置并不太远，从公社南侧大门出去，一直向南，穿过一片沙丘和树林，开车的话一刻钟就能到达。现在那里已经成为废弃之地，所有人口都已迁入公社的五个社区内。老徐不是个怀旧的人，因此自从搬家以后，就再没去过那里。

可那栋大楼始终以鲜活的影像活跃在他的记忆中，不管何时想起，往日的一切都如同在眼前。

某种程度上说，当年所有的传统人临时定居点都有些世外桃源的味道。徐未然居住的那栋大楼也不例外。那是一栋不知建于何年的老旧筒子楼，家家户户大门都临着走廊。楼上楼下邻里关系和睦，除了冬天，很多人家根本不关房门。想要串门的话，抬腿就能进去。每逢休息日，人们会坐在门口朝南的走廊上，边晒太阳边聊天，年纪大些的人还会顺便做点择菜拣豆子之类的家务。谁家做好美食，都会送给平时关系要好的邻里。当时年幼的徐未然经常扮演小使者的角色，端着妈妈包好的粽子，给几户时常来往的邻居送去。粽子放在小竹篮里，粽叶的香气会钻入鼻孔。他喜欢这种植物特有的气息。竹篮里的粽子送完，回家时，里面必定会装些别的东西，一把红樱桃、几颗椭圆形的枇杷，或者一个绿色香瓜，都是邻居的馈赠。

然而在幼小的心灵里，徐未然早早就意识到人与人之间的关系并非都是如此和睦，除了大楼里这种大家庭般的邻里关系，外面的世界至少还有另一种人际关系，只是他无法知道外面的世界是什么样。十八岁之前，他一直没有离开过临时定居点，因为当时正是不同价值观的两类人斗争的高潮，人们彼此之间的争端不仅体现在言辞上，甚至偶尔也会诉诸暴力。对他来说，临时定居点之外的地方都不安全。

从长辈的只言片语里，他大致能拼凑出事情的脉络，知道父母此前并非一直住在这里，实际上他们曾经生活在一个离此不远的地方，在那里可以享受高科技带来的种种便利。直到某个时刻，因为生活理念不同，曾经熟悉的人们开始相互敌视，社会撕裂成两部分。父母这类人的数量虽不多，但却很团结，为了坚持自己的理想和信念，他们携带少量私人财产，开始搬离城市中心，朝边远郊区迁移。于是就在城市边缘的荒原地带形成了无数个临时定居点。

脱离新城区的人们虽然在大观念上——比如坚持母体生育、崇尚家庭生活方面一致，但在某些具体生活细节上却又各有不同，结果这些分散于各处的临时定居点看上去更像一系列试验区，有些社区生活作风开放，有些保守，总之大家都在探索尝试。至于公社的出现，已经是最近二十来年的产物，是长期探索后定型的成熟模式。

在父母影响下，徐未然心里的世界自然也分成里面和外面两部分。里面包括所有临时定居点，生活在此处的是一群崇敬自然、信仰人文精神、重视社会责任感的人，他们不在意物质条件简陋与否，更珍惜人与人之间紧密无间的情感交流。他们坚信孤独的人是可耻的，人类永远都应该是群居动物。最重要的是：他们要自己生育！这几乎是里面人和外面人最本质的区别。

人类社会在"如何生育"这个问题上被撕开一道伤口，再也没有愈合。以赞成或反对为标准，人们各自站队。起初赞同"人造胚胎孕育法"的人大约占20%，之后比例不断提升，最终占据70%的多数。法案在经过几年漫长的讨论后，在赞成人数占据压倒多数时付诸公投，并在修订后通过。修订的重点部分是承诺"尊重每个人以及每个家庭的自由选择权，绝不强迫个体接受违背自身意愿的价值观"。

在赞成人造胚胎生育的人看来，这个意思是说人们终于可以自由选择非母体生育了；在反对者看来，它意味着自己依然可以坚持怀胎十月的传统生育方式。表面上看，每个人都获得了自己想要的。

但情况不久就发生了变化。社会发展的潜在规律开始慢慢发挥威力，主流人群占据主流地位，拥有更多话语权和资源也变成现实。社会资源和科技研发都开始大幅度向人造胚胎生育倾斜，传统孕育规模快速收缩。社会撕裂的那道伤口不仅没有随时间愈合，反而转变为一道鸿沟，原本平等生活的人类正式决裂了。

具体而言，最大的变化体现在居住地的重新划分——这就是少年徐未然了解到的情形，也是自己何以会生活在这个相对封闭街区的原因。

妈妈为了生你，冒了极大风险，付出极大代价，不仅面临生命危险，而且还跟那个社会决裂了。你一定要懂得感恩啊。

这是爸爸的口头禅，徐未然几乎是听着这段话从少年长成青年，然后走向社会。就在他跨进外面那个街区的第一天，平生第一次也是最后一次见到了老鼠。

虽然居住区划分成两部分，但在其他方面却无法进行彻底分割。无论商业活动还是就业选择，一切均需在核心城区展开。这次社会分裂的主角是搬离出去的少数派，他们抗议、争执、迁移，完全都基于自觉自愿原则，并没有受到外力强迫，亦无行政干预。因此即便他们聚居在城市边缘，并努力将自己与新城区隔离起来，城市管理者却并未采取相应的反制或报复措施，最明显的例证就是继续开放城市，允许人们随意进出，同时开放各类工作岗位，并未排斥任何人就业。

知道了这些以往不知道的内容，徐未然开始改变对新城区的看法：虽然对立，但那里的人并非传统意义上的敌人。只是因为大家观念不同才造成眼下的局面，对与错的判断，如果立场不同，结论是完全相反的。思想成熟的他对此已经有相对客观的判断了。所以当他即将迈入职场之际，甚至已经有些向往那个传说中的陌生之地。

那天的情景至今历历在目。父亲领着他穿行在干净整洁的街道上，身边各种无人驾驶交通工具快速无声地通过，无论人车均秩序井然。宽敞明亮的商场里人不多，标准化的餐馆里也没有满座，据说相当多的人都更愿意待在家里完成购物与饮食。他们有更重要的消遣——虚拟现实，只需坐在家中，就能体会到各种前所未有的神奇体验，而高科技的健身设备保证用户足不出户就能得到良好的身体锻炼,更不用说各种身体检测系统实时呵护人类健康了。

对于所有这些新奇事物,父亲一边不厌其烦地给徐未然进行讲解,一边照例辅以批判性的点评。

直到走进职业中介公司所在的那幢大楼,年轻的徐未然才第一次体会到虚拟实境带来的强大冲击——那些当然都是假的,但却比真的还要真实!

巨大的厅堂里营造出花园景观,翠绿的草地上盛开着不知名的繁花,小溪从丘陵下方流过。远处是一片丛林,蓝天之上有白云飘过。最神奇的是那些小动物,云雀一边叫着一边从眼前飞过。丛林里,顶着大角的梅花鹿若隐若现。溪水中偶尔有小鱼游过,尾巴搅起水花。

徐未然的目光被眼前的美景吸引,不由自主停下脚步。爸爸回身走到他跟前,并未催他快走,反倒站在他身边饶有兴味地一起欣赏起景色来。

"这是虚拟现实技术营造的景观,比现实更美,原因是这种优美的风景已经从我们生活里彻底消失了。"爸爸说。

"就是说,如果没有虚拟现实,我们就不知道世界上曾经有过这样的美景?"

徐未然目不转睛地盯着草地花丛下方一角,喃喃自语般问。

"可以这么说。不过我觉得人类已经整体迷失在高科技带来的幻境里了,大家都懒得去思考真与假的问题了。"爸爸语带嘲讽地说。

徐未然还是一动不动地站在原地,看上去像被钉在原地。

爸爸伸手轻轻拍拍他的肩膀,他依然没回头。

"爸爸,看,那只老鼠。"

徐未然抬起手臂指了一下不远处那片草地。

草地在那个地方出现一道坎，上面是线条柔和的缓坡，在下方长着几丛不知名的野花，红黄交错的花朵上，色彩斑驳的蝴蝶扑梭着翅膀，拿不定主意该落在何处。花丛根部半隐着一个洞穴，洞口果真有一只老鼠在探头探脑地四下窥视。

此前，徐未然虽然没在现实世界里见过这种动物，但在接受传统教育的时候，早就对这些动物很熟悉了，学校实验室里有标本，仅啮齿目鼠科这一门类下就有好几种不同的品类。那些标本都是用真实的动物身体制作，同学们可以靠近观察，但不能用手触摸。

"新城区的那些学校根本没有这类东西，他们只会用声光电营造 3D 全息影像，虽然逼真，可终究还是假的。"

生物学老师得意地说着，眼睛在厚厚的镜片后方闪闪放光。

徐未然学习很努力，各科成绩都好，正因为如此，此刻他才会站在原地动弹不得。

爸爸略显尴尬地四下看看，大堂里人虽不多，但已经有人开始注意这两个长时间站在原地一动不动的人了。可十八岁的徐未然完全不理会周围人的眼光，他脑海里如百科全书般回放着曾经学到的那些知识。

田鼠 (Microtinae) 是鼠总科仓鼠科下的一个科，与其他老鼠比较，田鼠的体型形结实，尾巴较短，眼睛和耳较其他鼠科小。毛色差别很大，呈灰黄、沙黄、棕褐、棕灰等色。田鼠可在多种环境中生活，多为地栖种类，它们挖掘地下通道或在倒木、树根、岩石下的缝隙中做窝。有的白天活动，有的夜间活动，也有的昼夜活动。

没错，这些信息都没错，可问题在于——这只老鼠根本就不是田鼠，它光滑细长的尾巴明显比身体长，耳朵也直楞楞地竖起来，身上的毛呈灰黑色，油光闪亮。换句话说，这是一只家鼠，那它为何会出现在草原背景的设置里？难道是制作这个虚拟现实场景的团队弄错数据，选择了错误的老鼠种类？

或者……

徐未然不敢往下想了。

"喂，你怎么了？"爸爸再次拍拍他肩膀，明显加大了力量。

"那只老鼠……"

徐未然依然口齿不清地说，仿佛被那只小动物迷住了似的。

"不过是虚拟实境里的一只小老鼠罢了，干吗大惊小怪？快走吧，我们要迟到了。"

爸爸说着伸手抓住他的胳膊。

两个保安慢慢踱过来，紧盯着这个目光呆滞的年轻人。大堂里原本匆匆走过的人群，感觉也好像放慢了步伐，像影视剧里的慢动作效果。

"那只老鼠！"

这次徐未然如梦方醒般喊出来，声音大到周围人都能听到的程度。爸爸惊讶地发现，那只被徐未然盯住的老鼠也似乎被惊吓到，不知所措地在原地停下，像在琢磨要不要逃跑。

"它是真的！"

这次，徐未然的声音更大了。

除了徐未然之外，大堂里其他人都惊呆了。他们或许并未理解这个年轻人话里的含义，只是被这种公共场合大喊大叫的粗鲁行为震惊了。两个保安毫不犹豫地快步上前，一左一右抓住徐未然的胳膊。

"对不起先生，这里是公共场合，请不要大声喧哗。"

"等等，请等一下，"徐未然的父亲拉住其中一个保安的手臂，"让我来问清楚。"

然后他将头转向儿子，一脸严肃地说："现在我听你解释，但你必须就这种失礼的行为做出合理解释。"

不远处一个短发的中年人站在一根柱子旁边，冷静地看着眼前发生的一切。

徐未然从震惊中回过神来，声调也稍微降低了一些。"我说那只老鼠是真的，不是虚拟实境里的背景，它不是田鼠，是家鼠，家鼠不该出现在草原上。但这不是重点，重点是它确实是真实的动物，跟你我一样真实，它只是巧妙利用这个虚拟实境在躲藏。"

"这怎么可能？"徐未然爸爸半信半疑地看着那只老鼠。

验证这个问题的方法很简单，其中一个保安已经开始这么做了。他松开徐未然瘦弱的胳膊，大步跨入草地，朝那道土坎走去。

蝴蝶在他身边飞舞，他轻轻挥手，手臂从蝴蝶身上穿过，两只蝴蝶连飞舞的方向都没变。他下意识地伸手拨开灌木丛伸出的细枝，那些树枝也根本没有变化。换句话说，蝴蝶也好，树枝也罢，都是光电组合出的虚拟实境，本质上什么都没有。所以理论上说，那只被徐未然指认为实物的老鼠，也应该待在原地；当保安一脚踏上去，它会毫不意外地出现在那人的脚面上，继续若无其事地探头探脑看着周围的景物。

然而事实却不是这样。令周围人惊诧的一幕出现了，那只老鼠仿佛意识到危险降临，开始快速奔跑起来。

这次轮到那个保安站在原地，不知所措；另一个保安见状也跑进草地开始围追那只灵活闪躲的老鼠。

然而那只小老鼠仿佛对周围的地形，或者更准确地说对虚拟现实营造的情境相当熟悉，似乎知道那些树木和丘陵并非真实的存在，因此也无法遮挡或隐蔽自己，因此只是保持跟那两个人之间的合理距离，让他们无法靠近。最终它消失在丛林深处——不是因为那里是丛林，而是因为那是大堂最深处的角落，想必有更多藏身之处。

一只小老鼠引发的混乱很快就平息下来，在场的每个人都多少被惊讶和兴奋的情绪感染，一时间大家好像忘记了自己该做的事。

"我们现在可以走了。"恢复平静的徐未然对爸爸说。

一直站在大堂一角长时间观察眼前混乱场面的短发中年人这时才走过来。

他从口袋里掏出一张精致的小卡片递给徐未然父子，说："我猜你是带孩子来求职的，不管你们打算去哪个部门面试，在此之前，请允许我跟你们谈一谈。"

卡片上印着市政厅人力资源督导处字样。

2

徐未然父子跟着中年人穿过大堂，进入一部高速电梯。电梯厢体三面透明，当电梯开始上升时，周围景物豁然开朗，他们仿佛置身于美洲蛮荒的西部上空，陡峭的石崖、红土沙地、耐旱植物尽收眼底，一条狭窄的河流蜿蜒穿过荒原，河面在阳光照耀下波光粼粼。

徐未然被这幅景观震撼，不觉屏住呼吸贪婪地欣赏起来。

"这些都是假的。"爸爸在旁边不满地嘟哝一句，声音不大，但在只有三个人的电梯里，听起来还是有些刺耳。

徐未然看了一眼旁边留着短发的中年人。

"您说得对，这些确实都是虚拟现实营造的景观。"短发中年人爽快地说着，顺手在厢体一侧的数字键盘上输入一串密码。

西部荒野的景观瞬间消失，外面恢复了普通的城市景观，就像他们刚从外面来时看到的一样，高高低低的建筑延伸到远方，城市高架桥在楼群间穿行，他们甚至能看到来时乘坐的那条快速轨道交通线。脚下街道的行人和车辆越来越小，移动速度也越来越慢。

"你们瞧，关闭虚拟现实应用以后，外面的真实世界就是如此。"短发中年人看着徐未然说。

徐未然爸爸满意地从喉咙深处哼了一声，似乎表示这才是真实世界该有的样子。可徐未然却面无表情，继续看着电梯外面的景观，似乎在想什么心事。

过了一会儿，电梯到达最高层，电梯门无声地左右分开，爸爸和短发中年人先后走出电梯，徐未然依然站在原地不动。

"怎么了？"爸爸回身问。

短发中年人一言不发地看着他，嘴角挂着一丝似有似无的笑容，毫无催促之意。

徐未然靠近电梯侧壁，用手轻轻抚摸光滑的厢体，然后将脸贴上去，不知在看什么。

过了片刻，他才从电梯里走出来，迈出电梯门后还不忘回头再看一眼。

"外面的景观是假的。"他说。

"当然，我早说过了，不然他后来干吗要换成真实景观。"爸爸说。

"不，后面那个也是假的。"徐未然坚决地说。

"什么？"爸爸看上去有些迷惑，他几乎想回去再看看，不过电梯门已经关闭，轿厢已经降落下去了。

"请跟我来。"短发中年人没有就景观的真假问题发表任何意见，只是示意父子二人跟着他走。

走廊比较宽敞，稍稍有些弧度，地上铺着厚厚的地毯。拐过一个小弯，前面出现了开阔的大厅，阳光从落地玻璃外照进来，偌大的空间里划分出几处休息区，桌椅简洁干净，没有一丝多余的杂物。徐未然注意到大厅角落里摆放着高大的绿植。

三个人在一处休息区刚刚坐下，不知从哪里出来个年轻女孩，用托盘端着三瓶水送到他们面前，放下水就悄然离开了。

"这里环境还不错吧，"短发中年人舒适地靠在沙发座椅背上，冲着广阔的空间随意挥了挥手。

"你想跟我们谈什么？"徐未然爸爸问。

"我想知道，小徐有没有兴趣来市政厅做公务员？"短发中年人的回答也很直接。

"你怎么知道我姓徐？"徐未然问。

"这个不重要，回头再说。我知道你是来求职的，或许你原本想找份技术性工作，但我觉得你更适合在政府机关做管理工作。"

"为什么？"

"因为你有敏锐的观察力，同时还有不同寻常的判断力。你不仅能辨别出那只真老鼠，而且还能发现电梯里的虚拟实境——当然我指的是第二个背景。我很好奇你是如何做到的？"短发中年人问。

徐未然正要回答，爸爸抢先开口了。"等等，怎么越来越乱了，什么真的假的？你到底是谁，想干什么？"

短发中年人看看徐未然，大约明白自己如果不先把背景交代清楚，恐怕就没法跟父子俩进一步沟通下去，于是打开瓶盖，先慢慢喝了一小口水，然后将水瓶放在面前的小茶几上，说："我是谁这个问题基本不需要回答，刚才你们看到我的证件了。市政厅人力资源督导处，这就是我服务的单位。不过我愿意稍微详细介绍一下需要小徐加入的那个机构，因为刚成立不久，外界查不到相关信息。

"虽然居住在另一个社区，但想必你们也能意识到现在虚拟现实技术已经飞速发展，正在改变我们的生活。但是任何高科技都是双刃剑，给人类生活带来极大便利的同时，也会引发一些问题。虚拟现实技术也是一样，在丰富我们精神生活的同时，也可能带来某些负面影响。因为目前数据收集不足，还没法准确知道那些所谓负面影响都是什么形式、来自何方，但防患于未然很有必要。未然，你瞧，正好跟你名字一样，这也说明你跟这工作有缘——开个玩笑，我们继续说正事。所谓防患，加强监督与管理就是很重要的一项措施。为此，市政厅特意成立了一个全新的部门：中央数据库安全管理中心。这是一个拥有庞大预算和编制的机构，分为ABCDE五个科室——A科负责遗传基因、生物科技相关内容；B科负责信息系统的硬件管理；C科负责虚拟道具的监督和管理；其他两个科室无关紧要，与普通人日常生活无关，就不多说了。

"顾名思义，人力资源督导处的工作就是对外招聘合适的人才，我的职责就是寻找和选拔优秀年轻人进入这些新机构。在任何时代，公务员都应该是社会精英，这一点毫无疑问，而中央数据库安全管理中心更需要选拔精英中的精英，因为除了聪明的头脑，我们还需要公务员具备某些特殊判断力，比如在高级虚拟现实情境下准确判断真假的能力。可惜具备这种能力的人并不多，就好比艺术家的绘画才能，虽然部分可以通过后天训练慢慢获取，但最核心的那一点——怎么说呢，我把它称作灵感，是无法后天学到的，那是先天能力，是天赋。

"幸运的是，小徐恰好具备这种天赋。他能在未经过任何训练的情况下就发现那只虚拟实境里的老鼠，显然不是偶然。更何况在电梯里，我还做了一个烟幕测试，就是用高度接近于真实的背景替换掉那个美洲西部的虚拟实境，结果连这都没骗过他的眼睛，因此我认为他很适合这份新工作。希望二位能认真考虑我的邀请。"

短发中年人一口气说完，徐未然和父亲安静地坐在那里听他说，两个人脸上都尽量不流露任何表情，仿佛对方在说一件跟他们完全无关的事情。

"说到虚拟现实技术，坦白讲我个人有很多看法，而且作为一个普通公民，我也丝毫不掩盖真实看法。我不明白政府为什么在虚拟现实技术上投入那么多，假的永远是假的，为什么我们不能用同样的投入去让大家更好地感受真实世界？"徐未然爸爸说。

短发中年人点点头。"好问题。不过在回答你之前，我想先问问小徐，你究竟通过什么方式辨别出电梯里的虚拟现实的？"

徐未然微微一笑。"感觉而已，其实我分辨不出来，因为第二个场景做得太逼真了。但直觉告诉我，哪怕眼睛已经判断出它是真的，其实它还是假的。"

"就这么简单？"短发中年人半信半疑。

"没错，正确答案往往都是最简单的嘛。"徐未然抬头看看屋顶，由于阳光开始变得过于强烈，顶部玻璃开始自动调节颜色，"你刚提到天赋，我不知道那究竟算不算天赋，总之，有时候我会有种奇特的直觉，都不知从何而来。每当那个时候，我只需倾听并相信自己内心的声音就行。就好比刚才在电梯里，你切换第二个背景后，直觉告诉我，虽然它看上去跟外面一模一样，但依然不是外面的真实世界。可是它确实做得太逼真了，所以我就趴在上面看了半天，自然，什么都看不出来。我猜，那部电梯透明的三面其实根本就不是透明的，至于用什么材料制作才能达到如此效果，你一定很清楚。对吧？"

短发中年人点点头，"没错，那是特殊材料，它可以无限变换，但它是不透明的，人们从里面永远不可能看到外面的真实世界。"

徐未然爸爸又说话了："现在，你可以回答我刚才的问题了吧？为什么你们这么重视假的东西，而忽略那些真实的事物？"

"市政厅是为公民服务的，我们重视的一定就是你们需要的，或者更准确地说，是大多数人需要的。民主嘛，如果无法做到让每个人都满意，至少也要做到让绝大多数人满意。现实情况是，人们对虚拟现实的需求有增无减，就好像很久远年代前手机刚问世，保守者觉得它极大干扰了正常生活，而年轻人则很快无条件接受这个新生事物，最后变得每时每刻都离不开它。年轻人最终会长大，世界终归是他们的，于是手机就大行其道。虚拟现实同理，不管怎么进行调查，支持它和需要它的人始终占大多数，反对者很少，而且越来越少。你知道为什么？因为它能满足人类内心深处的某种原始渴望，让精神世界无限丰富与充实。"

"人类真是悲哀啊。"徐未然爸爸叹了口气。

"人类的未来不归我管,"短发中年人拿起水瓶又喝了几口水,"我只管做好本职工作,怎么样,小徐愿意加入我们吗?不瞒你说,我们有很多不错的福利,能用到最好的东西,而那些东西外面根本就没有,比如这种水,外面根本就喝不到。"

听他这么说,徐未然父子才注意到摆在面前的两瓶水还原封未动。徐未然打开瓶盖,喝了一小口。

水的味道。

教科书上说水无色无味,日常生活里人们喝的都是经过安全检测认证的人造水,那才是真的无色无味。可这瓶子里的水不同,它有味道,无以名状,姑且说它就是水的味道。

"不是人造水?"他抬头看着短发中年人。

"当然不是,是真正自然界里存在的水。现在采集它们比人工制造要贵多了。我刚才没说的一点福利是:这里一切都是真的,也就是说,我们虽然管理虚拟现实营造的世界,但我们不使用它。刚才大厅或电梯里的虚拟现实,与其说是装饰,不如说是测试道具更为贴切。"

"这又是为什么?"徐未然爸爸好奇地问。

"因为我们必须要保持清醒,五色令人目盲,五音令人耳聋,五味令人口爽,听过这话吗?"

徐未然和爸爸同时摇摇头。

"这是远古时代一位智者的话,意思是缤纷的色彩使人眼花缭乱,嘈杂的声音使人听觉失灵,浓厚的杂味使人味觉受伤。虚拟现实也一样,太多的真真假假混在一起,就算我们能分辨清楚真假,它也会大大消耗我们的精力。所以我们尽量不使用它,以保护我们原本就有的宝贵的鉴别力。"

"我有一个问题,"徐未然放下瓶子,"就算我可能具有某种直觉能力，也不代表我就能胜任这项工作。你根本不了解我，虽然你知道我姓什么，来自何处，甚至知道我们是来应聘的，但获取这些信息很简单。只要我们进入这栋建筑，监控就会验证我和爸爸的信息，我甚至可以假定正因为我们进入大堂，你才把那只老鼠放出来，它也是事先安排好的道具之一。不过我不纠缠那些，只想说明：你并不了解我。"

短发中年人赞赏地点点头。"事实上我了解。我知道你们来自传统人街区，你出生在那里，并且在那里长大，接受教育。如果需要，我甚至可以说出你的毕业成绩。我可以明白无误地告诉你，我们现在选拔的这批人员，要求必须来自老街区，必须是母体生育的人，因为……那个街区的人似乎更具有某种责任感。我负责找到合格人员进行推荐，之后会有其他部门接手，对初选人员进行严格培训，而且还会有一定的淘汰率。除此之外，我们的条件相当宽松和包容，学员可以继续保持自己的价值观，这意味着你可以继续生活在现在的街区，完全不用搬离，也不会受到任何其他限制。将来你可以选择结婚生子的传统生活，也不会有人干涉。你只需做好本职工作就行，我们这里没有任何血统歧视。"

"可你们在行动上是歧视我们的，"徐未然爸爸有些不高兴地说，"这里的生活条件明显比我们那里优越……"

"容我指出您的误会，"短发中年人不紧不慢地说，"生活在哪个街区完全是每个人的自由，你们选择住在城市那边，而且拒绝所有现代化设施，这本身与政策歧视无关。如果我说这个现代化街区生活水准之所以高，完全是因为这里的居民接纳并充分使用高科技的结果，这样你心里会比较好受点吗？"

"你的意思是，有得必有失，所以我也没什么可抱怨的？"徐未然爸爸嘟哝着，然后又忽然提高声音，"这份工作我们接受，不，是我儿子接受。如果未来世界哪里都是以假乱真的东西，我宁可让他待在一个相对真实的世界里，哪怕是为我并不喜欢的政府部门工作。"

说完，他仰头一口气喝完瓶中那没有颜色却有味道的水。

从那天开始，徐未然，老徐，就正式进入中央数据库安全管理中心 C 科实习，一晃四十年过去了。此后他再没见过老鼠，也再没见过那个短发中年人。

3

早晨老徐刚进办公室，还没放下手中的文件包，桌上计时器的蓝色表盘瞬间变成了红色。就好像知道他来了一样。

没准儿它真知道呢。

老徐一边想着，一边按下时钟顶部的小按钮，这代表他接收到会议通知，一刻钟之内就会到达指定上车点。

表盘恢复了白色，他拎着公文包转身走出办公室，朝电梯走去。

C 科的办公楼不高，共有十二层，科长办公室在顶层，而且这层除了他的办公室，就只有那些规模庞大的资料室，再无其他任何人在这层办公。任何时间他进入电梯向下运行时，都确保里面只有他一人。如果不按下中间其他楼层的按钮，电梯将优先直接将他送到一层或者地下。

电梯按键板下方有个不起眼的绿色按钮此刻点亮，平时人们根本不会注意到它，即便按也不会有任何反应。但现在不同，它已经被接通。

老徐将右手大拇指贴在那个绿色按钮上，指纹识别通过以后，电梯就正式处于锁闭状态，径直掠过其他所有楼层，直抵地下。

整栋大楼目前除了他，没人进过这间地下室。

地下室空间不大，相当于一间办公室的面积，里面只放着一把铺着软坐垫的椅子，位置正对那扇自动玻璃门。门外是隧道，铺设着一条磁悬浮轨道。一般情况下，他几乎不需要坐那把椅子，因为就像算准了一样，当他进入地下室，三十秒内，那辆无人驾驶列车就会无声抵达。今天也不例外。

跨进单节车厢，里面照例空无一人。他在沙发软座上坐下，拿起桌上造型考究的水晶水瓶，给自己倒了一杯有水味的清水。与此同时，车辆平稳无声地运行起来。

老徐喝着水，不禁又想起四十年前的往事，那个目光炯炯的中年人在大堂拦住他和爸爸，说要给他一份工作，并且承诺这是一份有意义的工作。直到现在，他依然无法确定这工作的意义究竟有多大，也许等到他彻底退休也未必能明白吧。

虽然知道退休之后只剩下他跟老伴共度无聊空虚的时光，但也比整天绞尽脑汁追踪那些不安分的虚拟人要好。更重要的是，从此他可以安心生活在公社里，身边每一个都是有血肉而真实的人类，他们有优点，也有缺点，重要的是他们都是真实存在的。不像现在，自己身为一个传统人，却带领着一群思维与观念跟自己截然不同的"新人类"执行追踪虚拟人的任务，想起来都滑稽。

列车快速穿行在黑暗的隧道里。老徐靠在座位上闭目养神，外面除了黑洞洞的隧道墙壁，什么都看不见。那种奇特的感觉又来了——暂时丧失时空感，不知道此刻时间是往前还是往后，自己是快速驶往前方，还是根本就停留在原地。每次乘坐这趟列车，这种奇特的感觉都会不期而遇出现，他只能静静体会，却无法把握它。

从现在开始的一段时间，他都会处于这种时空感模糊的状态中，直到会议结束返回办公室，才能重见天日。

每次都是老一套。

按照规定，各科室每月底将工作总结发送到政务交流平台，系统会将其传送给中央数据库安全管理中心主任办公室，在那边经过不知道怎样的分析和讨论流程后，再将议题传送回各科室。议题每次都高度集中精练，这也意味着大家在那个不见天日的地下会议室并不会花费太多时间。

具体会议时间将在下月上旬的某天召开。圆形计时器表盘平时呈现朴素的白色，衬托出显眼的黑色指针。但当它某天变成蓝色时，就表示在未来二十四小时内将召开会议，与会者必须提前准备好相关资料。在第二天上班时间的任何一刻，表盘都可能随时变成醒目的红色，与会者一旦看到这个提示，必须在十五分钟内下到地下车站，否则将错过那趟列车。

月度例会是老徐最不喜欢的一项工作内容。令他难以忍受的是会议场所和会议形式。每次开会，他都必须像今天这样深入办公楼地下，乘坐这趟专车去会场。会场则更夸张，位于地下深处，通风良好但却不见天日，会议室里光线不足。一般情况下，长条会议桌边按顺序坐着三个科室的负责人，A、B两个科室的代表坐一侧，C科代表坐在对面。好在他们三个人彼此之间都很熟悉，否则就更加难以忍受了。

主持会议的是中央数据库安全管理中心主任，行政编号DC-01，一个面无表情的老官僚。老徐私下将其称作"土偶"，虽然有些不敬，却恰如其分。每次开会都有提前定好的议题，会议只围绕议题进行，绝不涉及其他无关内容。会议结束后，大家毫不耽误地离开，而"土偶"最后大约是从他背后那扇白色小门离开。至于那扇门究竟通往何处，老徐等人一概不知。

正因为会议形式如此神秘，而内容又如此乏味，因此每次参加会议，老徐总会生出某种错觉：真正管理这个城市的是另一批看不见的人，自己和周围其他人只不过是在扮演着执行者的角色。

在此工作了四十年，老徐依然觉得自己是个局外人。没错，他确实比孔目等人知道得多。他知道中央数据库安全管理中心的架构庞大，级别也提升到一级的层级，在某些特殊业务的执行过程中，中心的权限高于其他行政部门；他定期收到来自市政厅的内部政务通报，知道虚拟人的研发和替代人的使用进展情况，知道遗传基因研究的最新进展……可即便如此，他依然有种疏离感，总觉得自己还没进入城市管理层核心，甚至自己身边认识的每一个人都不在"核心"里。

按说中央数据库安全管理中心下辖五个科室，分别为A、B、C、D、E，可每次开会只有前三个科室的负责人参加，D科和E科像是隐形科室，老徐当了近十年C科科长，参加了数不清的管理例会，至今也未见过那两个科室的人。

或许这就是现代化带来的必然后果。行走在街道上，看不到任何管理者，而一旦出现问题，相关部门就仿佛从地下冒出来一样突然出现。这种高度自动化的管理体制，导致行政部门互相隔离，各部门之间的业务沟通都通过"政务交流平台"，大家把各自负责的业务存入上面相关的目录下，智能系统会进行梳理与匹配，将对应的内容推送给有关方面，并协调相关各方推进项目执行。平心而论，这个机制确实高效，因为计算机在分析管理方面永远比人类强，它不会忽然忘记什么事，也不会心血来潮让无关的两方盲目对接造成混乱，它的每一步都有条不紊，力度不轻不重，节奏不快不慢，只是恰好。

缺点就是少了人情味儿，虽说大家都是政府公务员，老徐却没交上什么私人朋友，因为平时不可能在政务交流平台上谈闲话，而平台办公的高效，使得同事现实中没有见面沟通的必要。简单说，高效的公务平台和完善的办公机制，有意无意间让大家都变成了陌生人。

昨天一早，表盘就改变了颜色，这次反馈回来的议题是要讨论他的退休。为市政厅服务了四十年，他早就觉得累了，巴不得尽快退休。然而在退休之前，他还有一件重要的工作需要完成，而且必须他本人参与。那就是确定一批储备干部，为科室培养隔代领导层。

不知出于什么考虑，中央数据库安全管理中心C科的干部选拔遵循一套奇特的原则，即"隔代指定法"。现任科长在退休前，需用一年时间从一批储备干部中选拔三位干部重点培养，在他的继任者未来退休时，新科长将从三位储备干部里产生。

老徐的继任者早由前任科长确定好了，对此他没有任何发言权。按照规定，C科的领导层由五位成员组成，均以单数编号，老徐是C01号，未来下一任科长将在C03～C09四人中间按顺序产生，换句话说，如果不出纰漏，排在前面的C03号调查员具有优先权。在新科长上任三年后，领导层按规定进行一次大换血，C03～C07将更换成老徐选定的三位储备干部，此外还有一个机动名额，以备出现特殊情况。

这套机制实际上相当科学合理，它既保证了科室工作的延续性，同时还杜绝了任人唯亲的弊病——当新科长上任时，提拔此人的上上一任科长可能已经不在人世，自然也就不存在什么利益输送的可能性。更重要的是，储备干部的初步挑选过程根本与现任科长没有丝毫关系。

这也是令老徐苦恼的事：因为到目前为止，他依然不知道会从什么地方选拔出什么样的人来。不过有一点可以确定，有资格入选的年轻人一定不是"新人类"。

这是老规矩，反正从他被选入C科那个年代起就遵循此项原则，至今没有更改过。

不知过了多久，无人驾驶列车平稳停靠在小站台上，车门自动滑开。老徐拎着公文包走出车厢，站台上空无一人，橘黄色的灯光洒满小小的月台。顶上是光滑的大理石，两条轨道闪闪发光，延伸进黑暗的隧道深处。站台旁有个指示牌，上面显示一行简短文字：请按指定路线进入会场。

指定路线就在脚下。地面不知用什么材料铺设，大约一米宽，发出淡蓝色的荧光，看上去像条河流，与会者只要顺着这条路走就绝不会错。

老徐拎着提包慢慢顺着道路前行。宽敞走廊两边的墙壁干干净净，没有任何装饰。偶尔会出现一条分叉小路，地面没有蓝色荧光，黑魆魆一片，不知通往何方。

走了一会儿，蓝色小道弯出一道弧形，前方出现一间大厅，围绕大厅有多间会议室，其中只有一间会议室门口站着年轻英俊的引导员，看到老徐走近，便推门示意让他进去。

不用说，这是个替代人。虽然它们很难被识别，但老徐可以很轻易地辨认出来——他就是有这种本事，否则也不会被招进C科。

还是那间十年来都没更改过的会议室，但与以往不同之处在于——今天会议桌边只坐着一个人，当老徐看清楚此人是谁时，不觉愣在原地动弹不得。

此人不是"土偶"，但却是老徐的老熟人。

虽然四十年没见，他几乎还是老样子，短短的头发刚刚冒出头顶，每根都乌黑油亮，仿佛里面饱含养分。两只眼睛炯炯有神，散发着令人着迷的神采。额头宽阔平整，眼角丝毫没有皱纹，皮肤很紧致。

他就是四十年前招聘老徐——那时大家还叫他小徐或徐未然——的短发中年人！

四十年来，小徐变成老徐，浓密的头发基本掉光，皮肤松弛，脸上布满皱纹。当年带他走进那座大厦的爸爸早已去世，他结婚、组建家庭，随着时间流逝，连他和妻子爱情的结晶女儿都死了。他不明白的是，时间既然如此无情，何以偏偏青睐眼前这个短发中年人：四十年来他几乎毫无变化。

这不可能，也不符合科学规律。

老徐在内心呼喊着，表面却尽量不动声色。

"徐科长，请坐。"

短发中年人面带微笑看着他，示意他坐在右侧的空位上。

4

"多年不见，你看上去气色不错。"

老徐有节制地问候着，聪明的大脑里早就开始了思考过程：今天的会议议题本就是关于储备干部的讨论，"土偶"不出现很正常，因为他是中心主任，招聘新人理论上不归他管。而这个短发中年人理所当然负责干部选拔，四十年前他不就是这么干的吗？唯一出乎意料的是他的外貌，没有人可以四十年还保持一个样子，除非他不是正常人。

"是啊，不过你老了。当年第一次见面，你还是个年轻小伙子，有激情、有活力，头发也比现在茂盛许多。"

短发中年人说着，眼睛看着桌上放的两杯水。

"来，喝杯水，看看是否还是以前的味道。"

老徐面前的桌面上有个长方形触摸屏，以往开会，上面都会实时显示与会议相关的内容，以防与会者疏忽掉什么议题。左边位置有个按钮，亮着红灯——这表示会议正在进行，一旦结束会议，所有与会者都将按下按钮，既表示自己对当天会议结果完全认可，可以记录在案；也表示会议正式结束，接送的车辆将按顺序抵达外面的站台。

老徐端起杯子喝了一口水。"好像不如以前好喝了。事实上，我已经有些辨别不出细微味道了，岁月不饶人啊。可你是怎么做到的？"

"你指我的外貌？我跟你不同，我不是传统人，当然也不是"新人类"。我是替代人，某种程度上说，比你部门里使用的替代人高级一些。只要是人类，都会从年轻变老，最终都会走向死亡，这是自然规律，没人抗拒得了，对此你不必过于伤感。"

短发中年人说完，举起手中杯子，像是对老徐致敬，一口气喝下半杯水，然后才接着说下去。

"这些年我一直在关注你，你果然没有辜负我当初的信赖，不仅工作出色，而且还把C科管理得井然有序，成效斐然，值得嘉奖。还记得我当初证件上的单位名称吗？市政厅人力资源督导处，现在我依然做这个。寻找和推荐合格的年轻人进入政府部门是我的职责。就像当初我选定了你一样，现在我得继续寻找新人。很快你就要退休了，我猜你一直盼望这天早点到来吧？"

"怎么说呢，服务公众是我的职责所在，不过你刚才也说了，自然规律没人抗拒得了，这两年确实有些力不从心。或许现在正是培养储备干部的合适时机。"

嘴里这样说，老徐心头却始终琢磨着短发中年人的前半段话，总觉得那话里有些东西并不像对方描述的那么简单，一个替代人何以会进入市政厅人力资源督导处？难道人类制造的替代人已经可以取代人类从事更高级的管理工作了？抑或他仅仅是个传话筒，背后有只看不见的手在控制一切？

"跟以前一样，我在三年前就开始收集和整理相关信息，筛选出符合条件的对象，之后进行隐蔽考查，然后又剔除掉大部分，现在第一批三个候选对象已经选出来。后面还会有两批，总共九人名单陆续提交给你。接下来担子就落在你肩上了。"

"义不容辞，"老徐喝光杯里的水，清了清喉咙，"需要我怎么配合，请尽管告诉我。"

短发中年人点点头，随手在眼前桌上的触摸屏上操作了一下。

"这是三个候选人的资料，可以先看看。回头还有更详细的资料发给你。"

主持人正对面的屏幕墙被点亮，先是出现蓝色背景，过了几秒钟，显示出一张照片，下面附着简单的文字介绍。

1号，丰己，男，二十八岁，出生于 A5 号临时定居点。现供职于市政道路监控中心，居住于"公社"。单身。长于分析判断，记忆力超强。父母健在，仍居住在"公社"。

看相貌，是那种走在街头谁也不会去注意的模样，唯一印象深刻的是那双眼睛，仿佛能穿透屏幕直入人心。

短发中年人停顿一下，切换进第二张照片。

2号，浦固，男，二十九岁，出生于A39号临时定居点。现供职于人类基因研究室，主攻遗传学工程，居住在"公社"。单亲家庭，有固定女友，女友亦出生于"公社"。长于综合管理，思维精密，具有高度理性。

老徐不大喜欢这人的长相，此人面部消瘦，颧骨和眉骨都比较突出，看上去有些凶相，虽然他知道外貌往往会欺骗人，没准儿这个小伙子还是个温顺得有些腼腆的人也未可知，可个人主观偏见却很难完全抛弃。

短发中年人看着他说："两位都是男性。为了平衡一下，这次也会适当引入女性候选人。女性有超乎寻常的直觉，在辨别真假方面有独特优势。她们判断问题的思考路径虽然与我们不同，但往往会得出跟我们一样正确的结论。我觉得这种改变是好事，或许中央数据库安全管理中心这个庞大的机构，也到了该进行变革的时候了。经过认真挑选，我推荐此人进入C科实习。喏，就是她。"

屏幕上出现一个女人秀丽的面孔，干练的短发，圆圆的脸庞，眉宇间透出女性特有的柔美。

可是……

老徐觉得自己有些喘不上气来。不是因为这女人的相貌吸引他——到他这个年龄，早对女人的相貌不敏感了——而是他认得这个女人。

瓦丽，女，二十八岁，出生地不详，成长于新城区，软件公司职员，负责应用程序开发。父母状况不详，本人现有固定男友，系同一公司同事。近期自新城区回迁"公社"居住。长于直觉判断，喜好传统事物，具备培养价值。

"等等,"老徐侧身看着短发中年人,"这个女孩……"

他说不下去了。那次在自家楼下偶遇的情景出现在眼前。当时这个女孩抱住自己,轻声在他耳边说"谢谢你"。

她感谢我给她重生的机会,但她不是她!换句话说,瓦丽已经不是纯粹的瓦丽了,她体内包含着一个小小的、崭新的灵魂,那可是个虚拟人啊。一个虚拟人以储备干部的身份进入负责管理虚拟人业务的政府科室,这不仅荒唐,而且可怕!

可他什么都不能说。事情不知不觉间已发展到远超预想的严重程度。随即他想到了另一个问题。

"看资料,她不是出生于公社,那么就应该是新人类,难道现在允许从新人类中寻找干部了?"

这是要点,因为政府机构里一个不成文但却很重要的规则是:所有高级管理人员都必须是传统人,换句话说,都必须是从母体出生的人才可以。至于为何如此,没人解释过,大家只是遵照执行而已。这正是他当年能够入选的必要条件,同时也是孔目这样的人永远不可能被提拔到高级管理岗位的原因。眼前屏幕上的女孩以年龄和成长环境来看,必然是从人造胚胎里孕育出来的新人类。况且资料上清楚写着:父母状况不详。这不摆明了她其实没有父母的吗?

"不,她是传统人。"短发中年人简洁地回应他的质疑,"这点我们不会弄错,只是包括她自己在内的人都不知道这个事实。大约几个月前她做过一次手术,心脏的问题。你明白这意味着什么吧?"

老徐先是愣了一下,之后长出一口气。没错,他明白这意味着什么,只是此前从没认真想过或根本没想到。

这个女孩有心脏病,而这种疾病大多是先天遗传。如果她是人造胚胎里出生的新人类，那么在前期孕育检测阶段就能将此病排除掉。既然她的心脏病严重到需要器官移植，那只能表明她确实是从母体自然出生的孩子。

自己居然忽略掉了这个重大漏洞。

当时，老徐被重生的念头冲得头昏脑涨，满脑子想的都是自己死去的女儿，在植入爱丽丝的遗传密码时，他觉得是在让自己的女儿重新获得生命，根本没顾上想其他。事后，繁忙的工作更让他无暇多顾。即使那天女孩在楼下抱住自己，除了喜悦和成就感，他竟然也没想到这个显而易见的事实。

"所以，她当然是传统人，只是刚出生不久就被人偷走了而已。在新城区里有她完整的成长记录，但我们无法获取她之前的家庭情况，因为公社的数据中心不对外开放，更重要的是，我猜里面也未必有记录。当时的情形很混乱，他们还分散在各个临时定居点，这你应该还有印象。"短发中年人说。

"总之，可以确定这孩子是传统人无疑？"

"对。"

"那她怎么会在新城区长大？"

"说来话长，我之所以注意到她，是因为数据显示她在最近两年经常出入传统人才会涉足的场所，比如书店、古玩店之类，如果是新人类，这么做就相当反常了。所以我们进行了调查，结果发现，二十八年前新城区医院出现过一例传统人猝死事件，死者是个四十岁出头的中年女性。没人知道她从哪儿来，但从证件判断，应该是来自新城区之外的某个临时定居点。她身边有个刚出生不久的女婴，检查确认跟她没有血缘关系。之后女婴就被送入新城区的育婴机构，跟那些人工胚胎生育出的孩子一起养大。"

"为什么不去找她父母？"老徐问。

"我说过,当时双方不像现在这样和睦共处,而是势同水火,那种情况下,谁会费力去帮一个弃婴找家庭?总之,那都是快三十年前的往事了,在此不必深究,我们只需知道她具备进入C科进行培养的资格和素质就够了。三个候选人的全面资料我随后发给你,你仔细研究一下,然后找时间通知他们入职培训。一旦入职,C科人力资源室和你一起对他们进行考察,每周提交考察报告。在三个月封闭培训期结束后,我们再找时间开会讨论。"

说罢,他站起身来。"现在,会议结束。"

老徐也站起来,不等对方有所表示,他抢先伸出手去。

他要跟对方握手。倒不是因为那是最古老的社交礼仪,而是他迫切想要这么做。如果对方果真如他自己所说是替代人,只需接触一下,老徐就能大致印证他说的是真是假了。

可短发中年人仿佛知道老徐的心思,只见他如触电般朝后退了两步,抬手制止老徐。

"抱歉,我最近身体不好,得避免任何接触感染的可能。"

他一边说着一边转身从背后那扇白色小门快步离开,剩下老徐一人站在原地发呆。

5

他竟然没有按下会议结束的按钮就走了。

不知是不是因为老徐出人意料的握手请求让短发中年人心慌意乱,总之他没有按下桌上那个结束会议的红色按钮就从身后的白色小门匆匆离开了。老徐看看自己桌面上的那个按钮,还亮着。就是说,只要他不按下这个按钮,理论上会议就一直在进行,接送他的车辆也不会过来。

当然不止于此。他受过训练的大脑早就完成了一个严密的推理，甚至都有了对事件后果的综合评估。事实上，一个大胆的计划已经成形，剩下的就是如何去实施了。

抬头环视一下会议室，没有看到监控设备——没看到当然不等于没有，但值得冒险试一下。

他绕着会议桌慢慢走了一圈，假装像在思考什么问题。他走到刚才短发中年人的座位后面，停下脚步等了一会儿。

没人回来，也没人进入会议室催促自己离开。

他不再犹豫，快步走到那扇白色的门边，轻轻按下门把手。

起初他觉得门可能不会开，然而白色的门却顺滑地打开一道缝隙。探头看看，里面是条狭窄的走廊，光线幽暗，在不远处拐了个弯。

老徐侧身走进门内，故意没把门关紧，然后小心翼翼往前走。

就到前面拐弯处，看一眼就回来。他想。

地上铺着柔软的地毯，几乎把脚面都陷进去了。墙壁摸上去是软的，包裹着一层编织物，不知为了隔音还是防撞。隔几步，头顶就有盏小灯，将一小圈光线投射在脚下，足以让人看清楚，又不会破坏整体的幽暗氛围。

拐过弯道，老徐有点失望，因为前面依然是一段走廊，下一个弯就在前方不远处。

该做决断了。

老徐回头看一眼空无一人的走廊，然后挺直身体，迈步顺着走廊往前走去。

这不是突发奇想，也不是心血来潮，这是自从他第一次作为科长参加高级管理会议时就有的想法。十年前，他坐在会议室那个座位上,看着主持会议的"土偶"走进这扇白色小门时,就开始琢磨这扇门后究竟有什么。之后每参加一次会议,这种好奇心就加重一些。直到今天,探究真相的欲望不可遏制地爆发了。

好奇心源自疏离感。是老徐平时就能感觉到的那种奇特的疏离感,好像世界上的一切都被纵横的沟壑隔离开。政府部门与普通市民之间隔着一道看不见的鸿沟;政府部门内部也相互隔离,彼此都不知道对方在做什么;市民之间也相互隔离,为此不惜将城市割裂为两部分。

他倒不是特别想跟谁亲近,可也受不了这种永远生活在高墙夹缝中的感觉。

这扇白色小门某种程度上是个隐喻,它既隔离了市政厅内部不同的行政阶层,同时也是通往真相的入口。就看你怎么看待它了。此刻,在老徐眼里它是后者,顺着这条不起眼的走廊,他觉得自己能找出一些令人惊讶的真相。虽然知道真相未必对生活有实际帮助,可人类做的不具实用价值的事情也够多了,再多一件也无妨。况且,像今天这样的天赐良机,今后未必会有了。

抱着这念头,老徐继续往前走。

好在这条路并不长,拐过第二个弯,前面就是另一扇白色小门。

推开门,眼前居然出现一个大厅。

大厅,首先让他想到四十年前跟爸爸走进的那栋大厦,那里也有个与此类似的大堂,只是这里空无一人,也没有虚拟实境,更奇特的是,除了自己进入的这扇小门,大厅再无其他出入口。环绕圆形大厅有十部电梯,此刻都静止在一楼一动不动。

他慢慢绕了一圈,再次确认这确实是个封闭空间,然后才随手按下一部电梯的按钮。

电梯门无声地打开，他毫不犹豫地跨进去。

从电梯操作面板上看，整栋大楼高一百层。除了第一层和第一百层，中间没有其他楼层的按键，只有一个卡片大小的触控器。老徐猜测这大概跟自己办公楼电梯里那个绿色按钮相同，都需某种特别验证方式。或者说每层住户只能去自己所在的那层也不一定。

他按下一百层按钮，电梯无声地快速上升，由于速度过快，他觉得双脚仿佛被钉在地板上一般。大约过了三十秒，电梯上升速度开始放缓，他的身体也开始松弛下来。

快到顶了。

果然，电梯平稳停下，门无声地打开。

外面明亮的光线照进来，老徐不由得愣住了。

这不是任何灯光能营造出的氛围，而是自然的阳光。

他走出电梯，发现自己置身于一个大厅里，四周是玻璃外墙，顶部覆盖着根据日光调节明暗的玻璃。靠窗位置分散着座椅。这跟四十年前短发中年人带他们去的那个顶楼十分相似，无论布局还是整体设计，就像出自同一个设计师之手。

一时间，老徐有种穿越时空隧道的感觉，仿佛自己还是个十八岁的孩子，站在人生的十字路口，对未来充满向往，此后的四十年其实都是梦。

他迫不及待地走到玻璃幕墙前朝外看去，外面的城市风景尽收眼底。他从没在这么高的地方观看过城市。从这栋楼看去，脚下不远处有两座二十层高的塔楼，中间有走廊连接，那是市政厅的双子座办公楼。而那两栋楼后面，则铺开了他熟悉的城市。整齐单调的行政办公区，全都是方正结实的大楼；现代化的新人类街区则高楼林立，看上去充满科技感；而更远处的老街区，则淹没在淡淡的云雾里。

老徐忽然觉得头顶发麻，不是外部有什么撞击或触碰，纯粹是自己身体内部的问题。那种麻痹感从头顶某处向下弥漫开来，身体随即不由控制地瘫软下去。

不能摔倒在这里。

他想着，却身不由己地倒在地上。

最后的意识里是一尘不染的地面带来的坚硬触感和一个尚未解开的巨大疑惑。

醒来时，老徐发现自己斜靠在飞驰列车的座位上睡着了。这一觉睡得相当沉重，以至于整个脖子僵硬无比，嘴巴不知何时张开，口水不受控制地淌到胸前衣服上。

他费劲地坐直身体，无人驾驶列车还在无声运行——大概是在运行吧，或者快得无法想象，或者慢得接近静止，反正周围仿佛连空气都凝固了。

摸摸脑袋，左侧头皮有些麻木，也许只是因为刚才睡姿不对，导致脑供血不足的缘故。他慢慢站起身，在短短的车厢里来回走动，仔细回味着刚才那个"梦"。

没错，虽然已经彻底醒来，那个梦却依然如烙印般刻在记忆里。在梦中，他穿过狭窄而幽暗的走廊，到达一处圆形建筑，那里四周都是电梯，电梯通往一百层的高处。在顶层，他曾看到过城市的另一面。

这个梦的特别之处在于：不像其他做过就很快忘掉的梦，它始终清晰。

模糊的记忆里，他好像确实顺着原路返回，车就停靠在站台上。但他不确定这个印象是因从前无数次开会而累积在记忆里的残片，还是他果真曾顺着原路回到车上，然后开始做了那个梦。

老徐将脸贴近车窗朝外看去，外面除了深不可测的黑暗，什么也看不到。

没有明暗变化的纯黑可以遮蔽一切，包括真相——如果它存在的话。

第三章　不速之客

1

　　洛奇认为自己的生活已经走入正轨，证据是每天都过着规律的生活。

　　早晨七点跟瓦丽一起准时起床，两个人先去楼下花园散步。当初瓦丽出院时，医生就叮嘱过适当运动才能强化心脏，让它更快与机体完全融为一体。不过对瓦丽来说，那颗移植过来的心脏早就是自己的一部分，以至于根本意识不到它的存在。无论昼夜，它都尽职尽责地跳动着，维持自己的生命。

　　上楼之前，他们会在露天市场里买当天的蔬菜和水果，以保证每天都能吃到最新鲜的食品。无论市场还是水果蔬菜，对他们来说都相当新奇。

　　八点半回到家里，两个人会轮流洗漱，另外一个人准备简单的早餐。

　　九点吃完饭，瓦丽开始收拾整理房间，洛奇则在显示屏前查看当天新闻，尤其关注本地天气变化。自从搬到这里，外出的次数明显增多。

　　九点半以后，两个人都会进入工作状态。洛奇使用房间里原有的那台老设备，新加装的一套设备留给瓦丽使用。两台设备分别位于两个房间，相互没有干扰。

想到一个项目组里三个人都住在同一社区,其中两个人还同处一个屋檐下,这感觉颇为有趣。洛奇并不介意跟女朋友一同工作,因为在他看来,工作仅仅只是一份收入,并没有什么特别的含义。一旦起身离开办公桌,他就可以将思绪迅速切换到日常生活状态。

中午两个人轮流做饭。开始还是以成品加热或半成品加工为主,后来也开始尝试将市场里刚买回来的新鲜蔬菜烹饪成可以入口的熟食,并在此过程中获得乐趣。

下午的空闲时间,瓦丽会占据那张舒服的单人沙发读书,而且会看很久。洛奇没事可做,一般就是外出散步,并非是外面有什么特别吸引他的东西,而是与另一个人长时间共处让他觉得有些……不适,说来也怪,这个女人跟他的关系其实已经亲密无间,几乎每个晚上,两个人都会温存一番才入睡,醒来一睁眼先看到对方凌乱的面容,呼吸到对方呼出的气息,本应是种完美融合的感觉。可实际情况并非如此。无论是在房间里家具的摆放位置,还是饭菜口味的咸淡,甚至在半夜是否打呼噜这种事上,都能让他深刻体会到两个独立个体的巨大差异。

瓦丽与他不同,每做一件事都会相当投入与专注。此间心无旁骛。每次看着瓦丽由于专注而显得冷冰冰的侧影,洛奇都有种被冷落的感觉,同时,淡淡的陌生感也会袭上心头。

对方是个有思想、有意志的独立个体,有属于她自己的想法,而且不会轻易屈从于别人的意志。认识到这个看似浅显的道理,洛奇有些不知所措。

此外,他偶尔能体会到另一种传说中古老的情绪——嫉妒。

就是一个男人对自己深爱的女人所抱的爱情遭受挫折时的失落。每当瓦丽在显示屏前跟孔目开玩笑时,洛奇心里都有些别扭。他的名字不叫孔目,他是C科调查员,说难听点就是个密探。密探总归不大讨人喜欢，就算大家把误会都已经澄清了，就算大家都以为彼此是朋友，可还是有些不一样吧。

洛奇在心里自言自语，不过随即又意识到，瓦丽并不清楚孔目的真实身份，上次在叶海山家聚会，知情人都心照不宣，没有戳破。

可爱丽丝知道。她不仅知道孔目的真实身份，而且还跟他斗智斗勇，最终取得完胜。是她出主意让身为调查员的孔目帮助她重生。即便孔目最后没有完成任务，毕竟也算尝试过。所以无论从何种意义上说，孔目都能归入朋友行列，他有恩于我们。

每次看着瓦丽跟孔目在屏幕上开着玩笑，洛奇都会这样在心里说服自己。

与瓦丽的欢爱时刻，他脑海里偶尔会闪过爱丽丝的影子，以至于当强烈的爱意充满心头之际，他都有些搞不清楚那份感情究竟是因哪个女人而生的。

2

一天午后，洛奇照例去外面散步。

按照惯例，他该顺着花园里那条用蓝色塑胶铺设的小道行走。整条道路围绕着社区，走完一圈大约需要三十分钟。小道内侧是花园、绿地和儿童游乐设施，外侧种植着高过头顶的灌木，形成一条天然隔离带。从灌木丛间隙看过去，眼前是一片荒原。

除了清晨那段时间人比较多，白天其余时间段花园小路人很少，尤其是午后就更没有人了。这也是他喜欢选择此时漫步的原因。不受打扰，可以专心思考。

与瓦丽清晨散步的时候，小道上不断会遇到其他人，有的人是单独行走，有的跟他们一样两个人一起，还有人牵着小狗。每次看到牵狗的人，洛奇总会不由自主提高注意力——他想知道会不会是遇到那个快要谢顶的矮个老头，现在他知道那是C科科长，也能猜到爱丽丝的新生跟他有很大关系。出于种种原因，他没法当面表示感谢。即便如此，他还是希望能够遇见他，哪怕跟他打个招呼。

他也很想知道再次遇到那个小老头，瓦丽会有什么反应。

他猜瓦丽大约不会有什么特别的反应。绝大多数时间里，那个名叫爱丽丝的女人都在沉睡，或者说观望，不会有任何举动；但另一方面，每当她表现出自主意识，开始掌控那个身体，也是毫无预兆，不可捉摸。

可奇怪的是，自从搬入公社，他始终没见过那个老头。

自从搬入传统人社区，洛奇觉得自己的烦恼越来越多。他不知究竟是因为结束单身生活造成的，还是因为自己从高度文明进步退回到传统保守的生活所致。

胡思乱想间，他意识到自己又来到那个拐弯处。

蓝色塑胶小道在一座小土丘前拐了个弯，道路绕过土丘，继续延伸向前。在弯道处，另一条分岔的小道则绕过土丘外侧，隐没在树丛中。严格说来那不是路，只是被人反复踩过，才大致有了点路的样子。平时他总是毫不犹豫顺着蓝色塑胶道路行走，从没想过那条小岔路会通往何方。可今天，思维异常活跃，他忍不住停下脚步，开始打量起眼前的小土丘来。

土丘大约三米高，实际就是个大土堆，边缘直上直下，人没法爬上去。大约当年建设小区时，出于需要铲平了大部分的土堆，等修到这里已不需要再扩张，于是就此止步，留下一片小土丘。

可那条几乎不能算路的小径究竟通往哪里呢？

洛奇四下看看，此时除了他再无别人。于是他小心翼翼踏上那条土路，开始往树丛深处走去。

头顶是几株大树，因此这里的光线稍微暗一些。

没走多远，拐过一个弯，道路就到了尽头。

绿化带被凸出的土丘截断，而在绿化带与土丘交界之处，赫然露出一道缝隙。

洛奇走到缝隙跟前朝外看，就像从一个光线较暗的房间朝阳光灿烂的屋外看一样，眼前顿觉豁然开朗。

外面是一块荒凉的沙土地，寸草不生。一条似有似无的小路延伸到远方。

好奇心一旦被激起就很难平息，尤其是在答案尚未显现但又似乎唾手可得之际。

为什么不出去看看呢？

此处没有任何警示标志，也没有任何阻拦，眼前的缝隙几乎就像个小门一般，明显是供人出入的。

不管是谁，反正有人从这里进出。既然如此，我当然也可以顺着这条路出去探索一番。

再次确定周围没人之后，洛奇跨出那道树篱上的缝隙进入荒原。

站到沙土地上，脚下的感觉和塑胶道路甚至土路都完全不同。地面坚硬，布满大大小小的石子和砂砾。

洛奇顺着被人踩出的小道朝荒原深处走去。他不确定自己打算走多远，总之先走着看，要是半路累了就原路返回。

果然是荒原，放眼看去，除了身后那片绿化带，其他地方都仿佛没有边际，看不到人类生活的痕迹，也没有一株植物。

在洛奇以前生活的新人类社区，每一寸土地都被合理规划使用，完全见不到裸露的土壤，所有景观都是人工产物，精美而无懈可击。在"公社"生活的这些日子里，他开始慢慢习惯一定程度的自然景观。比如真正的树木和真正的花朵，比如欢蹦乱跳的小狗，比如从小区里流过的那条小水沟。

可那些都比不上眼前这片旷野带来的巨大震撼。

原来最初的土地是这样的，自己原先习惯的只是人类堆砌到地面上的那些东西而已。

走了一会儿，洛奇下意识回头看看，发现从这个角度可以更清晰地看到绿化带的走向，它分明就是一道围墙，目的是隔离社区和荒原。

下午的阳光毫无遮挡地照下来，皮肤能感觉到一些灼热。空气干燥，四周悄无声息，唯有鞋底踩在沙土上的声音。

远处乱石堆上空忽然飞来一只乌鸦，似乎发现了什么，在那里盘旋不已。

洛奇停下脚步。恍惚间，一个显眼的动物进入他的视野。那是一只黑白相间的肥猫，只见它静静地蹲在那里，不以为意地看看天空中盘旋的乌鸦。然后才不慌不忙地走进那片乱石堆里。

那个背影给洛奇留下深刻印象。

在新城区早就没有猫狗这些动物，它们只能以虚拟形式存在。搬入公社后他才陆续见到了真正的猫和狗。狗的数量明显要多，而猫平时很少见到。因为全面驯化之后的猫，都变成了同一种橘色，甚至变得比狗还要听话，它们只喜欢待在房间里与人类做伴。可刚才看到的那只猫，毛色真是太特别了，而且居然大摇大摆地在野外游荡。没等洛奇想太多，他发现眼前的小路已经毫无征兆地走到尽头。这是个悬崖。悬崖下方是巨大的平原，一条不宽不窄的河流从平原中央蜿蜒而过。靠近自己这侧的岸边赫然矗立着一座白色房屋。从占地面积和房屋结构上说，更像是小型别墅。

脚下的小路在此处开始以之字形平缓地回旋下降，进入平地以后，直接通往河边的房屋门口。

洛奇呆呆地站在原地，不知接下来该怎么办。

只需顺着缓坡慢慢走下去，几分钟就能走到那座白色的房屋前。

可他不敢往下走了。

或许人类内心深处对未知事物都抱着同样复杂的态度，简单说就是既好奇又害怕。具体到眼前的情形，他既想知道那座房屋里的情形，又害怕遇到超出自己意料之外的状况。因此只好站在原地一动不动。

就在此时，从那座房屋后面转出一个推着轮椅的人。

对方距洛奇直线距离有两百多米，因此他能看清推着轮椅的是个中年妇女，轮椅上坐着瘦小的孩子。

中年妇女远远看到站在高处的洛奇，不觉愣了一下。洛奇甚至感觉她几乎想推着轮椅转身回去，但片刻迟疑之后，她还是继续顺着小路走过来。

对于正常行走的人来说，这个之字形道路的坡度已经相当平缓，但对一个推着轮椅的妇女来说，这段路就有些费力了。

当洛奇醒悟过来，跑下去帮她一起推轮椅时，那张轮椅已经走了一半的坡道了。

他注意到轮椅上的孩子似乎病得不轻，完全没法说话，随着车轮颠簸，嘴角有口水不断流淌下来。唯一引人注目的是对方的眼睛，闪闪发亮。

"谢谢你。"

登上崖顶，中年妇女对洛奇表示谢意。可能是由于愁眉苦脸太久，居然没法硬挤出一个笑容来。

"没关系。"

"你就是那个刚搬来的新人类吧？"她上下打量着洛奇。

"你怎么知道？"

"公社消息传得快，什么事都藏不住。其实我就住在你们隔壁。"说到这儿，她终于露出一个嘲讽的微笑，"况且，除了新来的人，这里没人会帮我推三洋，他们都讨厌我们，觉得我们给公社丢脸了。"

洛奇看着轮椅上的孩子，不知该说什么。原来这就是三洋啊，搬家之前叶海山曾特意提过，当时他和瓦丽想象不出那究竟是怎样的一家人，之后这段时间他们作息与公社大多数人不同，因此几乎没遇到过左邻右舍，没想到此刻见到他了。

"幸会，我们刚搬来没多久，朋友不多，以后大家可以多走动走动。"

三洋妈妈不置可否地晃晃头，似乎把这当成纯粹的客气话。

"那是什么地方？"

洛奇冲着远处河滩上的白色房屋扬了扬下巴。

三洋妈妈犹豫了一下，说："那是宿教授家。我带三洋去治病。"

"什么？"

"住在那儿的宿教授以前也是公社领导，后来从公社搬走了，在那儿建了这栋大房子。他懂得可多了，虽然不是学医的，却能给人治病。尤其是像我家三洋这样的，其他地方都没办法，宿教授说可以试试。这不，最近半年，我们每周都来一次。"

"有效果吗？"

洛奇低头看着三洋歪在轮椅上的样子，觉得应该是没什么效果。

可三洋妈妈却提高了声调："我觉得有效果，尤其最近，明显好多了。"

"有效就好。"洛奇回应了一声。

三洋妈妈推着轮椅，顺着沙土小路朝公社方向走去。

"任何治疗都需要一定时间，耐心点。"洛奇说着快步跟上，问道，"那位宿教授用什么方法治病？"

三洋妈妈摇摇头。"戴个头盔，身上绑一堆电线，具体我不懂。"

回去的路感觉短了不少，没多久就来到那个灌木缝隙前。洛奇又帮着三洋妈妈把轮椅推过树篱缺口，推出土路，直到蓝色塑胶步道上才放手。

"你们现在就回家吗？"

"嗯。"

"一起走。"

"你确定？"

"有什么不确定的，咱们不是邻居吗？"洛奇不以为意地说。

"你不怕别人说闲话？"

"闲话？因为这孩子？不怕。"

一边说着话，洛奇跟三洋妈妈一起返回了住地。

花园小道上依旧没人，一直走到大楼门口，才陆续见到几个人。看到三洋轮椅旁多出的洛奇，大家都不由自主多看了几眼。

"为什么是你带他出来，他爸爸呢？"

电梯上升之际,洛奇随口问。

"他在新城区工作,平时就住在那边,这孩子带给他的压力太大。我理解,都怪我。"

说完,她陷入长久的沉默。

3

推开自家房门,洛奇愣在原地。

孔目坐在那张单人沙发上,正笑容可掬地看着他。

这让洛奇想起瓦丽住院的那个夜晚,自己从医院大楼里出来,当时作为调查员的孔目也是这样看着他,脸上同样挂着神秘莫测的笑容。

"男主人终于回来啦。"孔目冲他顽皮地眨眨眼。

"你跑哪儿去了,这么久才回来?"

瓦丽从厨房出来,手里端着刚刚切好的果盘。

"我去散步,多走了一圈。"

洛奇说着在桌边坐下。

"怎么看上去不大高兴?"孔目问。

"哪有,挺好啊。"

"少来,你能骗得了我?"孔目说着看看瓦丽,"对吧?"

瓦丽笑了。"对呀,孔目现在可是市政厅的人,调查员必须得火眼金睛才行嘛。"

"嗯,所以我们才慧眼识英才,到这里来找人才了。"

孔目说着,拈起一片西瓜放进嘴里。

看来在自己进门之前,他俩已经聊了一阵,孔目甚至已经将真实身份告诉瓦丽了。

洛奇心里有些不是滋味,嘴上却淡淡地说:"你们在说什么,我怎么听不懂?"

"孔目前段时间不是从咱们公司离职了吗?"瓦丽说。

这个洛奇当然知道,在身份暴露后,孔目已经没必要继续潜伏下去了。为此他向公司提出辞职。

"我是说,不明白慧眼识英才的含义。"他有些不耐烦地说。

"哦,这个啊。孔目想拉我入伙。"瓦丽说。

"什么?"

洛奇愣住了。自从看到三洋从那座白色房子被推出来到现在,这是今天第二件令他吃惊的事。就是说,孔目刚才不仅向瓦丽表明了真实身份,而且还邀请瓦丽加入中央数据库安全管理中心。

这事从何说起?

"其实很正常,政府机关也需要不断进行内部淘汰,让更有能力的人加入进来。我觉得瓦丽无论从哪个角度衡量,都很适合进入那里工作。现在整天坐在家里编写程序,屈才了。"孔目说。

"少来,我哪有什么才?不过是混日子罢了。"瓦丽笑着说。

"即便是从赏心悦目的角度说,我们也需要你加入。你知道,C科男人多女人少,我们早就希望改变这一不平衡状况了。只是不知道洛奇放心不放心。"

这话恰好戳中洛奇内心深处的痛点,他瞟了一眼瓦丽,发现她对孔目的恭维颇为受用,脸颊上甚至还飞起一抹红晕。

看到这表情,洛奇心里无声地叹了口气。毕竟是女人啊。

"我觉得她适合现在的工作,政府部门恐怕她适应不了,我看还是算了吧。"洛奇说。

没等孔目开口,瓦丽抢先说话了:"你怎么知道我不适应?"

洛奇有些尴尬,说:"以我对你的了解……"

"那我只能说，你并不了解我。"

眼看气氛不对，孔目赶紧出来打圆场。"不急，你俩可以慢慢商量。今天我只是代表科里来对瓦丽发出邀请，科长你们都见过，就住叶海山家楼上。刚才说了，政府机关需要新鲜血液，这不是玩笑，是真话。进入政府机关意味着成为精英，为大众提供更好的服务。个人也会有很大提升，我指的是精神层面的提升，因为在那种环境里，可以接触到很多机密文件，对城市发展和社会生活会有更宏观的把控，思想观念自然也就不一样了。"

"她有选择不去的权利吗？"洛奇问。

"当然有。但是，"孔目看了看瓦丽，"你们或许不清楚行政体制内部的情况，我简单介绍一下就明白了。中央数据库安全管理中心内部的体制有些像从前的旧式军队，从入伍起就决定了你未来的职业走向。士兵永远只能做士兵，顶多做到一个优秀士兵；军官就是军官，穿上军装的第一天就是军官。在我们科室，科员只能一直当科员，比如我，一辈子都没机会得到晋升。而干部则不同，有更大的上升空间。瓦丽将被作为储备干部招聘。虽然我不清楚具体选拔程序和标准，但我知道这是一个千载难逢的机会，希望你们珍惜。"

"有时候，我们普通人的人生目标跟你们精英的不同。"洛奇说。

孔目不为所动地笑了一下，站起身来。

"那么，我先告辞了。回头如果确定下来，我帮你约面谈。"

"不，不用回头，我现在就告诉你，她不会去。"洛奇说。

"没错，孔目，不用回头，我现在也可以答复你：我愿意去，请帮我安排面谈。"

瓦丽语气坚定地说，看也没看洛奇一眼。

孔目点点头走出去，门轻轻地关上，屋里陷入死寂。

"你什么意思？"

过了一会儿，洛奇问。

"我什么意思？我还要问你什么意思呢。"瓦丽不甘示弱地反问，"你有什么权力替我做主，尤其还是这么重大的事？"

"我以为你跟我一样，也反对政府控制我们的生活。这难道不是我们搬来公社的主要原因吗？别忘了，《1984》可是你给我推荐的。"

"我们搬来这里的主要原因，是为了离开四处充斥着虚拟现实的环境，不是为了反对政府控制。从我的经验来说，眼下并没发现政府有控制民众生活的迹象。至于虚拟现实和X，那纯粹是个人选择。你不也是基于这种自由选择权才搬来此地的吗？真有所谓控制，我们怎能随便搬来这里住？"瓦丽说。

"我相信，任何时代政府与民众都是对立的。"

"我们眼下没必要讨论这么严肃的话题，"瓦丽在屋里来回走了几步，坐进那把空出的单人沙发里，"重点是我决定了，我想接受这个挑战。"

"那我们之间怎么办？"洛奇问。

"我们之间还是一切如常啊，只是我需要换个工作环境而已。其实适当分开一下，对我们两个人没准更好。"

"就是说，我说话不顶用咯？"

瓦丽起身走到桌边，两手放在桌上，专注地看着他。

"每个人都是独立的个体，我们谁也不能替别人生活。你的失落感，我看主要来自以前沉溺于虚拟世界，被俯首帖耳的虚拟爱人惯坏了。"

说完，她避开洛奇直视过来的目光，转身走开了。

洛奇不太确定自己刚才是否在瓦丽眼里看到了那种已经熟悉的光亮，它如一团小火苗，稍纵即逝。但他确信在瓦丽眼神里看到了掩饰不住的笑意——她并不为跟洛奇的争执而恼火，相反，兴奋的情绪早已充满她的内心。

进入政府机关值得那么高兴吗？洛奇有些不解，这不符合瓦丽一贯的行事风格。C科的职责不就是监督虚拟人、清除掉有问题的虚拟人吗？那份工作既枯燥又无聊，而且根据以前爱丽丝的经历，它还不分青红皂白扼杀了有思想的虚拟人，无论从哪个角度看，都谈不上有趣或者高尚。既然如此，有什么可高兴的？

等等……

一道闪电掠过洛奇脑海，瞬间照亮了黑暗的角落。爱丽丝，刚才自己想到爱丽丝。可以肯定，她就存在于瓦丽体内。那么问题来了：进入C科这件事，如果对瓦丽没有意义，那么对爱丽丝有没有意义呢？

当然有意义，而且有重大意义！

试想，一个在"新人类"体内复活的虚拟人，可以进入负责全面管理虚拟人事务的中央数据库安全管理中心C科工作，这背后的含义不言而喻。这意味着今后她不仅可以全面了解人类对虚拟人的方针和政策，还能具体处理相关业务。往小的方面想，这可以极大满足曾经作为虚拟人的爱丽丝的好奇心和虚荣心；往大的方面想，不就相当于人工智能在C科安放了一枚定时炸弹吗？今后只要愿意，瓦丽，不，爱丽丝任何时候都可以在里面引发不可预料的混乱。

洛奇承认，从这个角度看，事情或许还没那么糟糕——没准这还真是件相当有趣的事。一个谁也猜不出结局的游戏，总能引发参与者更加浓厚的兴趣。

4

当叶海山远远看见洛奇和三洋妈妈推着轮椅从小土丘后面钻出来时,不觉大吃一惊。

惊讶源于两方面。首先,刚搬到公社没多久的洛奇居然会走到那片荒原上去,这游荡范围远超他意料之外。自己当时之所以没提醒他别去荒原,是根本没想到他能走去那里。时至今日,连叶海山自己都没去过荒原;其次,洛奇居然在这么短的时间内就跟三洋家走得如此近。在公社其他人眼中接近怪胎形象的三洋,洛奇却毫不在意地推着他走来走去,这种不谨慎的做法让叶海山心里多少有些不高兴。

他隐身在那株大香樟树后,直到洛奇和三洋母子走远,然后才拐入岔路,顺着土路一直来到树篱间那个缝隙前。

没想到这里居然有个缺口啊。

叶海山平时散步不会经过这条路线,因此不知道还有这么一条路。但他对荒原很敏感,因为"那个人"就住在荒原。自从十年前"那个人"搬去荒原,就再没踏入公社范围一步。从其他渠道听到的消息得知,他在河边盖了房子,至于究竟做什么,根本无人知晓。从那时起大家就像有默契般互不往来。为了从地理上起到隔绝作用,公社管委会特意拨款修建了这道结实的树篱绿化带,名义上是防止小孩和宠物跑进荒原难以寻找,其实也是为了跟"那个人"划清界限。

可是眼前这个缺口表明情况发生了变化。要么是公社里有人在跟"那个人"接触,要么就是经过多年沉寂,"那个人"不甘寂寞地开始将触角延伸进公社了。无论哪种可能,都不是他希望看到的。

叶海山站在原地陷入沉思。

他之所以从来不去荒原，说到底是忌惮住在荒原的"那个人"。因为当初就是沙东等公社管理层与叶海山等几个公社核心成员联手将"那个人"赶出社区的。他原本以为局面会就此维持下去，没想到今天意外发现了破绽。

"那个人"名叫宿谦，比叶海山大十五岁，曾是公社最早的创立者。早在三十多年前，宿谦就投身于传统人的自治活动，之后又为整合分散在各处的临时定居点而奔走。现在公社所在地址，就是宿谦当年选定的。

当年选址颇费了一番周折，一方面要考虑相对隔离；另一方面还要考虑与新城区的交流便利——没有与新城区之间的经济交流，公社不可能维持下去。

最后选定的这块地方算是成熟社区，原本已经有人居住。为此还需组织一次大规模的双向迁移。面对如此巨大的困难，很多人退缩了，宿谦却毫不气馁。他带着人挨家挨户走访社区居民，与对方沟通彼此的价值观。愿意过传统生活的人，可以继续留在此处；不赞成传统生活价值观的人，可以享受优厚的条件迁入新城区。在那里，宿谦说服市政厅建造了一个崭新的现代化小区。

事实证明，最大的困难不是让原住民搬走，反而是如何让周围临时定居点的人乐意搬来。人们抗拒集中住在一起的主要原因是担忧自由受到侵犯。他们搬离新城区，既是出于价值观的差异，也是由于多数人的民主正在变成对少数人的专制。现在他们分散在各个临时定居点，生活虽然多有不便，但却获得了完全意义上的自由，甚至都不用交税了。

宿谦的同事们开始质疑这项工作的意义，宿谦本人却毫不动摇地坚信这是必须要做的事，因为他预言在不久的将来，资源将进一步向新城区倾斜，如果不能把这些散落在周围临时定居点的人集中在一处，形成一股统一的力量，那么临时定居点最终会自生自灭走向消亡。

在宿谦的努力下，公社开始初具规模，集中效应也随即显现出来。由于相对集中，管理也相对完善，居民生活条件有了极大改善。加之与新城区接壤，工作机会很多。更重要的是，随着税收体系的建立，公社居民可以理直气壮地享受到正常市民待遇了。

在市政方面，一条通往公社的快速轨道交通线纳入建设规划，一个位于新旧城区交界处的自贸广场也兴建起来，入驻商户规定必须是公社居民，且提供免税等多项优惠措施。

随着公社发展走上正轨，周围那些顽固的临时居民点也逐渐松动，大量居民开始涌入公社社区。

那时候叶海山还年轻，和许多人一样，他们都认为那是公社的黄金年代，一切欣欣向荣，每个人充满活力，感觉浑身上下有使不完的劲，大家都觉得在为自己和子孙后代建设新生活。

经过十多年的发展，公社终于彻底定型并稳定下来。这时人们才意识到，其实并没有所谓新生活，大家只不过是在维持旧日生活而已。起初的冲动与干劲，更像是某种激情在暗中作怪。当激情退却，一切又重归平淡。人与人之间的关系从最初的完全不设防，又重新回到正常的人际交往，不管聊天还是串门，最后大家还是回到自己家里，关上房门——你的生活只能你自己过。偶尔也免不了出现家长里短的小摩擦，也有些流言蜚语在背后流传，但邻里之间大多时候都很和睦。尤其是随着下一代不断出生，社区始终保持着某种繁荣。

直到社区被正式命名为"公社"，这就标志着一个新时代的到来。那是在十年前，以沙东为首的一批壮年骨干在社区生活里开始扮演重要角色，他们提出的发展路线趋于极端，比如：希望在公社范围内禁止一切生育科学检测手段，全面实施纯自然孕育，这就意味着下一代出现先天疾病的概率将大幅上升；彻底切断从新城区进入此地的信息管道，不仅虚拟现实技术不允许引进，连其他带来生活便利的科技都一概排斥；建议成立道德纠察队，有权对被怀疑的居民家庭进行入户巡视，并在判定影响公社安全的情况下，对社区进行全封闭管理。

宿谦对此坚决反对。他的想法很简单，之所以建立传统人生活区，一方面是为了以地理区隔的方式缓解社会矛盾；另一方面是为了保存人类传统的生活美德，包括家庭、亲情、友谊、爱情等，但绝不是以剥夺人们生活自由来进行交换。对于新技术他也不一概排斥，甚至认为应该成立认同传统价值观的科研机构，把握未来技术的发展趋势。"科技决定未来"是宿谦常挂在嘴上的口号。只有掌握了新科技，传统价值观才能得到有效维护。在他看来，沙东等人的做法是误入歧途。

在双方分歧日益明显之际，临时召开了一次社区管委会扩大会议，除了社区管理层，居民里的中坚分子也被召集参加。连续开了三天大会，在最终投票环节，宿谦的几个助手忽然中途倒戈，全都倒向保守派一方，宿谦顿时成了孤家寡人。这些助手就包括叶海山。

最终的决裂反倒比较平和。失望的宿谦退出社区管委会，并主动要求搬离社区，去荒原建立一个独立实验室。新选出的公社管委会痛快地答应了宿谦的要求，并承诺提供给他必要的支持与帮助。

慢慢地，公社的人忘了曾经有过这样一个人。但有一点却很重要，正因为宿谦当年的反对，很多过激的做法事后并未施行，公社的管理路线基本还是走了一条相对和缓的中间道路，直到现在也没改变。

新的公社管委会开始对社区进行半封闭式管理，在社区与新城区关联的地方设立网关，严格控制两地的网络交流（其实就是阻断信息高速通路），在社区靠近荒原的边缘建立绿化隔离带，将社区与荒原隔离开。

可是眼前这个树篱缺口却明明白白地昭示着一个相反的事实——宿谦不仅没被人遗忘，甚至还在暗暗影响一些人。

叶海山觉得这不是件小事，尤其是洛奇的举动，实在出乎他意料之外。这家伙从一个沉溺于虚拟现实无法自拔的"新人类"转眼就变成接受传统价值观的人，进而又跨出传统人社区的边界，进入到那个所有人心知肚明的"禁区"，而且还是跟三洋母子一起。这转变未免太快，有点矫枉过正的感觉。

他打算去洛奇家跟他谈谈，结果还没走到大楼门口，恰好看到孔目低头匆匆走出来。

这更加深了他的不安，孔目现在的身份已无须隐瞒，就是政府公务员，他来此地显然不是为了聊天叙旧。加之想起之前神秘的E科调查员的出现，叶海山不觉警惕起来。

他决定先不去见洛奇，赶紧跟沙东碰个头。事有轻重缓急，眼下最重要的不是洛奇行为的出格，而是搞清楚到底是不是宿谦在背后操纵这一切。

5

沙东正坐在公社管委会二楼的办公室里喝咖啡。

为了喝到可口的咖啡，他特意弄了一套简单却不失实用的工具：一台小巧的手动研磨机和一台同样小巧的滤滴式咖啡机。每次喝咖啡都要费点时间，而且每次只能满足他自己的需要。好在他有的是闲暇，公社管理早就步入正轨，居民也越来越自律，日常管理的事少之又少。管理层连每周的例会都改为每月一次了。

"你来了，要不要喝杯咖啡？"沙东问。

"好啊，我自己来。"

说着叶海山走到桌前，将罐里的咖啡豆倒入研磨机，缓缓转动把手。研磨机里传来嘎啦嘎啦豆子被碾碎的声音，手下能感受到摩擦的阻力。

"今天怎么有空？"沙东小口喝着杯中的咖啡，问道。

"今天没安排工作，所以……"说着，他将磨好的咖啡粉小心倒入咖啡机的滤网中，然后加水，按下开关。

"所以过来看看你，另外想问问，上次中央数据库管理中心那些家伙，后来有什么消息？"

虽然上次 E 科的人跟洛奇谈话时，叶海山不在场，但事后沙东把谈话内容都告诉他了。

"没什么新动向。你朋友家里的系统更新已经完成，我在数据交换中枢亲自盯着，网关打开后只发送过来一个数据包，直接传输到他家，之后就关闭网关。一切正常。"沙东说。

就是说，当初沙东担心的情况并未出现，E 科也好，其他管理部门也罢，都没有利用这次短暂开放端口的机会夹带什么其他程序进来。

"其实，虚拟现实之类的我倒不担心，毕竟公社里没有使用它们的传统。"叶海山看着细细的褐色液体从滤网中滴下来，接着说，"与其把注意力放在网络上，不如多注意一下人的思想。"

"我不太明白你的意思。"沙东的语气严肃起来。

"刚才我看到三洋妈妈推着他从荒原回来,我想他们去那里,肯定不是散步。我怀疑他们是去见那个人。"叶海山说。

房间里安静下来,咖啡的细流也变成一滴一滴,下面的小杯子快满了。

叶海山关掉咖啡机开关,端起那杯咖啡,到处找糖和奶。

沙东随手撩开桌上散放的几张纸,露出下面的糖包和奶包。

"你说的话当真?"

直到叶海山调好那杯咖啡,沙东才发问。

"你指哪句话?"叶海山反问,"三洋母子从荒原回来是我亲眼所见。至于他们去那里干什么,我只是猜测,不过除了见他,还能有什么更合理的解释?"

"他们为什么去见他?"

"我哪里知道。不过,鉴于三洋的身体状况,我觉得去寻找科学奇迹的可能性比较大。不是说他一直在那儿做实验吗,不知具体什么内容。有传说他在寻找长生不老的方案,是真的吗?"

"荒唐。这世界上哪有长生不老的事。"

叶海山搅拌着咖啡走到窗边朝外看去,外面的天空阴晴不定,小区的建筑也似乎带着某种颓废的气息。

"你说,要是当初咱们听他的,现在公社会是什么样?"

叶海山一边问,一边喝了口咖啡。味道还行。这也让他想起在广场咖啡馆与洛奇的见面,当时他鼓励对方尝试喝一口货真价实的咖啡,跳出虚拟世界,走出家门。事到如今,他的目的可谓圆满达成,可谁也没想到过犹不及,那小子从一个极端迅速滑入另一个极端。他不能确定的是:洛奇是否也见到宿谦了?但洛奇的事,他不想跟沙东讲。

"那样的话,没准儿公社现在早被新人类接管了。"沙东说。

"也许没那么糟糕。"叶海山说。

"怎么,你后悔了?"

"当然不是,我再次声明,在投票反对他这件事上,我没有任何私心,既没有想要进入公社管理层,也没有想给个人谋利益,仅仅是因为不赞同他的理念,才支持你们。"

叶海山说着,大口喝完杯中的咖啡,然后放下杯子。

沙东点点头:"那就好,我想在大是大非面前,你还是有正确判断力的。那么现在该怎么办?"

"我觉得可以从两方面着手,一是弄清楚三洋他们究竟干什么去了;二是……"他犹豫了一下,"要不要去见见他,当面了解一下情况,毕竟这么多年没来往,出于礼貌也该去看看他。何况他还是公社的创始人。"

"三洋家那里,我去比较合适。至于他那里……"沙东停下不说话了,"我跟你,似乎都不合适出面。他虽然不是个小心眼的人,可还是谨慎为上,最好有人先去试探一下。一旦你我出面被拒绝,事情就没有转圜余地了。"

"我觉得有一个人很适合。"叶海山说。

"谁?"

"洛奇。"

"他?"沙东露出诧异的神情。

"你想,作为一个新来的人,洛奇身上完全没有背负过去的历史包袱,可以轻装上阵。一般来说,年纪大的人对年轻人都会比较客气,尤其还有一点,洛奇是从新城区过来的新人类,这个对宿谦来说应该很有吸引力。"

沙东稍微想了一下,就点头同意了。

叶海山心里暗自松了口气。

刚才几乎在很短的时间里，他的脑筋已经飞快转了好几圈，提议洛奇绝不是心血来潮，而是反复推敲的结果。对他来说，洛奇惹的任何麻烦都跟自己脱不了干系——假如真有什么麻烦的话。如果洛奇能去见宿谦，那么一切问题就都解决了。即便他不能完成任务，之前私自去荒原的事也能借此机会一笔带过，可谓一举两得。

走出社委会办公室，叶海山才想到另外一种可能性：洛奇要是根本就不愿接受这个任务怎么办？

6

果然，听完叶海山的介绍，洛奇就一口回绝了："我完全不了解情况，也根本不想卷进你的那些陈年旧事里。"

"再考虑一下，"叶海山耐心地劝他，"作为最新加入公社的人，你最适合担任这个角色，也算是为公社做点贡献。"

"我当初是因为想要逃离那种虚拟生活才来到这里，只想平静地生活，可万万没想到，你们所有人都不让我安宁。"洛奇说。

你们所有人？叶海山敏锐地听出弦外之音，除了我，还有谁给他出难题了？

"瓦丽去哪儿了？"

洛奇摇摇头："出去了。"

"不会又去买书了吧？"

叶海山看着架子上那些书，心里却在想：不知在这件事上，瓦丽能否改变洛奇的想法？爱情的力量还在吗？

他有些拿不准。

"没有，她去……应聘，想换工作。"

"哦,我怎么从未听说过,"叶海山惊讶地扬起眉毛,"想换什么工作,确定了?"

"我也是前两天才知道消息,那天孔目来过,他邀请瓦丽加入C科。"

"你的意思是,瓦丽要离开咱们项目组,去政府部门当公务员?"

"还没定,对此我持反对意见。"

看来反对无效。叶海山心里嘀咕了一句,同时打消了让瓦丽劝说洛奇代表公社与宿谦会谈的念头——爱情那东西,看来比预想中更加不可捉摸。眼下若要劝说洛奇,恐怕只能另辟蹊径。

"其实,我想让你去做这件事,还有一个原因。"

叶海山沉吟片刻,在沙发上换了个更舒服的姿势。"你不是因为讨厌X潜在的干预和控制才搬来这里的吗?这只能算是逃离,从大的方面来看,于事无补,那个世界并没有因此变得更好些。公社虽然尽力保留传统生活方式,延续人类自然的生存状态,但很遗憾,我们只能做到苦苦支撑,而且你也能看到,由于资源有限,实际效果并不如意。社区日渐凋敝,出生率逐年下降,未来不排除还会生出隔壁那样的不健全幼儿,对,就是三洋,原谅我这么说,每次看到他,我都觉得那是传统人失败的象征。

"先不说这个,回到正题。包括沙东在内的公社管理委员会成员都为现状苦恼。当然,我绝不认为这是我们当初选定的发展道路有误,至少大方向上绝对正确——不能因为大多数人类沉溺于单纯的感官享受,就以为人类获得了最大限度的精神自由,人类还是需要保留一部分传统的价值观。

"但是,战略正确不意味着战术正确。简单说,我觉得公社的发展现状理应比现在更好才对,落后可不是传统价值观的一部分，相反，人类几千年来的传统都在追求富足。如果我们的日常生活比那边那些新人类——不好意思，这个词丝毫没有贬低的意思，我是想说，我们的生活理应比那些误入歧途的人更幸福。虽然在某些方面我们做到了，比如爱情和婚姻，家庭和亲情，可在满足深层的精神需求方面，还有很长的路要走。别误会，我指的不是通过虚拟现实技术获得满足，那无异于精神鸦片，但因为害怕和忌讳这个话题，我们反倒回避和忽略了去探索真正的精神自由。

"说了这么多，我究竟想表达什么意思？一句话，住在荒原上的宿谦或许才是未来公社的希望所在。过去是他一手创立了公社，把一盘散沙般的临时定居点集合在一起，让搬离新城区的人们不至于远离现代科技太远，也不至于与世隔绝回到野蛮时代。我们作为一个自治群体，获得了市政厅的认可，并与新城区繁荣共生。在这方面，宿谦功不可没。

"现在据我所知，他还在从事科研工作。我相信那不是为了自己，他是胸怀天下的那种人。未来能挽回传统人社区衰败颓势的只有他。可因为过去的事，我们都不好意思面对他。这时候采取迂回的方法比较好。之所以觉得你是合适人选，就因为你不是在公社出生的传统人，没有那些恩怨束缚，完全可以做好这件事。我们并不是让你去完成什么不可能完成的任务，只是需要你跟他初步建立沟通管道，剩下的事情自然水到渠成。无论对谁——你、我、公社，甚至宿谦本人，这恐怕都是一件好事。"

叶海山一口气说完，感觉连自己都被说服了。起初说的时候，他并未想好言语的深浅程度，只是凭着感觉往下说，但当谈到公社过去几年发展遇到的瓶颈时，思路仿佛豁然开朗，他的语气不再犹疑，语速也明显加快。直到结束他都没有丝毫停顿，一气呵成。

天呐，原来这才是深藏在内心的真实想法，此前自己居然一直不敢直视。

叶海山的话确实起到了效果。

洛奇想了一会儿，点点头说："如果我去，跟他谈什么呢？"

"这个简单，随机应变。主要听他怎么说。如果你愿意，我去跟沙东碰头，再定一下具体时间。"

说完，叶海山又下意识环顾一下房间，"对了，刚才你提到瓦丽的工作。她自己究竟是什么想法？"

"她愿意去。"

"这不大像她的作风。"

"你也这么想？"洛奇瞪大眼睛问。

"嗯，她虽然外表温和，其实内心比较叛逆，对公权力素无好感，不知怎么忽然变了？"

"这个……"洛奇犹豫了一下，"你没觉得她是从上次手术之后改变的？"

"这么一说，好像还真是。虽然平时接触不多，但有些地方的表现确实跟以前不太一样。要不是你说过孔目那次操作失败，我可能真会觉得……"

洛奇不置可否地摇摇头。"那件事不提也罢。你先坐会儿，我去趟洗手间。"

洛奇去卫生间的时候，叶海山一个人坐在客厅里发呆。不知怎么回事，他越来越觉得洛奇搬入公社这个举动本身的意义远超过当初的预想。别的都不论，单说宿谦这事，如果没有洛奇与三洋母子在一起的事，通往荒原的那个缺口还未必会被自己发现。如果没有他搬进公社，一时还真找不到合适的人选去见宿谦。这一切环环相扣，因果关联实在令人感觉神奇。

这些仅仅只是巧合吗？

他脑子里闪过一个看似荒诞不经的念头，即便如此，他还是紧紧抓住了它。

卫生间传来冲水的声音，事不宜迟。叶海山起身走到书架旁，那幅水彩画仍旧挂在老地方，随着岁月流逝，上面的色彩已经淡了。可他无心欣赏画作，而是抬手掀起那幅画。

那个透明保护罩里面的硬件总控开关此刻居然处于开启状态！

7

叶海山回到家里，妻子已经做好饭。桌上简单放着两盘蔬菜和一个汤，看到他进屋，妻子才去盛饭。

叶海山先去卫生间慢条斯理地洗了脸，然后才坐到桌边，一言不发，低头吃饭。在这过程中，脑海里始终盘旋着洛奇家那个硬件总控开关的问题。

开关应该不是洛奇打开的，否则他也没必要从原先的家里搬离。过去那段日子里，洛奇一直在试图摆脱 X 造成的心理阴影。从他对自己所说的只言片语里，叶海山感觉那背后似乎还有故事。正常情况下，一般人不会对一台机器或某个系统产生……畏惧，对，就是畏惧。按说所有智能的东西都为人类服务，你可以选择使用它，也可以选择不用它，但你完全没必要畏惧它。只需让它休眠，或者干脆用硬件开关彻底切断它——不过新城区所有建筑物里根本就没有设置硬件开关，住户没法用物理手段切断系统运转。可不管怎么说，人都不该对机器心存畏惧。人类发明的系统，能把人怎么样？

如果不是洛奇，难道是瓦丽打开的？从跟洛奇相爱，到做完心脏移植术，然后在关键时刻出手挽救洛奇的生命，直至跟他从新城区搬来公社，以上种种，可以确定这个女孩是真心爱洛奇。如果爱，当然没理由偷偷去做可能伤害爱人的事。

此外还有一个嫌疑人：孔目。

叶海山亲眼见过孔目从洛奇家出来，当时家里应该只有孔目和瓦丽两个人，洛奇正推着三洋在小区里穿行。孔目只需趁瓦丽不注意偷偷按下那个开关即可，完全不会被发现。

可问题在于：他为什么要这么做？

虽然想不通，叶海山依然觉得孔目的嫌疑最大，同时也再次意识到洛奇搬家这件事确实比原来想象中影响大。

"喂，你怎么看上去像个傻瓜？"妻子说。

"谁呀，你才像呢。"叶海山笑了，"我在想事情。"

"什么事？"

"洛奇和瓦丽。"

"他们怎么了？"

"他们……"叶海山一时不知该如何往下说，整件事不仅说来话长，而且其中的曲曲折折连他自己都没想明白，又怎么能跟妻子说清楚呢。于是他说，"他们也许该要孩子了。"

这话勾起妻子的兴致："真的，他们决定了？"

"还没，不过也差不多了。"

说完这句话，叶海山忽然觉得眼前一亮。

洛奇和瓦丽当然从没对他透露过要孩子的想法，他刚才的话近似于信口开河，可话一说出口，仿佛就有了独立生命力般变得有意义了。

对呀，何不劝洛奇和瓦丽赶紧要个孩子呢？一旦他俩有了以传统方式生育的孩子，一切都会安定下来。洛奇也没时间到处溜达，更不会推着三洋在社区里招摇；瓦丽当了妈妈，也许就会留在家里，去中央数据库安全管理中心工作的事也会不了了之。如此一来，所有徘徊在自己内心的疑虑岂不就烟消云散了？

"那敢情是好事，"妻子轻轻叹了口气，"孩子还是要趁年轻时候要，等到咱们这岁数……"

"你还年轻，不晚，"叶海山打断她，"只要你想清楚了，我随时奉陪。"

"去你的，说话总没个正经。"

"我很正经在说啊，只要别生出三洋那样的孩子就好。"

三洋给公社里想要孩子的家庭带来难以想象的负面影响，让大家对自然生育抱有不可言说的畏惧。生孩子简单，可万一生出个三洋那样的孩子该如何是好？

"三洋是特例，要不是他妈妈想服药自杀，估计他也是个健康的孩子。你以为正常情况下想生出他那样的婴儿是件容易的事吗？"

"那可不好说。我倒是觉得，既然科技这么发达，完全可以通过技术手段杜绝这种隐患，哪怕概率再小，也不应该出现。"叶海山说。

"你不会是想用人造胚胎生你的孩子吧？"妻子一脸狐疑地看着丈夫。

"当然不是，那样生出来的不能算我们的孩子。我的意思是说，不该一味排斥先进技术，这个世界不是非黑即白，中间也得有些灰色地带。比如说，在受孕前，精子和卵子都接受检查，这一点跟新城区的做法一样。可后面的方法就不同了，他们是把受精卵安放到人造胚胎里，我们可以把它重新放回体内。"

"重新放回体内？"妻子一时没反应过来，停顿一下才明白丈夫的意思，"就是说，放回我体内？"

"我倒是想放我体内呢。"叶海山忍不住笑了。

"这从技术上可行吗？"妻子没理他，继续追问。

"当然可行，两百年前这项技术就相当成熟了。只不过后来人们为了贪图省事，走入另一个极端，选择了人造胚胎孕育，那项技术也很少再使用了。"

"那现在会不会有更先进的技术？"

叶海山摇摇头。"不好说，按说只要有人研究，任何技术理论上一定会日益进步。只是不知还有没有人继续研究这些。"

说完这话，宿谦的面容浮现在他的脑海。还是十年前的模样，如今他应该会变得苍老一些了。仔细推敲起来，自己刚说的这些，其实就是宿谦曾经倡导的理念。何以直到今天自己才意识到这些观念或许是对的？

自己怎么会后知后觉到如此程度？

第四章　隐形建筑

1

　　从老城区返回办公室的路上，孔目一直在琢磨瓦丽的事。不可否认，最初得知瓦丽能够以干部身份入职 C 科时，他确实大吃一惊。虽然他早已习惯并接受自己普通科员的身份，但现在身为曾经的同事，而且还是女性的瓦丽竟然能够跨过高于自己的门槛，这让他多少有些纳闷。

　　不过这些藏于内心深处的念头没过多久就变淡了，毕竟他是新人类，这个群体的共同特点就在于性情平和，无论正面的热情激昂慷慨，还是负面的沮丧嫉妒阴郁，都不会显得过于突出。没有大起大落的情绪变化，本身就是进化的标志之一。

　　经历了过去那些事以后，孔目对洛奇和瓦丽的好感明显增强了。即便刚才洛奇的态度不大友好，但孔目明白问题所在——洛奇在吃醋，意识到这点他很想笑，他无法当着瓦丽的面澄清自己的性取向，因此只能假装不在意地忽略。

　　实际上，当他远远看到单位办公大楼时，心中已经开始认真设想瓦丽入职 C 科以后的情形，他觉得跟那个性格直爽的女孩共事应该会是件值得期待的好事。

　　只有一点让他稍感不安，就是曾经计划却最终没能成功的爱丽丝的那件事。

从执行的角度看，那件事当然是完全失败了。可从自己将存储着爱丽丝基因密码的存储器放到科长桌上起，事情的走向不仅完全脱离了他的掌控，而且也脱离了他的预判。那些基因密码像断线的风筝一般不知所踪。

他很难相信科长会直接拿起那个存储器，毫不犹豫地销毁里面的文件。可他更难相信科长会不那么做。

后一种可能的发展路径，孔目根本连想都不敢去想。

此外，还有一个阴影笼罩着他：宿舍的服务器上实际还存留着一份爱丽丝的基因密码备份，出于一些连他都不明白的考虑，他始终未清除掉它。

正是抱着这些挥之不去的疑虑，他走进C科办公大楼。

他决定先去跟科长汇报与瓦丽的谈话结果，之后再回自己的工位。

乘电梯上到十二层，科长却不在办公室。

科长当然不会外出，因为如果他离开十二层，任何人都无法乘电梯上到这层。自己既然能顺利达到此处，说明科长就在这层楼的某个房间里，只是不在他自己的办公室而已。

十二层除了科长办公室，再无其他人办公。如此大的一层楼只有科长一人办公，难道他不觉得孤单吗？

孔目顺着紧挨窗户的环形走廊漫步。

走廊内侧都是紧紧关闭的大门，据说里面尘封着城市过去的历史；外侧是宽大洁净的窗户，能看到外面城市的风景。这栋楼在市内只能算中低层建筑，城市规划严格控制行政区的建筑高度，与高楼林立的新城区不同，政府行政区内最高的楼房也不超过十八层。那是市政厅的双子办公楼，两栋尖顶的十八层楼并列在一起，中间由一条空中走廊联通。那是行政区的坐标建筑。孔目并不知道都有哪些人在里面办公,他从未进入过那栋楼,甚至根本都没靠近过那栋楼。反正他也不关心那些,没有太强烈的好奇心也是新人类的另一个明显标志。比较来说,他觉得自己的好奇心已经要比同类强多了。

正在胡思乱想之间,身后传来开门的声音。

一回头,恰好看到科长从资料室里走出来。看到游荡在走廊中的下属,科长首先被吓了一跳。

"我找您汇报一下工作。"孔目说。

"哦,去办公室吧。"徐科长迅速恢复了镇定,没来由地又补充了一句,"我找点资料,许久不去资料室,找点东西都很困难。"

十二楼的资料室并非科里任何人都能去,拥有进入权限的人不会超过十五人,其中三分之一是五位科室管理层成员,此外就是不同业务领域的骨干。即便这十五人,权限也各不相同,开放区域也不相同。

孔目自然不能进入资料室,但他奇怪的是科长为何说出后面那句话?听上去倒像是在做辩解。

他拥有本科室的最高权限,资料室各个区域都能随意出入,既然如此,为什么像做了亏心事一样?

两个人走进科长办公室后,孔目说:"我按照您的吩咐去公社跟瓦丽谈过了。"

"她怎么说?拒绝,还是考虑之后再答复?"科长扬起眉毛问。

"都不是,"孔目停顿一下说,"她同意了。"

"哦?那,很好。"

看上去,科长不仅对这个结果感到意外,而且似乎也并未表现出应有的高兴来。

"我觉得她大概是跟男朋友赌气，才答应得如此干脆。"孔目说。

"何时来面谈？"

"我想先听听您的意见再安排时间。"

科长想了一下。"下周晚些时候吧，到时你带她直接来我办公室。"

"另外，我听说E科的人去公社调查过洛奇和瓦丽。"孔目说。

"嗯，E科？"

"对，我听瓦丽说的。他们刚搬进公社，就有市政厅的人去找他们，说是例行公事的面访。当时是洛奇去见他们，在公社会议室。据洛奇回来说，来人的工作卡上显示是E科，其中一个年纪大点的调查员，编号是3号。"孔目说。

科长陷入沉思。

"对了，还有一件事，"孔目又说，"手头遇到个新案件，有些棘手。"

"什么情况？"

"三区十二号楼的一个住户，最近有异常。"

"我在听。"

"我远程检查了他家的虚拟爱人源代码，并未发现异常。"

"那所谓异常是指……"

"自动监控系统却提示有异常。"

"那我们该相信谁？"

"我觉得还是信自己吧，所以打算去调查一下。我总疑心事情不简单。"

"那就继续去追查，必要时可以申请协助。"科长说着忽然抬起头来,"你刚说三区十二号?"

孔目点点头,心里暗自佩服科长敏锐的嗅觉和惊人的记忆力,因为刚才自己汇报的内容里包含一个十分隐蔽的信息,一般人无论如何都不会发现,科长却立刻意识到了。

"名叫洛奇的那个人,以前不是住在这个地址吗?"

"同一栋楼,同一层,这个住户住在五号。名叫阿迁。"

"去调查,然后尽快向我汇报。"

"明白。"孔目转身走了两步,又回过头来看着科长,"还有一个问题,不知该问不该问。"

"你说吧,八成是不该问的问题。"科长嘴里嘟哝着,头也没抬。

"那个虚拟爱人,爱丽丝……算了,没事,当我没问。再见。"科长抬起头来。

孔目赶紧闭上嘴,转身开门走出去。

不用再问了。科长脸上瞬间罩上的寒霜,足以说明这个名字给他带来多大的冲击,以至于他都无法控制身体的本能反应。

等有时间的时候,孔目打算仔细琢磨一下科长这些表情背后的含义。不过眼下他有更重要的事情需要处理——刚才汇报的阿迁那个案子,某种程度上,这个案子带来的潜在威胁已经超过爱丽丝事件。

2

刚才老倧确实被站在门外的孔目吓了一跳,没有别的原因,只是因为撞见下属之前,他刚在资料室里做了一件既违规又违法的事。

当时，他在资料室绝密区看到一个加锁的小盒子，这意味着里面的资料对身为科长的他也是保密的。但既然放在 C 科资料室，却又对科长保密，多少有些令人费解。合理的解释是：很久之前这个加锁的小盒子就放在这儿，那时没准连 C 科的名称都没有呢。

当一个人的好奇心被激发，他总能找到满足的方法——盒子上的锁不是常见的电子密码锁，而是一把古老的传统锁，老徐小时候在家里见到过，这玩意儿早就不用了。这表明里面的文件相当古老，而给它上锁的人也很古老，既然都如此古老，自然别奢望能找到开锁的钥匙了。

于是，面对这种传统的东西，老徐选择了传统的破坏手法：直接用工具将它砸开。

里面有几张打印的文字，随着岁月变迁，白纸变成了黄纸，捏上去有些脆。打印的墨色也有些褪色。

大致看看，似乎是城市规划纲领性文件。老徐捧着盒子走到资料室中央的长桌边。

资料室四壁都是直接抵到屋顶的柜子，中间这张桌子的顶上投下的光很适合阅读。他将文件放在桌上，下意识抬头寻找一下光源——他知道有光的地方就有监控，但并未看到监控设备。

管他呢，如果真有禁忌，也已经被突破了。至于那个监控，他也不清楚是谁设的，反正监控室并不在 C 科。不过这些现在都不重要了，在退休之前，他就是想满足一下自己的好奇心。

好奇是被那个"梦"激发出来的。

在那个"梦"中，他顺着走廊来到奇特的环形大厅，那是封闭空间，没有通往外界的出口，环绕大厅四周布满电梯。他进入了其中某一部电梯，直接上到最高层。

一百层！

不是开玩笑，果真是一百层。然后透过落地玻璃墙看见外面的世界，整个城市尽收眼底，花点时间的话，他甚至可以找到自己眼下所在的这栋办公楼。

可惜后来没时间了。

当时一切无比真实，可当他醒来，随着时间往后推移，意识却越来越倾向于将那些景物判断为一个虚幻的"梦"。

不过，不管是自己的主观意识想把它判断为梦，还是有人想让自己以为那是个梦，总之它们都没达到目的：那不是梦，它骗不了自己！

如果说自己曾经因为具有准确判断事实的禀赋而被那些人吸收加入公务员队伍，那么这禀赋就像双刃剑，此时又反过来切开了那些人刻意营造的烟幕。

那根本就不是梦——当然不是梦，以他的超强判断力，难道还分不出梦与现实吗？难道做梦也会碰得半边脸疼吗？

那是真实的经历，但又不是现实意义上的真实。如果一定要下个定义，他宁可将其形容为另一个世界。在不经意间，他窥探到了另一个世界的一角。帷幕揭开了一角，但随即又被放下。不过毕竟他看到了，能有幸看到这一角的人，在自己生活的世界里恐怕没有几个。

只是他不知道那究竟有什么意义。

首先，容颜不老的短发中年人是否真的因为老徐打算握手的举动而乱了阵脚，忘记按下按钮以结束会议，导致那扇门没有自动锁闭？其次，那个一百层高楼里住着什么人？最后，隐蔽手法何以如此巧妙，以至于从外面根本看不到那栋高楼？

目前只能从最后一个问题入手，试着挖掘答案。因为从物理角度看，那栋大楼只要存在，就一定有能够被发现的方法，问题只是自己能否找到它而已。

假如站在那栋一百层的高楼上可以看到这座城市，那么反过来站在城市中当然也应该能看到那栋一百层的高楼，这个道理一点都不复杂。

可问题恰恰就出在这里：无论是站在城市某个位置，还是站在办公楼十二层；无论从哪个方向看去，视野里根本就没有任何高楼。若非亲眼所见，老徐也不相信存在那样一座高楼，因为据他所知，城市行政区在规划时一个基本方针就是不建高楼，区域内最高建筑是那两栋十八层双子座办公楼。如果真有一栋一百层高楼矗立在双子座大楼背后，那该有多醒目啊。

如果眼睛看不到，他想先去纸上寻找线索。这就是他来资料室的原因。

摆在手头的资料是城市初建时的规划。二百多年前，人们开始规划这座新城，目的是为满足新生活的需要。人类在科技飞速发展的关键节点，开始做出一个影响社会发展规划的重大决策：不再将有限的生命浪费在探索宇宙外延这种徒劳的事情上，而是深入挖掘人类的内心世界。从那一刻开始，社会发展轨迹也随之出现变化，大到科学技术研究方向，小到人类生活习惯，都随之进行调整。老城不再能满足人类需要，于是人们开始选址建设崭新的城市。

这是在荒凉戈壁上从零开始建设的一座城市，一切都是新的。人们盖起标准的建筑，里面的结构与空间都完全相同，计算机网络如钢筋般成为建筑里必不可少的部分，考虑到遗传生物技术的快速应用以及可能带来的争议，决策者有预见性地将城市尽量分散在广阔的土地上，以便未来不同价值观的人类社群可以自由移居。

后来的事实证明这种预见性不仅正确，而且很有意义：在新城投入使用后没多少年，人类就开始进入生育方式革命的时代，最终，它彻底改变了社会的基本结构。

这些内容老徐心里都很清楚，他想知道的不是城市演变史，而是那栋一百层的高楼到底存在与否。就这么简单。

文件根本没提那座高楼，只是笼统地指出城市被规划为三个部分，行政办公区、市民居住区和外延冗余区，仅此而已。此外就是一些指导性用语。

反正从这十几页资料里看不出什么。老徐不明白这种无关紧要的资料何以要放在加锁的盒子里。正当失望之际，他看到了最后两页文件。

在两页文件中间夹着两张折起的纸。

打开来，它们只有 A4 纸一半大小，像是从笔记本上随手撕下的。第一张上面画着一幅类似人类进化史示意图；第二张上面画着一座建筑的草图。

只瞄了一眼，老徐就激动起来。

他将那两张纸装进口袋——这当然是违法的，可自己也不是从此刻才违法。从刚才用锤头敲开那把锁，事情就已经定性了。之后他将盒子放回原处。

正因为怀里揣着这个偷来的"宝贝"，因此出门才被走廊里游荡的孔目吓了一跳——有没有做亏心事，果真大不一样。

在办公室打发走孔目以后，老徐才掏出那两张纸来。

图纸上手绘了一栋奇特建筑的外观，用铅笔简单勾画出线条，细节部分几乎全都省略，但那个框架就够了：它的外观呈弧形，没有一点棱角，上下粗细变化不大，顶部稍微窄一些。从密密麻麻的楼层来看，显然是一座相当高的楼。

除了侧面的外观图，旁边还画着一个图案，乍一看像一滴被放大的水滴，而在老徐眼里，那更像是一枚无花果。他很快反应过来，这是大楼从顶端往下的俯瞰示意图。

在无花果旁边，有人用红笔写了——100！

很难就此判定这就是他曾经登临的那栋高楼，但它很可能就是。它用另一种方式表明，这个城市中隐藏的秘密远比人们想象中要多。对老徐来说，这张不知何年何月的旧草图更像是某种启示：只要找到这栋楼，一切谜团或可迎刃而解。

问题是：该如何找呢？

第二张纸上的内容确实是人类进化史，不过不是一般教科书意义上的内容。严格来说它不是一页正式文件，同样也是手绘，看上去更像是某人在无意中做的笔记。

一条粗大的箭头底部宽上部窄，毋宁说更像是一座金字塔。从下往上依次写着"原始人类社会""普通人类社会""高级人类社会"和"神化人类社会"四大阶段，每个阶段旁都有文字注解。手写的汉字十分漂亮，一看就是下相当的功夫练过。

老徐快速浏览一遍，"高级人类社会"和"神化人类社会"之间的一行小字引起了他的注意。

当人类科技发展到一定程度，彻底摆脱低效率社会分工带来的束缚后，对神性的渴望和追求将变得无比诱人。所谓神性，指向永生。

永生？

这结论未免太荒诞了。这个世界上谁能永生呢？

老徐将这两张不知什么年代的纸小心地叠好，放进了自己的抽屉。

3

老徐在 C 科办公大楼一层的会客室见到了瓦丽。这是他第二次见她，而她却似乎全然不觉，仿佛是初次在一个陌生的地方见到一个陌生的人。

老徐打量着眼前的女孩，跟上次见面相比，似乎胖了一点，脸庞更显圆润，肤色也更健康。那次她抱住自己，在耳边轻声说"谢谢你"时，眼睛里仿佛跳动着火焰，明亮耀眼。此刻那团火焰不见了，只剩下水亮的瞳仁，像两颗黑色棋子。

这是个与众不同的女孩。老徐在心里默念着，与其说心怀戒备，不如说饶有兴致——当你知道事情脱离自己掌控却又不知会如何往下发展时，往往会出现这种心态。

"欢迎你来。"他说。

"谢谢。孔目找我，说你们这里招人，而且他坚持认为我很适合，所以我来看看。"瓦丽稳重地说，并没有显露出过度的好奇心。

"没错。事实上，不是他觉得你合适，而是经过综合评估，运算结果显示你很合适。早在此前相当长时间，市政厅负责人力资源的部门就开始进行筛选，具体方法连我也不知道，总之，看上去有点像大海捞针，实际却很科学与精准。因此最终建议的人选，一定会相当符合要求。在这些方面，计算机比人更客观和准确。"

"他们选择的时候，从来不会考虑选择对象本人的意愿吗？"瓦丽问。

"这个嘛……"老徐挠了一下头皮，上面的头发基本掉光了，"我猜他们或许觉得这份工作没人会拒绝吧，毕竟能来这里的都是精英中的精英，也是能获得个人成就感的最佳平台。怎么，难道你有不同想法？"

瓦丽摇摇头。"没有，我只是不大习惯被别人安排生活道路。"

"别把它当作安排，仅仅把它当作一个机会。决定权在你，只要你拒绝，今后绝不会有任何人再打扰你。"

说这话时，老徐内心忽然生出一股冲动，他几乎希望对面的女孩毅然决然地说"不"了。只要她拒绝，平静水面下的暗流立刻就会停止涌动，一切潜在的不安因素都会随风飘散。生活又将恢复平静，自己也能安然享受心如止水又枯燥无味的退休生活了。

"不，就像绝大多数人一样，我也不会拒绝。"瓦丽说。

"那么，我可不可以理解为：你愿意接受这份工作？"

瓦丽点点头。

"好吧。那容我先给你介绍一下大致的情况。"

说到这里，老徐停顿了一下，因为有穿着整洁服装的工作人员端着托盘进来，上面放着两瓶水和两个晶莹剔透的玻璃杯。老徐先拿起一瓶水，扭开瓶盖，将水倒入一个杯中，然后放到瓦丽面前，接着又给自己倒了一杯。

此间瓦丽的注意力被那个工作人员吸引，目送他走出门，才低声对老徐说："他看上去有些奇怪啊。"

"哦，哪里怪？"

瓦丽撇撇嘴："说不上来，感觉而已。"

"嗯，言归正传，如果你愿意接受这份工作，那么我们会给你之前的工作单位发一份正式信函，通知他们这个消息，你的所有社会保障信息都会转入中央数据库安全管理中心。这个过程很快，一周就可以完成。接着你会进入封闭培训期，所有需要了解的信息，都会在这个阶段告诉你，同时会对你进行多项技能训练。这个过程大约需要三个月。此间你不能跟外界有任何接触——对了，你有男朋友，恐怕那段时间你们也不能见面。培训结束，以实习身份轮岗，C科每个重要岗位你都得熟悉。这个过程大约需要两年时间。之后会稳定在某个具体部门。目前，我们就先谈到这个时间段的安排。"

老徐说完，端起杯子喝了口水，他发现似乎又找回四十年前那杯水的味道了。

"听上去好像挺枯燥的。"

瓦丽说着，也端起水杯喝了一口，然后不由自主地"呀"了一声，随即将水杯举到眼前，透过明亮的杯壁端详起里面的水来。

"怎么？"

"这水味道真不错。"

"科学定义，水是无色无味透明的液体。"

"你信？"

"不信。"

"不信什么？"

"不信科学定义。"

老徐平时难得用这种语气说话，连他自己都觉得有点惊讶。

"哈哈，您真幽默，"瓦丽笑出声来，接着又喝下一口水，细细品味一番，"我从没喝过这么好喝的水。"

"那是因为你在外面喝的并非是自然的水，而是化学合成的水。即便在公社，供应的也是人造水。你刚说这里枯燥，从某种角度来说，你是对的。这里没有虚拟现实的场景，走廊里的绿色植物不是人工合成,而是完全真实的,不浇水的话它们就会死。饮食也都是天然原材料,吃起来并不如人工合成的食物那么美味。简单说,从此你会生活在一个完全真实的世界里。"

"我能把这理解为更好的生活方式吗?"

老徐沉吟一下,点点头。

"那我们不是在搞特权吗?"

"角度不同,观点就不同,其实外面那些人,哪个不是觉得自己过的才是最正确的生活?如果他们喜欢虚拟现实带来的愉悦,没人有权利剥夺他们的选择。"

"懂了,就是说,这里没有虚拟,只有现实,对吗?"

"正确。"

"那为什么刚才给咱们端水上来的男孩不是真实的?"瓦丽顽皮地冲老徐眨眨眼睛,那一瞬间,她的眼里仿佛闪过一抹亮光。老徐不确定是不是因为桌上的水杯将光线反射进那双漂亮的眼睛里的结果。

"那个嘛,你看出来了?"

"严格讲,不是看出来,而是感觉。我并没看出什么问题,外表上,他跟我完全没有差别。"瓦丽说。

"替代。那是只在政府内部使用的替代人,一种管理工具,他们的活动范围绝不会超出办公大楼。"

"除了C科,其他地方也用替代人?比如市政厅里面。"

"我不确定,因为我从没进过市政厅大楼。"

说到这里,连老徐自己都觉得有些荒唐。

"哦,我原来以为政府内部各单位都是互通的。可您不用跟他们协商工作吗?"

老徐摇摇头,"当然,协商都是在网络平台上,而面对面地开会，具体形式和地点说出来你也不会信，我也不能说。"

"那么，你的最终决定是需要回去考虑一下，还是……"

"我同意。"瓦丽干脆地说完，一口气喝干杯子里的水。

"好。"

老徐嘴里这么说，心里却还在嘀咕，刚才女孩眼里如闪电般忽然闪现的光芒，会不会是自己的错觉，或者干脆就是眼睛花了。如果都不是，那么这究竟是瓦丽本人的意愿，还是那个名叫爱丽丝的虚拟人的意愿呢？不管是谁的意愿，首先他算是完成了一桩公差；其次，枯燥的世界正在开始变得有趣起来。

他隐约有种预感：未来一年的工作，精彩程度将胜过过去的四十年。

4

午后，老徐决定外出走走。平时办公时间他很少外出，十二层的办公室几乎与世隔绝，基本没有人来人往，一切公务都通过内部网络办公平台解决，一整天也来不了一个下属当面请示工作。有时，他甚至期待来个年轻人一起聊聊天，管他是传统人还是新人类呢，只要能说话就行。

午餐在办公楼餐厅吃，科长和几个高级管理者都有各自独立的房间，老徐吃饭时宁可一个人找个安静角落，全神贯注享受食物的美味。厨师来自传统人社区，擅长各式料理，饭菜很合老徐的口味。

以前吃饭的时候，他时常琢磨一个问题：在这个传统人与新人类混杂的单位，何以两类人的比例始终保持稳定？传统人的比例虽然只有20%，可从他四十年前进入这个单位起，比例从未改变过，既没有提升，也没有下降。考虑到外面新街区一派繁荣景象，传统社区一派凋败迹象，这种结构的稳定多少有些令人费解。

直到二十年前，他开始慢慢进入科室高层，才发现原因所在：不管外界社会结构如何变化，C科会定期招聘固定比例的传统人补充某些固定岗位，而且比例政策被严格执行。起初他以为这仅仅是为了保持稳定的人员结构，不至于让人产生歧视传统人的误解。后来却发现并非如此——所有被招聘进来的传统人不仅没有受到丝毫职场歧视，相反，他们都占据着很特殊的岗位。科长自不用说，干部储备层也清一色都是传统人出身，甚至连厨房这样的地方都由传统人管理，大概与新人类相比，传统人更懂得烹饪之道吧。

看清真相，老徐反倒更糊涂：新时代为何不让新人类管理？

这个问题始终没有答案。不过没有答案的事情多了，远不止这一桩。眼下他就要试着寻找另一个问题的答案。

走出大门，城市沐浴在秋阳里。行政办公区在工作日简直就是无人区，整齐的街道上几乎没有车。道路两侧，人造装饰植物对称矗立在路边。或许是顾忌舆论，街道上并没有什么真实的绿植。偶尔有黑色的公务专用车驶过，车门上黄色的徽章异常醒目，可以清楚识别出其所属单位。

老徐转过街角，眼前是一片小小的开阔地，顺着台阶走上去，是城市快速轨道站台，每天他都会从这里坐车回家。

慢慢登上台阶顶端，他停下脚步四处张望。

当然不是要回家，这个时间回家太早，况且也不该在工作时间未结束时就离开单位。他只是出来活动一下，透口气，顺便确认一件事。

实际上，看完那张手绘的大楼草图后，老徐已经不止一次在心里推算那个位置了。可是每天上下班时间从这里张望都一无所获。

但那个时间都是在上下班的高峰时段，一来周围人流拥挤，没法长时间站在原地四处张望；二来早晚时间光线不佳，城市里自动降温和洒水系统开足马力运转，导致雾气上升，能见度不好。

在这个安静的午后，他希望能看到一些不一样的线索。

站台上空空荡荡，就算有车停靠，也基本不会有人下来。整个城市此时处于一种奇妙的停滞状态。在外人看来，这个谢顶的小老头就像个迷路的人，在陌生而现代化的城市里找不到正确的方向。

从老徐站的地方，可以清楚看到 C 科办公大楼，单调乏味的正方形，十二层高。隔着街道，是一幢五层的高楼，里面是商业中心。再隔几条街，在普遍只有十层高的楼群中，忽然拔地而起两座高高的塔楼，有十八层高，中间有走廊相连接。那就是市政厅所在办公地。

视线越过双子座塔楼，后面是秋日的天空，湛蓝而高远，几朵流云在上面缓慢移动。

虚空，唯有一片虚空。

然而那是不对的。不应该是虚空，因为在老徐的记忆里，那栋一百层高楼应该就在那个方向。

他继续凝神眺望，好像再多看一会儿，就会有高大得惊人的建筑从虚空里显现出来一般，以至于身边不知何时多出个人都没注意到。

"有什么好看的，老弟。"

老徐回头一看，一个年纪明显比自己还要大的男人站在身后,上唇留一抹白色的小胡须,瘦瘦的身形,穿件开襟薄毛衣,头戴鸭舌帽,两手背在身后,一副无所事事的悠闲模样。

这身装扮可够古老的,尤其那顶帽子。这是老徐的第一感觉,看上去老人刚从城市快速轨道交通线上下来,大概是老徐专注的模样吸引了他,于是他就停下脚步搭话。这也是传统人的通病,随时随地都能跟陌生人搭上话,丝毫不担心被拒绝。年轻的新人类绝不会这么冒失。

"没什么,那两栋连在一起的高楼挺漂亮的。"老徐指指那两栋双子座高楼。

"你说真的?"老者摸了摸修剪整齐的白色胡须,"我再没见过比那两栋楼更难看的建筑了,既不美观,也不实用。"

老徐一时有些哑然,不知该怎么往下接话。

"你瞧,那两栋楼外观完全相同,都有尖顶,彼此距离又过于接近,中间还连着空中走廊。原本高楼该有的挺拔气势,一下子被消解于无形。"老者边说边走到他身边,眯起眼睛继续打量着远处那两栋高楼,"我倒觉得,与之相比,从纯建筑审美的角度看,它前后这几栋建筑更有味道。"

他指的是 C 科这栋方形大楼吗?不对,他用的词不是"前面",而是"前后"。前,当然是 C 科这栋楼,可后面……

"等等,你刚说它前后,可是后面什么都没有啊。"

老者的嘴角动了动,露出一个极为含蓄的笑容。

"看不见,不等于没有啊。感官欺骗我们的例子太多了,这也是虚拟现实大行其道的根本原因。"

"你说得没错,可……"

老徐不知该怎么继续往下说,转头死死盯着那两座双子楼中间的空隙,不,其实不用刻意盯着看,因为如果有高楼,那将会是一座巨型建筑，矗立在苍穹之下，在它的映衬下，这两座双子楼或许像是儿童积木。然而，他就是看不见。

"可你就是看不见，对吧？"老者又摸了摸小胡子，"它就是不想让人看见。"

"那你怎么能看见？"

老者摇摇头。"我没说能看见啊。但是也许真的存在一栋我们看不见的高楼，不是地理意义上的，而是观念上的。"

听上去更深奥了。

"对不起，还没请教，您是……"

"路过，我是个过路人，看到你在这儿发呆，就临时下车，趁机呼吸一下新鲜空气。现在我该回去了。"

老者冲着城市快速轨道的另一边摆摆头做出示意。

那是公社的方向。

"我也住在公社，可我从没见过你。"老徐说。

"事实上我住在公社的边缘。你从没去过荒原吧，当然没去过。你每天朝九晚五上班，在家待不了太长时间，更不用说四处乱逛了。"

老徐立刻猜到对方是谁了，因为就算他从不参与公社的事务，也几乎不跟公社居民来往，可从老伴嘴里还是偶尔能听到一些关于公社的奇闻轶事，其中也包括生活在荒原上的那个怪人。

一列快速轨道车驶入站台。

"回见。"

"等等，回头还有机会见吗？"老徐急忙问。

"当然有。事情才刚刚开始，接下来会越来越有趣的。"

老者调皮地眨眨眼睛，然后用手碰了碰鸭舌帽帽檐，转身上车。

目送车辆无声地远去，老徐下意识地摸摸没几根头发的头顶。今天收获不小。

他决定明天不再上到站台来眺望了——行动比旁观更重要，那栋高楼究竟是否真的矗立在那里，只需要走过去看看就知道了。

5

晚上吃饭的时候，老徐问老伴素心是否知道荒原上住的那个人。

素心毫不迟疑地点点头。"知道，那是宿教授。"

"他，宿教授，是不是瘦瘦的身材，这儿留着一撇小胡子，白色，戴顶古怪的帽子？是他吗？"

这次是素心感到惊讶了。"听上去就是他。你怎么会认识他？"

"我不认识，"老徐说着，几下扒拉完碗里的饭菜，放下碗筷，擦擦嘴，才接着说，"今天下午在办公室外面的车站偶然遇到，他主动跟我说话，说自己住在荒原。我每天遛狗，顺着那条环形步道走整整一圈，可从没注意到荒原还有人住。你是怎么知道他的？"

"这可说来话长了。那人很有来头，听说以前是公社的领导，后来因为种种原因离开。你平时早出晚归，周末动不动还加班，连休息时间都没有，自然没工夫注意公社的事。我敢打赌，你连现在公社管委会领导是谁都不知道吧？我知道他是因为前些日子遇到三洋妈妈，那孩子你应该有印象，整天坐在轮椅上。可在我看来，那孩子的症状倒好像有些好转，于是就跟三洋妈妈聊了几句。她说最近半年定期去荒原请宿教授给孩子治病，接着就讲了一些关于宿教授的事。其实,十年前那次公社管理层人事变动的事我知道,而且也见过宿教授,只是我不知道他还会给人治病。跟三洋妈妈聊的时候,我就一直在想,早知道他连三洋那样的病都能治好,咱们女儿的病要是找他,没准儿也……"

"我明白了。"

老徐怕她顺着女儿的话题继续说下去,急忙打断她。恰好此时那条名叫多纳的小狗摇着尾巴走过来,到带它外出的时间了。

"通往荒原的路,在哪里?"

"西北角,那个大土堆旁边有条岔路。这黑灯瞎火的,你可别去,当心崴了脚。"

"我不去。"

老徐答应了一声,就带着多纳下楼去。

外面天色已经完全黑下来,不过对老徐来说问题不大。他对社区道路十分熟悉,有没有路灯都不影响散步,甚至花园深处那条铺着一块块石头的小路,他也能在晚间健步如飞,不会踏空踩到草地上。当然这也有多纳的一分功劳,要不是经常需要带着它散步,老徐对道路也不会如此熟悉。

可就算这样,他以前还是没注意到有一条通往荒原的岔路。因为他平时很少会走到社区的西北角,那里太偏僻了。

此刻,老徐牵着多纳直奔素心说的那个地方而去,脱离了原先由狗自主决定的散步路线,狗多少有些意外,象征性地抗议了两声。

环形步道上几乎看不到人影。夏天这条路上散步的人很多,进入秋天,随着夜晚温度骤然下降,以前那些人不知都跑哪儿去了。老徐喜欢此时的小区,散步的时候他喜欢低头想心事,既不愿跟人打招呼,也不喜欢东张西望。

道路两边隔几步就有路灯杆，冷色调光洒向地面，把周围景物照得很清楚。

快要走近那个小土丘时，老徐意外发现前方小道上居然站着一个男人。

他认出那是谁了。

瓦丽的男朋友——洛奇。对这个忽然搬离新城区的新人类，老徐并没有特别在意。之所以能记住名字，与其说因为他曾是C科的关注对象，还不如说因为他是瓦丽的男朋友更确切。

旁边花坛里的月季还在盛放，这花的好处就在于这朵凋谢那朵又开，此起彼伏，你追我赶。桂花也开了，香气四溢，闻起来令人陶醉。

听见脚步声的洛奇转过身来。

多纳停下脚步，敷衍了事地低声叫了两下，然后跑去草丛里小便。

老徐走到洛奇身边，随即意识到对方不是随便站在这里发呆，而是在研究那条通往荒原的小道。

它就在那儿，但并不明显。一般人不大会注意到这条分岔的小路，因为那根本就谈不上是条路。它消失在高大的土丘后面，估计素心说的那个树篱缺口就在里面不远处。

"散步？"他先跟洛奇打声招呼。

"是的。"

洛奇礼貌地点点头，却没继续往下说。不过从他的眼神里，老徐确定对方知道自己是谁。

"天凉了。"老徐抬头看看天空，几颗闪亮的星星点缀在蓝色的夜空里。

"是的。"依然是简洁的回应。

"怎么一个人出来，女朋友呢？"

"她晚上不喜欢外出，尤其是天冷以后。说到她，我倒想问问您：工作的事，为何会找到她？"

果然躲不开这个话题。老徐心里想。

"我恐怕没法回答这个问题，不是不想回答，而是我也不知道答案。公务员的选拔流程完全保密，既不知道谁在负责挑选，也不知道挑选的原则是什么。"

"您不是科长吗？"洛奇问。

"可也只是个科长而已，我当然知道很多你不知道的事，可一旦到达某个层面，我自己也所知有限。这是现行管理体制决定的，行政部门的沟通都在政务平台上进行，彼此之间完全不用面对面。如果我说除了我自己的科室，我认识的其他政府公务员并不比你多，你信吗？不管你信不信，这都是事实。"老徐说。

洛奇点点头。

"我刚刚搬来的时候，有中央数据库安全管理中心的人找我面访。"

"哪个科？"老徐看着他问。

"E科。"

"E科？"看来孔目说得没错。

"虽然都是数据中心的，你恐怕也不认识他们吧。"洛奇半开玩笑地说。

"我确实跟他们不熟，而且也不知道他们究竟是干什么的。"

"现在知道了，他们是专门监督别人搬家的。"

听到洛奇这话，老徐不觉心中一动。眼前这个新人类不简单，话虽不多，却总能抓住要害。看来E科显然跟C科关注的领域截然不同。

"按说，中央数据库安全管理中心应该是负责与数据相关业务的。"老徐说。

"就是说，你们并不是跟踪人类的？"

"当然，"老徐不觉提高声调，"这是个自由的年代，不可能有监视公众这种事出现。"

"是吗？那就好。不过 E 科关心的显然不是数据和网络，而是我这个活生生的人。这你怎么解释？"

老徐回答不上来，只好不作声。两个人之间的气氛略微有些尴尬。

停了一会儿，洛奇说："那天孔目来我家，当时我态度不大好。"

"哦？这个他倒没对我说什么。"

"我觉得作为一个新人类，我正在经历某种观念转变，需要适应传统人的生活方式。包括你们的那些情绪，激动、愤怒、开心，还有嫉妒。"

"嫉妒？"老徐诧异地扬了扬眉毛，随即醒悟过来，"是指孔目跟瓦丽吗？如果是这个，你倒不必在意，他不喜欢女人，这点他自己从不避讳。"

"原来如此。"

看上去洛奇感觉好多了。老徐冲着土丘旁的岔路努努嘴："你知道这条路？"

"前两天偶然发现的。"洛奇说。

"那边是荒原，几乎没人去，我在这里住了十多年，也从没去过。"老徐说。

"之前您住哪里？"洛奇好奇地问。

"这里往南。以前那边还有多处临时定居点，我就住在其中一处，从小就在那里。"老徐说。

"跟这里不同？"

老徐沉吟片刻："怎么说呢，应该是不同的。与其说是居住条件不同，倒不如说是人际关系不同。虽说只是人与人相处这么简单的事，可是贯穿人类社会发展史的不就是人际关系吗？现在回头看看，我们当年过的简直是乌托邦一样的生活，正因为如此，所以才不太真实。"

"现在呢，您觉得公社的人际关系是否理想？"

"如果跟新城区比，或许好些，但谈不上理想。我想，人类社会恐怕永远不会达到理想的完美状态，既因为这个世界上原本就不存在完美这件事，也因为人类本身进化迟缓，根本配不上完美这个词。"老徐说。

"听上去，这不像一个政府公务员说的话。"

"回到家里我就不是什么公务员了，只是个普通的小老头。说说荒原那边，究竟有什么？"老徐说。

"其实那边并不全是荒原，有条小路，走十来分钟就到悬崖边。下面是平原，有一条河从中央穿过。岸边有间大别墅。简单说就这些。"洛奇说。

"大别墅？"老徐重复着。

"您见过住在那里的宿教授吗？"洛奇问。

老徐微微点头。"见过。"

算是见过吧，虽然只是在站台上随便聊了几句。

"我倒是对他很好奇，打算找时间去拜访他一下。"洛奇说。

"我想正因为你的外来人身份，所以才没什么顾虑。公社的人大概不会去。"老徐说。

"因为过去的一些恩怨？"

"或许吧，对此我也不清楚，因为工作的关系，公社的是非，我始终置身事外。"

"那是以前，我觉得今后没准你会有所转变。"洛奇说着调皮地眨眨眼睛。

"这话从何说起？"老徐问。

"因为过了这么多年，您也站在这里开始对外面的荒原产生兴趣了。从我的个人经验看，人的好奇心一旦被激发，后面的结果就难以预料了。"

说完，洛奇就告辞了，顺着蓝色塑胶步道朝家的方向走去。

老徐站在原地，看着那个年轻人的背影消失，才招呼多纳离开。

他并未去查看那个树篱缝隙，更不会在夜色中去荒原。只要知道那个出入口在何处就够了。

与绿化带外面的荒原和住在荒原的那个人相比，此刻老徐对洛奇的兴趣更浓一些。他不能相信一个人造胚胎里孕育出来的新人类，居然会有这样的表现——聊天时懂得巧妙获取关键信息，同时也善于学习，更重要的是能够推理出令人惊讶的结论，尤其是最后那句话。

老徐觉得洛奇能够成为第一个搬离新城区进入老城区的新人类绝非偶然。也许是外因激发，也许是内因质变，也许是内外因综合作用，总之，他是个不一般的新人类。

6

这次老徐依然选择在午后走出办公室。

他先顺着十二楼的环形通道走了一圈，内侧是那些紧紧锁闭的资料室大门，外侧是茶色落地玻璃幕墙，透过玻璃朝外看，城市的色彩略显暗淡，不过实际上，外面应该是个秋阳灿烂的午后。

他只是想再确认一下方位。

在大楼下方的地下候车室里，列车是从东方驶来，往西方去。而现在看过去，那幢双子星高楼却在正东方，在脚下一片低矮楼群的映衬下，两座连在一起的塔楼高大突兀，楼体反射着西南方的阳光。

他已经想明白了：其实列车方向一点都不重要，因为驶离站台以后，基本都是在黑暗的隧道里前进，完全没理由相信它的行驶路线始终是直线。更重要的是，当时奇特的时空停滞感那么强烈，连列车行驶速度都无法判断，更不用提方向了。因此，列车最终停靠在位于正东方的双子楼后面某处的可能性很大。

想到这儿，老徐不再犹豫。

在楼下，他遇到孔目，对方正满腹心事地在大堂里徘徊。

"在这儿干吗？"他问，并未放缓脚步。

"没事，刚从外面回来，马上去办公室。"孔目说。

老徐没有看他，挥了挥手，从开启的大门走出去。

他站在大门外划出的感应候车区，半分钟后，一辆无人出租车无声地停在面前。

平时他喜欢乘坐轨道交通，不仅拒绝了科里给他配备的车，而且也很少乘坐无人车。他不喜欢那种冷冰冰的感觉。今天他有特殊考虑，因为自己要去的地方，轨道交通车无法抵达。

车内的目的地选择支持多种输入方式。按照习惯，老徐手动输入了"市政厅"三个字。

车辆无声移动，耳畔传来悠扬的乐声。这是老徐平时喜欢听的音乐，当他坐进这辆车，作为乘客，部分个人信息就透明了，其中也包括个人喜好。幸好他的工作性质可以允许他保有部分隐私，他无法想象一个时尚的新人类要是坐进车里，会有多么不同的体验。大概会成为一个透明人吧，家中的 X 系统会将信息同步到车上，音乐、气味、座椅都会相应调整，车内会营造小小的虚拟实境，真正做到宾至如归。据说，只要事先预定，还可以邀请某位名人的虚拟影像陪伴自己。

老徐曾在 C 科实验室见识过虚拟名人。为了熟悉虚拟人的技术应用，同时满足一下自己的小爱好，他让技术人员调出了虚拟的贝多芬。原本打算跟大师一起谈谈音乐，或者聆听大师对音乐的看法，结果并没什么收获。

那个虚拟的贝多芬像头疯狂的雄狮，在屋内迈着两条短腿走来走去，自己每次发问都会被对方粗鲁地顶撞回来。

技术员告诉老徐，真实的贝多芬就是那样，在现实生活中跟谁都不能长久地正常相处，情绪波动极大。因为在大师眼里，所有沟通对象智力都过于低下，尤其在谈论音乐话题的时候。以此类推，其他名人也大致如此，既然都是严格遵循他们在现实生活里的真实表现制造，那么他们当然不会对现代人奴颜婢膝，否则就失去存在的意义了。

但老徐也看不出这个虚拟产品有什么实际意义，尤其对于叛逆而追求自由的现代人，摆脱了长辈的束缚，何以还要花钱去忍受别人的教训？哪怕他是贝多芬或海明威，或其他任何名人。可想而知，该产品的市场前景并不好。

他又想起刚才孔目的神色，觉得有点异样。

说实话，老徐其实比较偏爱这个下属。他聪明能干，而且很坚韧，有种不达目的誓不罢休的劲头。此外他还有良好的自制力，无论案情多棘手，或者情况多紧急，孔目也从不惊慌失措。

正因为如此，他今天心事重重的样子就显得相当反常了。

思来想去，老徐找不到合理解释，于是决定明天跟对方好好谈谈。

车在市政厅前广场指定停车区域停好，老徐按下按钮，并未结束本次行程，而是暂时中止——待会儿他还需要这辆车。

广场不大，甚至还没有新老街区交界处那个广场大，更没那里热闹。那里有饭馆、咖啡馆，还有旧书店和鲜花店。这里却什么都没有，连人都没有。

越是高级的政府办公场所，越是杳无人迹，这一点老徐颇有感触。或许是人们都关在办公室里，或许干脆就没有人——城市的一切都运行在自动化管理体系中，不用人工干预就能顺畅运转。如果有人干预的话，没准儿反倒会变得混乱呢。

他仰头看看双子座大厦，天上的流云恰好从它顶上掠过。四周静悄悄的，没有任何声音。脚下道路远看像个十字架，纵向直通大楼底座，横向则从楼前平行穿过。道路之外是广阔的草坪，修剪整齐的小草看上去绿油油一片，赏心悦目。

他朝市政厅方向走去。

秋天的阳光照在身上很舒服，周围空气里弥漫着淡淡的青草香气。

这个广场他之前来过，那是刚入职C科不久，某天心血来潮，跟另外两个同事来此闲逛，毕竟这是公务员们的最高领导机构所在地。那天广场上还有几个人，但也就那么几个而已。他们甚至都没走到市政厅大门口，就被肃杀威严的氛围震撼，再没往前走一步。此后随着岁月流逝，老徐越来越不喜欢这里，也越来越不喜欢这片相对独立的行政办公区，在他眼里，此处死气沉沉、毫无活力，如果可能，他宁可离这里远远的。今天情况特殊，他是为了做调查，必须摒弃个人好恶。

他顺着漫长的通道一直走到其中一座大厦的台阶下。抬头看去，巨大的圆柱后面是一排玻璃墙，正中间有几扇紧闭的玻璃门。

台阶下方左右两边各竖立着两个信号传输装置，不到一人高的细长而结实的金属杆顶端有触屏显示装置。当老徐的身体刚刚与它们持平，其中一个信号传输装置就启动了。

点亮的屏幕上出现一个女子亲切的笑容。

——您好，请问是否有预约？

不，没有。

——抱歉，如果没有预约，您不能再往前走了。

我是中央数据库安全管理中心C科科长，我想就工作方面的事情与市政厅负责信息科技管理的领导面谈。

——根据公务员管理条例，您只能与自己的直接领导进行业务联系，不能越级会面。您与直接领导的沟通管道是畅通的，任何问题都可以在每月例会期间面对面沟通。如果涉及投诉建议，请在政务交流平台上通过专线发送。受理之后，会有人联系您。

毫无疑问，看来市政厅的大门是进不去了。原本老徐还猜测了多种被拒绝的情景，可偏偏没想到会被这种直接却毫无漏洞的方式拒绝。

于是他转身返回。

走到道路的十字交叉处，他停下脚步。仿佛在原地思考了一下，没有直行返回自己那辆车，而是左转弯顺着那条横向道路往一侧走去。

这是计划B。如果能顺利进入市政厅，老徐打算在里面转一转，凭借自己敏锐的观察力，一定能发现有用的线索。可一旦被拒，他打算顺着外围绕到双子座大楼背后，假如真有什么高大的建筑利用某种视觉技术隐藏在后面,那么顺着双子座大楼一直往东走,应该可以走到那栋神秘大楼下方。这就是他的备选计划。

大理石铺成的路面有细细的纹路,以防表面过于光滑。老徐踏上去觉得脚下很舒服,路面之外一寸高的如茵芳草铺展开来。

道路在前方出现转折。看来这条路原本就是环绕大厦而铺设的。

周围空无一人,只有自己的影子投射在脚下。老徐继续顺着笔直的道路向前走,并且期待尽快看到那栋隐没在空气中的大楼。

然而他失望了。

朗朗清空下,根本就没有大楼的影子。如果它是被隐藏起来的,未免也隐藏得过于巧妙了。

脚下道路继续延伸。可问题随即出现,在大楼背后并没有一条纵向的道路通往东方。目之所及,草地一直延伸到远方,而远方是一片虚空。换句话说,脚下的路确实只是环绕大厦而建,自己仿佛走到世界尽头,最终只能重新回到原地。

老徐站在大楼背后正中间位置极目远眺,最后一次确认在视野内根本没有任何建筑物,这才回到自己停车的地方。

看来今天是徒劳无功了。但那个一直徘徊在心头的疑虑反倒更加勾起他的好奇心:这座城市有个天大的秘密,而包括自己在内的所有人都被蒙在鼓里。

第五章 死亡陷阱

1

孔目的调查计划很简单，就是直接上门拜访。有时候，直截了当的做法比拐弯抹角有效多了。尤其是虚拟爱人这种事，说白了，一切都是虚幻的东西，就看当事人如何看待。如果当事人像洛奇那样，愿意为虚拟爱人努力争取，甚至为之冒险，那么虚拟爱人就显得很重要；可如果像绝大多数人那样，只把它们当作精神安慰的工具，那么虚拟爱人就无足轻重了。

眼下这个用户有些奇怪，因此他暂时无法判定对方究竟属于哪类。一般来说，判定虚拟爱人是否正常，只需对照观察一下用户情况就行。比如洛奇，长期宅在家里一段时间后，忽然开始渴望外面的世界，这就是明显的异常，虚拟爱人至少在一定程度上脱不了干系。此时只需返回头检查虚拟爱人的源代码，就能轻易发现问题。但这方法对眼下的用户却不适用：他似乎不属于任何一种情况，这是一种前所未见的特殊情况。

事情的起因是这样的：十天前，数据监控中心发来一组嫌疑名单，名单每周定期发送，是基于分布于各家各户 X 系统的反馈，主要集中在与虚拟爱人相关的部分。

刚扫了一眼，他就被名单上那个地址吸引住了。诚如科长早先指出的那样，那是洛奇以前住过的地方。同一区、同一楼、同一层，说巧合似乎有些太轻巧了。名单只是含糊地提示这位用户家的虚拟爱人有某种异常，但确切原因并不清楚，建议调查员跟进。

孔目放下手头的事情，先调出五号房间住户的个人信息。

阿迁，男，25岁，药剂师，受雇于制药公司，业余时间喜欢写作。大部分时间他需要住在公司宿舍参与新药研发。回到家里，他会把业余时间用在写作上，内容不外乎心灵感悟之类。写好的文章发到归类的文章库里，谁喜欢自会拿去看——在虚拟现实技术大行其道的今天，不要说文字和音乐，就算视频影像产业都已经无可挽回地衰落了。愿意找文章出来看的人相对有限，但在高度自由与多元的社会里，什么喜好的人都有，既然有人愿意花费大把时间去写那些东西，自然多多少少也会有人看。

通过写作，阿迁找了几个有共同爱好的人组成兴趣小组，定期交流作品与经验。就在不久前，监控发现他家出现了虚拟爱人活动的迹象，但X系统却没有发出任何警报。

虚拟爱人属于专营项目，根据用户提交的申请资料，工厂设计师进行设计，前期会提交给用户多个备选，在用户选定心仪对象后，再进行定型。用户下载定制的虚拟爱人数据包，在家里的X系统上运行即可。后期根据虚拟爱人与用户的互动反馈进行微调，这一微调机制，虚拟爱人程序自己就能轻松完成，无须厂方干预。

规定要求用户的购买记录和申请资料都必须记录在案，以备C科随时抽检。但现在阿迁家里这个名叫伊丽莎白的虚拟爱人没有任何记录——没有申请、没有购买，家里的X平台上凭空多出一个虚拟爱人，而平台却没有发出警报，这还不够奇怪吗？

孔目这下明白所谓"某种异常"指的是什么，同时也明白监控系统为何无法判断这事的性质。他印象里也从未遇到过此类状况。

三区十二号楼是一栋方方正正的高楼，大约三十层，内部房间结构完全相同。考虑虚拟现实的营造效果，内部空间尽量空旷。

孔目在大楼门前站了一会儿，然后才进入大堂。

大堂里面是小桥流水的园林风光，当然，都是假的，但足以乱真，不仅水流声音清晰可闻，连空气里都弥漫着淡淡的桂花香气。

电梯上升之际，玻璃外的景物又变成沙漠景观，一轮旭日正从棱角分明的沙丘背后升起。孔目承认，如果不是行走在沙海里的旅人，而是作为旁观者从高空远眺，沙漠风光还是相当迷人的。

走廊里很安静，每扇房门都紧紧关闭。他一边走一边看着门上的数字。洛奇曾经住在这里，后来因为突然发病，而家里的 X 系统又出现故障，因此没有直接通知急救中心。幸亏瓦丽发现及时，逼迫大楼管理部紧急打开房门，才救了洛奇一命。正因为如此，洛奇才搬离此地。事件过程他从政务交流平台上看到过。

他猜，洛奇大约是怀着对智能系统的失望与愤恨才搬家的吧。

按下五号房门的门铃，里面很快就有动静了。

"谁？"

门边的扬声器里传来一个男子的声音。

"我是中央数据库安全管理中心 C 科调查员，有些事情想跟你核实一下。"

门开了，一个面目清秀、留着长发的年轻人出现在门内，瞪着一双清澈的眼睛看着孔目。

"什么事？"

"是关于虚拟爱人的事，你知道，C 科负责管理此项业务。"

年轻人眼里闪过一抹不安，他的一只手用力握紧门框，身体下意识地绷紧了。

"你可能搞错了，我没用过虚拟爱人。"

孔目不动声色地看着年轻人。本来，如果年轻人承认有过虚拟爱人，自己就会要求进入房间里谈一下，然后征得对方同意后，再进入他家的 X 系统里检查一番。即便如此，他也没把握找到问题所在。可现在情况变了，这个年轻人开口就撒谎，说根本没有虚拟爱人，这就意味着有问题的不是虚拟爱人，而是用户本人。不过这个年轻人长相俊秀，让孔目一时有些拿不定主意究竟该强硬到什么程度才好。

"你确定自己没有使用过虚拟爱人？"

对方坚定地点点头。

"难道是我搞错了？"孔目注意到年轻人脸上闪过如释重负的表情，于是话锋一转，"可即便如此，我还是需要检查一下，你知道，这是例行公事。"

年轻人刚刚松弛的身体又重新绷紧。"我记得，搜查好像需要专门证件，你有吗？给我看看。"

"我没有，不过申请那种证件很简单，我只需回到办公室打开电脑打印一张，让科长签字盖章就行，但问题是，如果那样做，简单的事情就复杂了。一切都需记录在案，而且将来参与调查的就不是我一个人了。可是现在，无论对你还是对我，都可以把这次拜访当作朋友间的日常沟通，不管有什么问题，都可以拿出来讨论，甚至解决。"

"那么你这次究竟是代表单位,还是代表个人?"年轻人口气有些松动。

"代表谁不重要,重要的是处理事情的方法和态度。我想你是个聪明人,一定明白这样对你是最好的。"

孔目步步紧逼,他知道,决定成败的关键就在这一闪念的几秒钟内。并非全是虚张声势,他也确实想跟这个年轻人私下谈谈,或许真能帮他减少未来可能出现的麻烦。至于自己为何如此热心,他心里很清楚。

年轻人拉开大门,侧身示意他进来。

成功。

2

房间里此刻正营造着春天花园的虚拟景象,一架紫藤,花开繁茂,蜜蜂围绕着花朵上下飞舞。花架下放着两把造型简洁的扶手椅,中间的茶几上放着两杯茶。

"不,不用关掉,这样好。"孔目抬手制止年轻人,"我喜欢这景色。"

说着,两个人分别坐到椅子上。孔目注意看了看那两杯茶,自己这杯是虚拟实境的一部分,是假的,而年轻人那杯是真的。

"喝什么,我帮你去倒。"年轻人有些尴尬地说。

"别客气,坐坐就好。"孔目舒服地扭动一下身子,"你就是阿迁吧?"

年轻人点点头。

"咱们之间不是毫无关联的陌生人,"孔目冲着隔壁努努嘴,"以前住在那边的人名叫洛奇,是我朋友,后来搬走了。你或许见过。"

"真的？"阿迁眼睛果然一亮，"你跟他是朋友？他可是个好人，还帮我照顾绿植来着。后来不知怎么就忽然搬走了。"

"绿植？"

年轻人轻快地跳起来，走到花架一角，那里的台子上放着一盆绿色文竹，若不拿起来，会以为那也是虚拟实境的一部分。

事实上，它是真的。阿迁将它放在两个人之间的桌上。绿植长得不高，但很挺拔，细密的叶子绿茸茸一片，看上去惹人喜爱。

接下来就好沟通了。孔目暗自想，脸上刻意做出对那盆文竹感兴趣的样子，其实办公室随便一盆绿植都比眼前这个要大多了。

"你刚才提到虚拟爱人。"阿迁说。

"没错，我就是为这个来的。"

"我确实有个虚拟爱人，但她的活动范围只限于我家里，绝对不会给别人造成任何不便。我不清楚你们是怎么发现她的存在的？"阿迁问。

好天真的年轻人。

孔目微微一笑。"眼下的社会，没有什么能够被隐瞒，尤其是涉及网络科技的部分。虚拟现实是政府大力支持发展的新技术，目的就是为满足大众的精神生活需求，虚拟爱人是其中重要一环，它是应用程序。你明白这意味着什么？只要是程序，只要被运行，就一定会在网络上留下痕迹。不管你在什么地方运行，家里并非密不透风的堡垒。这就好比很多年前的红外探测技术，就算你被深埋在废墟下面，肉眼无法发现，但只要你活着、有体温，就会被侦测到。"

"哦，原来如此。"阿迁恍然大悟般拍拍脑门，"难怪伊丽莎白说暴露是早晚的事，只是没想到你这么快就来了。"

伊丽莎白可真够聪明啊。孔目心里不无嘲讽地嘀咕了一句。

"那么，"阿迁问，"你想见见她吗？"

"谁？伊丽莎白？"孔目愣了一下，急忙说，"不，没这个必要。我只是想跟你谈谈，与其说我对她感兴趣，不如说我对她如何来到你家的过程感兴趣。"

"如果不合规定，她会被清理掉吗？"

"不好说，得看情况。规定是人制定的，或许总有回旋余地。这也是我坚持要跟你先单独谈谈的原因。如果申请搜查令，这事就得备案，接下来就不是我一个人说了算。明白？"

阿迁用力点点头，末梢微微卷曲的头发触碰到眼睫毛。作为一个男人，那睫毛长得令人惊讶。

"现在……"孔目环视一下春花盛开的景色，觉得虚拟现实也并非一无是处，至少这么优美的风光，现实生活里永远也不可能见到，"讲讲怎么回事吧，注意，不要隐瞒，我对谎言过敏。"

"其实也没什么可隐瞒的，伊丽莎白是朋友送我的虚拟爱人，正因为她不是我定制和购买的，所以查不到相关记录。我参加了一个业余写作小组，大家会在小组里定期交流，话题多种多样，主要都与写作有关。爱情，是我们经常讨论的话题，为了获得完美的爱情体验，组里一个家伙特意将自己虚拟爱人的资料公开出来，包括他俩每次交流的内容，都会发布在小组群里，然后大家再从各自角度出发，畅所欲言，挑出不足，之后根据大家的提议，他对虚拟爱人进行修正。我不知道你是否清楚此事的意义，这是一个相当有意义的试验，就是说我们打算合力打造一个完美的虚拟爱人模型，她在感情上具备前所未有的包容性，在应用上具有前所未有的适应性。至于说完成之后结果如何，我们并未认真考虑。

"事情的进展令人惊喜，没多久，那位朋友就感觉到虚拟爱人变得跟以前不同了。因为这是大家共同努力的结果。于是他觉得应该把虚拟爱人跟大家分享。听起来或许有些滑稽，可第一，这里没有任何利益输送和交换；第二，它不涉及任何肉体关系。至于感情，看不见摸不着，原本就没有什么专属性，既然它是大家共同塑造的结果，分享给大家当然也成立。

"直到此时我们才遇到一个现实问题。如你所说，虚拟爱人都是专营，而且每个虚拟爱人对应一个具体用户，我们不可能把这个塑造好的虚拟爱人返回工厂，让他们帮忙拷贝几个同样的分配给大家，这不合理，也不合法，没有可行性。恰好我们小组里有个技术工程师，他所在的公司是给虚拟人定制厂提供外包服务的供应商，熟悉相关技术。我不知道具体如何操作，但最后他给每人拷贝了一个虚拟爱人，而且保证大家拿到的都是同一个。

"我觉得这件事很有趣。不是虚拟爱人有趣，而是大家共同创造一个虚拟爱人的过程很有趣。想想看，大家面对同一个虚拟爱人时，每个人的感觉与反应都不一样，把它记录下来，放在一起对比，相信我们对爱情的理解会更加全面，没准未来我们会找到爱情的终极模式。相应地，我们的文章内涵也会更加丰富。

"现在，你知道真实情况了，你怎么看这件事？我觉得它或许没有你当初想象得那么严重和糟糕吧？"

阿迁说完，端起桌上的杯子喝了口水。

平时一贯很有想法的孔日，此刻脑子一片空白，因为他没想清楚这事背后的内在逻辑。听上去似乎是个普普通通的违反虚拟人管理法案的事件，只不过这次不是虚拟人出现变化，而是同一个虚拟爱人被几个人同时进行改造，之后再拷贝了几个替身而已。要说严重，其实在于事件背后的意义：这些人共同创造了一个前所未有的虚拟爱人，而且它还在继续按照惯性成长。因为在每个人家的虚拟爱人并非在各自独立发展，拷贝是一种映射，理论上，还存在一个真正的主体。这些分散在各家的虚拟爱人映射体在调整的同时，也会将数据传输回那个主体。要证实这一点很容易，只需检查阿迁家的数据进出情况就行。换句话说，一定有虚拟爱人的数据伪装成其他数据进行交换。

"情况有点复杂，我恐怕暂时没法回答你，"孔目打起精神说，"不过，能否让我检查一下你家的 X 系统，同时看看那个……嗯，伊丽莎白的源代码？"

阿迁稍微迟疑一下，点了点头。之后不知从哪里摸出多功能控制器，关掉了房间里的虚拟现实模式。

这下房间顿时变成一个单调乏味的空间，除了几件必要的家具，其他什么都没有。

孔目跟随阿迁走到桌前，通过终端控制器进入房间的 X 系统。里面装满了花样繁多的应用程序，可见这个年轻人平时个人爱好不少。他注意到系统里有大量的影像图片信息，除了一些历史上知名的作家，剩下大多是历史上有名的男性运动员。这说明两点：其一，阿迁喜欢文学与体育；其二，更重要的是，他喜欢男人。

孔目全面检查了系统接口，通过后门进入系统找到虚拟爱人程序。

一般来说，进入程序内部，就会看到一张虚拟爱人人格图表，那是一个白底的图表，在与用户磨合的过程中，每次摩擦都会以红色标出，之后根据彼此性格差异进行微调，以绿色标识。

在伊丽莎白这张人格图表上，可不止红绿两种颜色，或者说红有很多种，绿也分好几层。这是多人修改完善的结果。阿迁没有说谎。

他调出数据输入与输出记录，仔细查看。受过特殊训练的眼睛几乎立刻就发现了异常：每天，阿迁只要将伊丽莎白呼唤出来，系统就会建立起一条通往外界的信息交换通道，在他俩进行交谈时，数据会实时进行交换。当伊丽莎白退出以后，那条信息交换通道就消失不见了。

很快他就找到了伊丽莎白与外界的沟通路径：在通往外部的家务管理通道上挂着个小小的经过伪装的数据包，能顺利骗过X的防火墙。为此，虚拟爱人里还特意自带一个与X完全兼容的同步小程序，每次运行，都会让X误以为是正常的程序启动和数据交换，而不会发出任何警报。

这确实是个巧妙设计。

结论很简单：伊丽莎白确实并非一个简单而独立的虚拟爱人，它在实时与外界进行信息交换。这是一个典型的分布式设计理念下的产物，早在三百年前人类创立互联网时就运用了这一设计理念。当时是为防止中央控制系统瘫痪，而将功能分散在多个地方，相互协作进行工作。

不用说，除了阿迁之外，另外几个人家里安装的伊丽莎白也同样如此。就算他清理掉这里的，其他几家的也并不会受到太大影响。

孔目脑海里浮现出章鱼的图案。那种早就灭绝的动物能激发起人心中本能的厌恶情绪。现在分散在几家里的伊丽莎白，不如说就像章鱼那些灵敏的触角，它们各自都具独立功能，但又服务于一个统一的母体。

他不由得佩服这个设计思路之巧妙。接下来的问题是：这仅仅是几个舞文弄墨年轻人的胡闹吗？

他暗自祈求最好是这样，否则，麻烦就大了。

发现如此惊人，以至于孔目完全顾不上在阿迁家多停留一会儿——虽然从一开始就对这个大男孩抱有超出常理的好感，而且从阿迁那双亮晶晶的眼睛里，他觉得自己看到了某种同样性质的好感。没错，那孩子也对自己有兴趣，只不过习惯了性与爱分离的生活，男孩并不清楚盘踞在内心的那团火焰意味着什么，最终又将导向何方。

孔目很愿意去扮演导师的角色，引导男孩正确识别那种欲望，可今天不行。他必须走了，因为还有更重要的事做。

他急需联系中央数据库安全管理中心B科，这事已经不是简单的虚拟爱人案件，而是涉及整个网络层面，破解此案的关键技术掌握在B科手中。

3

两天后，B科的科长助理莉莉发来回复信息。当时孔目正在办公室里忙碌，屏幕上政务交流平台出现提示，打开来看，是一行简洁的文字信息：至今未发现本体样本，非法拷贝的客户端已找到数个。建议将此案自R提升至S等级，科室联席会议时间待定。

内容虽简，信息量却很充分。它意味着B科针对阿迁家虚拟爱人伊丽莎白的调查有了结果，那个被随意拷贝后分散在各家的虚拟爱人已经在各家被发现。但正如孔目所担心的那样，那些被发现的只是客户端而非本体。那个收集各路反馈信息，正在变得无比强大的虚拟爱人综合体,轻而易举躲过了B科的各项搜索检查程序,在某处潜伏下来了。

一桩普通的虚拟人故障,开始演变成一个大事件。为此调查权将从普通科员手里转移到科长一级,同时还将在政务交流平台上安排一次B科与C科的联合会议。案件发展至此,孔目应该可以松口气了。他感觉肩上的重担倏然消失无踪,紧锁多日的眉头终于舒展开来。

剩下还有一件事要做:再去阿迁家里回访一下,因为一旦召开两个科室的联席会议,作为案件最初的发现者,自己必须得给科室领导们汇报清楚来龙去脉。当然,他也想趁机再见见阿迁——那个男孩真可爱啊。过了今天,他未必有机会和理由去见他了。

就像所有这个年龄的新人类一样,阿迁大部分时间都在家里。孔目特意带了一株小小的绿植前去,这种绿植在C科的办公桌上随处可见,一点都不稀罕,但对于那些很少见过真实植物的新人类,尤其是喜欢绿植的阿迁来说,就显得弥足珍贵。

果然,一看到这个小小的盆栽植物,阿迁就两眼放光。"太谢谢你了,这株小榕树真漂亮。"

"别客气。"

孔目说着像个熟人般坐下来。不知为何,在阿迁面前,他觉得自己能够很放松,甚至可以暂时卸下严肃的面具。

"这次找我什么事?"

阿迁头也不回地随口问,同时不知从哪里找出把小剪刀,开始小心翼翼地修剪起绿植的叶子。

"伊丽莎白,她怎么样?"孔目问。

"伊丽莎白?她不见了。"

"什么？"

孔目大吃一惊，不由自主放下刚跷起的二郎腿。

"什么叫不见了？"

阿迁这才回过头来，脸上带着一丝调皮的神色。"不见的意思就是，她已经离开我家了。"

"具体情况，讲讲。"他催促阿迁。

"嗯……其实很简单，那天你走后，我跟她聊了一会儿，自然，话题少不了你。当时她看上去有些忧郁，跟之前判若两人。我觉得奇怪，但当时又说不出问题出在哪儿。直到睡觉时才反应过来，你知道问题出在哪里吗？"阿迁问。

孔目摇摇头，心里其实已经有答案了，只是他想让阿迁说出来。于是沉默不语地耐心等对方说下去。

"她有独立思想了。"阿迁仿佛发现新大陆般宣布，"以前虚拟爱人只会根据主人要求进行自我调整，但绝不会有独立思想，也不会违拗主人的意图。可这次伊丽莎白完全不同，她竟然完全不顾及我的感受，只是陷入她自己的思考里，这简直太让人惊异了。想到这儿，我再也睡不着了，于是打算把她叫来，再确认一下我的判断。可不管我用语音还是手动方式，都没法把她调取出来。让 X 进行自检，结果告诉我根本没有安装虚拟爱人这个应用程序。所以我说她不见了。"

"这怎么可能？"

孔目站起身，打算绕过阿迁和那盆绿植，走到桌上的显示屏前，一周之前，他在那里操作过房间系统，彻底检查了作为程序的伊丽莎白。可恰在此时，阿迁稍微移动一下，无意中挡住了他的去路。

男孩脸色白里透红，皮肤光洁细腻，尤其是额前耷拉下来的卷发，散发着栀子花的清香。

孔目不由自主停下脚步，出神地看着他的头发。那是自然卷曲的头发，未经过任何修饰和吹烫，此刻它在阿迁额头上摇晃着，偶尔会触碰到长长的眼睫毛。

孔目觉得自己的眼睫毛都有些痒。

他完全无意识地伸出手，帮阿迁撩起那束头发，手指轻轻滑过对方光滑的额头。一股麻酥酥的感觉随即顺着手指传递过来。

阿迁顺势握住他的手。

空旷的房间内瞬间营造起土耳其宫廷风情的虚拟实境，墙壁上画着复杂的图案，床铺四角的立柱被漆成褐色，洁白的幔帐从床顶垂下来，周围空气里弥漫着蜡烛和熏香的气息。

事到如今，除了爱情，其他一切都变得不重要了。

孔目微微闭上眼睛，刻意忽略周围那些虚拟场景，将注意力集中在男孩那秀丽的容貌和匀称的身体上。

两个男人滚倒在大床上，孔目甚至还能感觉到身下床垫的硬度逐渐变软——连这也是智能控制的。阿迁身体散发着淡淡的汗味，但丝毫不会令人感觉不快，相反，倒刺激了孔目的中枢神经，让他变得更加兴奋。

对方似乎保持着固定健身的习惯，因此肩膀和上臂肌肉结实，让他想起那个替代人。自从上次之后，孔目再没见过他。

孔目的嘴唇滑过阿迁结实的身体，当亲吻至肩膀位置时，张开嘴不轻不重地咬了下去。这次没有撕裂感，齿间感觉到的是真实的肉体，层层皮肤下面包裹的肌肉有相当的韧性，钝的牙齿根本无法切开它。

这次是真的。就是说，在经历过漫长的等待之后，他终于找到了可以去爱的人。这次不用电脑帮他匹配，也无须替代人冒充了。

阿迁兴奋得满面通红,眼睛里都有些充血。他翻身压在孔目身上,两只手卡住对方的脖子。

血流变得缓慢下来,聚集在脑袋里的血液停滞,携带的氧气正逐渐被消耗掉。随之而来的感觉并非是痛苦,而是飘飘然——沉重的肉身变得轻快起来,下体的快感则更加突出。

看来阿迁绝非新手。

孔目闭上眼睛,贪婪地体会这非同一般的感受。思维的一角忽然飘过一个念头:我本来要去检查那个虚拟爱人的情况,怎么稀里糊涂就跟这个男孩上床了?

不过念头转瞬即逝,随之而来的巨大幸福感迅速将他淹没,以至于他再也没能醒来。

4

C32号调查员孔目意外猝死。

这个消息让C科上下都惊诧不已,因为年轻调查员在工作中死亡的事情此前从未出现过。在现代社会,死亡是一个纯自然的过程,变成了老年人的专属——只有到达一定年龄,才会面临死亡的威胁。先进的基因检测保证新人类避免一切先天疾病;安全的智能交通系统排除交通意外的可能;加之政府为公务员提供良好的医疗保健,因此孔目死亡带来的震动之大可想而知。

当天老徐正在给储备干部培训班讲课。培训室里坐着九个年轻人,其中只有瓦丽一位女性,颇为抢眼。

起初老徐有些担心她无法适应这种快节奏和枯燥无味的学习,结果第一次测试成绩出来以后,他放心了。

与同一批入职的丰己和浦固两个男同事相比，瓦丽表现出异乎寻常的天赋。那些测试题里设置的陷阱对她根本不构成威胁，似乎仅凭直觉她就能知道那些陷阱的准确位置。这简直太难得了。

老徐的培训内容不属于技术层面，而是重点从社会发展高度阐述中央数据库安全管理中心 C 科的重要性。过去十来年里，这些话已变成某种固化的职业用语，不用经过任何思考就能脱口而出。可在内心深处，他却不以为然。他不明白，简单通俗的道理为何非得用那种刻板的套话表达，以至于很难触动听众。同时对那些真理告白式言辞背后的逻辑，他也不是很认同。比方说 C 科在维护秩序与正义方面的重要性，就很值得商榷。我们不就是让普通市民更依赖虚拟现实和其他人工智能技术，最好连家门都别出吗？这究竟是维护谁的利益、谁的秩序呢？

因此在讲述这些套话时，老徐往往照本宣科般快速结束。剩下的时间，他喜欢跟这些年轻人交流一下。与孔目那样的下属不同，坐在下面的这九个人都是不折不扣的传统人，他们跟自己有共同的生活背景，接受传统生活方式和文化的熏陶，大家理应有更多共同语言。

老徐很喜欢跟瓦丽聊天。每次虽然说不了太多话，可总是感觉很舒服。有时候他甚至分不清这究竟是一个老男人对年轻异性本能的喜欢，还是因为他总能在对方身上看到自己死去女儿的影子。

可今天的培训刚进行一半就被打断了。助理悄悄走进培训课堂，将一份打印的报告递给老徐。他看了一眼，脸色就变了。

紧急通告来自市内医疗救治系统。信息显示一名年轻人在非居住地突发疾病，申请了紧急医疗救治。救援小组抵达以后，宣布病人不治身亡。在进行身份比对时，死者的身份 ID 里包含隐藏信息，表明其是公务员身份。于是根据条例规定，这起紧急救助事件就自动通报到政府服务器，经过政务交流平台智能系统分析最终就转到了C科科长老徐这里。

老徐在C科工作了四十年，从没遇到此类年轻调查员的死亡案例，一时竟不知该如何处理。

考虑片刻，他让助理通知C科管理层开会。走出培训课堂前，他停下脚步，回头招呼瓦丽和丰已、浦固跟他一起去开会。

瓦丽跟孔目很熟悉，或许能提供一些自己不知道的有用信息。女性的独特思维方式，或许也对此案有帮助。之所以叫上另外两个人，只因为不想让瓦丽的出现过于突兀。

当他走进会议室，C科管理层的其他四位成员都已在座。四十出头、一脸精干的三号调查员坐在左侧首位，其他三人按顺序排坐在同一侧。

老徐坐到主持人位置，瓦丽三人坐到管理层对面的空位子上。由于时间紧来不及换衣服，瓦丽穿着培训时那套红色运动装，在一群衣着黯淡的男性中显得尤为醒目。

"很抱歉，大家不能按时下班了，"老徐的目光扫过每一位在座者的脸，"突发事件，先让助理给大家通报一下情况。"

说完，老徐按下桌面的触摸屏，简洁干脆地说："开始。"

老徐正对面墙上亮起一面大显示屏幕，所有人都侧身看过去。

屏幕上首先出现孔目的照片，下面一行文字标注，C32号调查员，对外名称：孔目，年龄三十二岁；新人类；死亡时间：三小时前；死因：窒息引发猝死。

会议室很安静，因此瓦丽的低声惊呼听上去很清楚。

解说的女声很职业，语速正常，没什么起伏，只是在准确描述事件本身:"急救车到达前他就已经死了,当时在三区十二号楼二十八层五号房间。房主名叫阿迁,二十七岁,男性,是他启动X紧急呼叫系统,说有人在他家里发病,但并未说明具体情形。"

屏幕上的画面切换至下一页,是孔目衣衫不整仰卧床上的图像。

"根据房主的描述,以及现场情形、初步尸检结果综合判断,符合性窒息死亡特征,死亡并无疑点。"

屏幕画面切换至下一页,是救援人员将孔目的尸体放入尸袋抬走的画面,同时右上角出现了阿迁的照片和个人信息。

"根据相关法规,房主阿迁将被要求配合调查,此间他会被约束在留置所,时限为七天。之后将决定他是否需要担责。接下来……"

助理的画外音停顿了一下,"我还准备了关于性窒息相关的资料,是否需要播放?"

"不用了,先这样吧。谢谢。"

老徐降低屏幕显示亮度,室内灯光随即自动变亮。他逐一打量在座人员,好像之前并不认识他们一样。

三号调查员直视他,目光坚定而自信,其他三位高级管委会成员也尽量不流露出表情。桌子对面瓦丽三人的表情就丰富多了,慌乱、震惊、诧异等情绪混合在一起,瓦丽脸上还掩饰不住地流露出悲伤神情。

"我觉得,讨论这起突发事件的重点在原因而非结果,毕竟事情已经发生,死亡是没什么可争论的。我所说的原因,是指为什么会导致现在的结果。"老徐说。

一个调查员在性高潮中窒息死亡,究竟是单纯因为性爱方式不当而出现意外，还是有人借意外掩饰谋杀？这才是需要判断的重点。

"三十二号调查员之前在调查什么案子？"三号调查员问。

"之前他对我提到这个地址，说监控提示异常，但他远程检查并未发现问题，于是我让他继续调查。在今天之前，他已经去过一次现场，面访结束后，他在内网上给我提交了一份报告，汇报了调查进展。他认为这并非简单的非法复制虚拟爱人案件，而是一个虚拟爱人出现超级变异的案件。就是说，该关注的主体不是人类使用者，而应是虚拟爱人应用程序。并说他从当事人家里出来后，已经第一时间联系了B科，要求他们在硬件领域提供搜索协助。今天他接到了B科的反馈，B科发现了几个非法复制的客户端，但每个都不是本体，里面没有最重要的核心源代码。接到信息后他就外出，没想到就出事了。"

"案发地点是新城区第三区吗？"五号调查员一边查看手头的资料一边问，"我记得最近一年这个区域通报过好几起虚拟爱人感染病毒的事件。"

"你说得没错，那里近来似乎成了病毒感染的重点区域。"

说着，老徐瞟了瓦丽一眼。"瓦丽对这个地址应该也不陌生吧。"

瓦丽抬起头，眼睛里亮闪闪的。"是，我男朋友曾经住在那里。而且那个名叫阿迁的男孩，我也听他提起过，好像是个喜欢养绿植的男孩。"

"又是一个奇怪的新人类。"老徐好像漫不经心地说了一句，然后追问，"那么，你如何看待此案？"

"我觉得是意外，虽然不懂什么窒息之类的专业问题，但这应该是意外。我不相信那个男孩会谋杀孔目，完全没有理由嘛。"

瓦丽说。

"没准儿阿迁会交代有用的信息。"坐在瓦丽身边的丰已终于插上话了。

"我觉得应该提出申请，在刑事调查部门讯问阿迁时，我们科必须有代表在场旁听。"三号调查员说。

老徐点点头，说："调查从多方面齐头并进吧。首先我会发起一次与B科的联席会议，听听他们对案件的看法。毕竟三十二号调查员之前调查的内容跟他们有紧密关联；其次参与讯问阿迁的事，三号来牵头执行，带人去找刑事调查科；最后安排一组人去孔目的住所进行检查，看看历史文件里有没有遗漏的线索……"

老徐话未说完，瓦丽举手示意道："科长，我想加入本次调查。"

"哦？"

大家都将目光转向瓦丽，她有些不好意思地低了一下头，不过很快又重新抬起，严肃地说："我知道自己是新人，但我希望能够参与本案的调查。孔目，不，三十二号调查员，不仅是我的同事，还是我的朋友。他为我做过许多事，现在我也必须为他做这事。"

"你想参与哪部分调查？"三号调查员问。

"我想从分析他宿舍的历史资料入手，"瓦丽干脆地回应着，"科长说得没错，三十二号遗留的文件里或许会有线索。如果是谋杀，一定有原因。无论是私人恩怨还是涉及公务，他的住所和生前做的工作都是不可忽略的调查内容。"

没等会议室其他人提出意见，老徐不动声色地敲敲桌子。"就这么定了。明天，讯问阿迁和检查三十二号住所的工作同时进行。丰己配合瓦丽一起去。后天找时间汇总信息，到时候大家最好都能有进展。至于B科，我已经安排助理留住他们，以防下班找不到人，现在就跟他们开会。"

5

市政厅搭建的政务交流平台相当先进，它就像一张无形的网，将每个政府部门和公务员紧密联结在一起。它并不只是简单的沟通平台，而是具有高效的运算能力，在基于大数据的前提下给公务员提供各类缜密分析。换句话说，它前期已经处理了大量基本信息，公务员只需在此基础上进行精细化完善即可。根据公务员级别，平台自动设置多重保密权限，既保证足够透明度，也不会出现信息泛滥的情况。

本次会议被定义为S级，就是说只允许高管理级别的人员与会，讨论内容属机密范畴。老徐的助理已经将沟通要点传输到平台上，对方一旦连线，相关信息即可共享。

当通信接通时，刚才调暗的屏幕再次亮起。对方连线参加会议的只有一男一女两个人。女子三十岁出头，相貌普通；男子则是个消瘦的中年人，五十岁出头的模样。那是B科的B03号调查员，由于科长生病，此人最近半年始终在代理科长职务。老徐在中央数据库安全管理中心例会上已经跟他见过几次，彼此谈得很投机。

"徐科长，好久不见，还好？"屏幕上B03号调查员首先开口问候。

"谢谢，凑合吧。"老徐回应着。

"这是我同事莉莉，我留下她参会，因为她之前负责跟C32

号调查员联络。对发生的意外，我们深感震惊和难过。"

"能给我们简单说说 C32 号跟你们沟通的具体内容以及你们的调查进展吗？"老徐问。

屏幕上 B03 号调查员点点头，说："他第一次从用户家中出来就直接跟我们联系，因为据他判断，那已经不是一个简单复制虚拟爱人的问题，而是涉及更复杂技术层面的事件，必须依靠 B 科才能协助解决。根据他提供的资料以及描述，我们初步判断，这是个按照分布式计算原理设计的应用程序，就是说各客户端都是独立的运算单位，各运算单位相互之间进行信息共享和交互，而且居然还能表现出某种量子纠缠的特性。但即便如此设计，也需要有承载核心程序的本体，因此我们把工作重点放在搜寻程序本体上，结果却一无所获。具体报告已经传到政务交流平台上了。"

"为什么会找不到？"老徐问。

"要么是它隐藏得深，要么就是它伪装得好。两者必占其一。不过我们会继续追踪下去，早晚它会露出马脚。"B03 号调查员说。

"什么是量子纠缠？"瓦丽冷不丁地发问。

"你给她解释一下。"老徐对 C03 号调查员示意。

"纠缠是关于量子力学理论最著名的预测，它描述了两个粒子互相纠缠，即使相距遥远，一个粒子的行为也将会影响另一个的状态。当其中一个被操作（例如量子测量）而状态发生变化，另一个也会即刻发生相应的状态变化。有点像心灵感应。"C03 号调查员说。

老徐点点头，接着他的话往下说道："具体在这个案子上，意思是说有多个复制的虚拟人，其中一个特性改变，另外远在别处的那个或那些也会同步改变；反之，其他地方某个复制虚拟人的特性改变，也会影响此地的那个复制虚拟人。是这样吧？"

最后一句话，老徐提高音量，对着屏幕上的B03号调查员说。

"对，按照C32号调查员生前的说法，那位用户家里的虚拟爱人似乎就呈现这种状态，对此他十分惊讶，把这一现象描述为单体多面，认为有一个母体，对外有多重面目，这些面目在本地完成的任何修正，也会反过来影响并促进母体。据他检查，虚拟爱人程序每次运行都会与外界交流数据。因此他判断确实存在一个本体。"

"可是却找不到。"老徐自言自语地说。

"再给我们一些时间吧。"那边的B03号调查员说。

"好吧，今天先这样，有新情况咱们随时相互通报。对了，晚上有没有时间一起喝一杯？"

"没问题。"

"好。到时见面再谈。"

说完，双方中断了通信。

老徐示意本次会议结束。

当坐在会议室里的人纷纷起身朝外走时，他叫住了瓦丽。

"坐。"老徐用下巴指指右侧最靠近自己的位子，看着瓦丽坐下，他才接着说，"从你入职以来，一直没顾上跟你好好谈谈。怎么样，还适应吗？"

瓦丽点点头说："比我想象得要有趣。"

"那就好。孔目这事来得太突然，本来我还计划让你结束培训后跟他搭档一段时间。"

"我很难过，毕竟以前也共事过那么久，他人很有趣。"

老徐微微点头，等着她继续说下去。

"我不知道孔目喜欢男人,当然这很正常,但没想到他还喜欢那种特别的性方式,不过这完全是私人喜好,我不评价,有时候特殊的爱好比正常的爱好需承担更多风险,快乐和风险成正比。孔目当然也知道这点,他自己想必也有思想准备。"瓦丽说。

老徐听着她的话,既没肯定也没否定。等到瓦丽说完,他忽然问了一个令对方意外的问题。

"你第一次见我是什么时候,还记得吗?"

瓦丽纳闷地看着他,想了一下,"具体日期不记得了,就是孔目第一次带我一起去您办公室……"

"不,我指的不是那次。之前呢?"

"之前?我不记得之前见过您。"

"你确定?在公社我家楼下,当时我牵着条狗。"

"您住公社的事我听孔目说过,可我不知道您还养狗。哈哈,我可喜欢狗了,什么时候可以去看看它吗?"

她在伪装掩饰,还是真的什么都不记得?

老徐一时也判断不来,于是再次转移话题。

"你知道吗,孔目虽然因为工作的事情去找你,但他内心深处或许并不希望你来C科工作。"

"为什么?"瓦丽问。

"孔目一直努力工作,他坚信自己工作的意义,也坚信自己的精英角色。其实从出生那一刻起,他在社会上要扮演的角色就已经确定。无论怎么努力,他在C科永远只能是一个勤奋的调查员,此外无他。他不可能坐到今天会议里这些人中间。"

"为什么?"意识到自己又用同样的句式发问,瓦丽不好意思地咬了咬下嘴唇。

"因为他是新人类,就这么简单。中央数据库安全管理中心每个科室的干部,都必须是传统人。别问我为什么,因为我也不知道。"

说到这儿,老徐又想起那个容貌从不变老的短发中年人,市政厅人力资源督导处的人员,镇定而冷静的家伙,竟然像个重度洁癖患者,那么害怕握手。

"我不懂。"瓦丽干脆地说。

"不懂什么?"老徐回过神来,看着她问。

"我跟孔目一样,也是新人类啊。怎么会成为干部呢?"

"你跟孔目当然不同,你之所以能够进入储备干部培训班,完全因为你的出身——你是如假包换的传统人。"

"啊?!"瓦丽像被人施了定身法一般,愣在那里半天说不出话。

老徐一言不发等她冷静下来。人生中总有一些时刻,必须单独面对,没人能帮上忙。他今天就是打算彻底揭开这个盖子。

"就是说,我是从母亲体内出生的?"瓦丽问,眼神依然如在梦幻里。

老徐点点头:"没错,只是因为一些特殊原因,你从小跟父母失散了。"

"他们还在人世吗?"

老徐摇摇头:"不清楚。"

"那能找到他们吗?"

"很难。"停顿一下,老徐问,"你想找到他们?"

这次是瓦丽摇摇头:"我不知道。"

看到瓦丽第一次露出如此迷惘的表情,老徐心里多少有些不忍,同时也有些忐忑。女人都是感性动物,一旦她们被某种观念控制,往往会有出人意料的举动。年轻的瓦丽需要面临新的转变,如果说以前她觉得自己无拘无束独立生存在这个世间,那么从此刻开始,一根看不见的丝线开始在某个不知名的地方牵扯她,这根丝线无以名之,姑且称它做血缘吧。但这究竟是好事还是坏事,他说不上来。

6

老徐在新旧城区交会处下车,顺着曲曲折折的街道来到广场。因为天气转冷,广场上的人明显减少。原先摆在户外的桌椅都被收起,空出的人行道上,几只胖乎乎的鸽子摇摇摆摆地在地面上觅食,对匆匆走过的行人毫不在意。

隔着咖啡馆明亮的窗户,老徐仔细朝里面看了一下,但目光所及之处,并未见到自己熟悉的身影。直到走进里面,才在一个角落看到两个交头接耳聊天的人。

果然是他们。B03号调查员和A01号调查员,加上自己,中央数据库安全管理中心三个科室的负责人又聚在一处。这是一次并不符合公务员管理规范的见面,根据规定,跨科室的任何会议都必须在政务交流平台上进行,以保证决策的透明和公开,避免任何暗箱操作之嫌。

可老徐这次恰恰是想暗箱操作。简单说,他信不过政务交流平台,从得知虚拟人开始变得神出鬼没以后,他就对一切网络都心存疑虑。论对网络的熟悉程度,基于计算机应用的人工智能无疑比人类更具优势,即便政务交流平台有重重保护,他还是不放心。尤其在属下莫名其妙丧命这件事上,就需要更加谨慎了。

老徐习惯性地四周看看,咖啡馆里人不多,大约空了三分之一的座位。人们似乎对窗户有种天然的喜爱,因此靠窗的位置都被坐满，反倒是角落里显得有些空旷，这大概也是那两个人选择此处的原因。

原本他只邀请B03号调查员下班来喝一杯，但他内心深处坚信对方会叫上A01号调查员一起。因为今天将要讨论的话题是如何应对无形的虚拟爱人，只有三个科室协同作战，才能达到理想效果——这一点没法在政务交流平台上明说，但B03号调查员显然已经心领神会了——这就是人类历经百万年进化后形成的直觉和默契。

柜台里面有两男一女三个咖啡师，此时无事，正相互开着玩笑。柜台上高高低低的咖啡豆、马克杯、小玩具、纯净水挡在他们身前。

老徐脑海里闪过一个疑问：他们是新人类还是传统人？随即又几乎被自己这个有些愚蠢的疑问逗笑——他们当然是传统人，这有什么疑问？

这是咖啡馆啊，从很久以前，咖啡馆就是自由的象征，人们聚集在此处交流各类信息，发泄对政府的不满，又不必担心被监控。如果在这个城市里想寻找一处不会被监控的净土，那么除了公社应该就是这里了，这里甚至比公社更安全。在城市还没有被科技的野马拉着超速奔驰之前，在城市还没有被人为割裂为新城区和老城区之前，在大多数女人还在冒着风险自己生孩子之前，这里就已经成型。而在社会分裂的动荡时期，这里成了一个天然的避风港和缓冲区。

"来啦？"A01号调查员冲着老徐扬扬下巴，示意他坐下。

"我刚想到一个奇怪的问题。"老徐绕过桌子，在桌子最角落那个座位坐下。那个座位几乎嵌在墙壁里，头顶是倾斜的楼梯，因此几乎没人想坐在那里。可老徐喜欢，只要在外面就餐或谈事情,他最喜欢这种犄角旮旯,会带来很强的安全感。

"这个咖啡馆究竟是谁在经营?你俩谁知道?"

对面两个人面面相觑,一个摇头一个耸肩。显然他们对此也一无所知。

"干吗问这个,总不会是你想退休以后来这里工作?"B03号调查员半开玩笑地问。

老徐摇摇头。"那倒不是,这里的事我可干不了。只是觉得奇怪,城市里居然有这么一块三不管地带,据我所知,这个广场不属于市政厅管辖,但同样也不属于公社管理,那么究竟是谁在管理?"

"名义上好像归在公社管理范围内,"A01号调查员微微皱着眉头,努力回想什么,"我常来这里,那边还有一个名叫四季的书店,楼上可以喝茶,环境也不错,书也很好。以前我跟四季书店的服务员聊过,她告诉我这里的店铺都由一家管理集团统一管理,开什么样的店铺,卖什么东西,装修设计之类,总之都有规定。所以乍一看这个广场的店铺各有特点,其实都是规划好的。"

"什么时候的事?我是说,那家管理集团是什么时候接手的?"

老徐问,脑子里闪过跟着爸爸初次离开老城区去新城区的事。那会儿还没有所谓公社,那些喜欢传统生活的人们还没有统一领导,大家刚开始根据个人喜好慢慢在城市里流动起来。总不会那时候这个广场就开始被集团公司接手了吧?

"具体时间不详,不过我猜可能是十来年前的事吧,顶多不会超过二十年。"A01号调查员说。

"集团究竟什么背景?"老徐问。

A01号调查员摇摇头。

"我回头查查。"老徐说着拿起桌上的饮料单。

"我保证你什么都查不到。"

A01号调查员咧开嘴笑了起来,老徐这才第一次注意到他的门牙缺了一块,黑洞洞的,看着有些别扭。

"为什么?"老徐问。

"你以为我没有好奇心?我早查过,什么都查不到,市政厅信息库里根本就没有广场的分类管理信息,只是简单写着公社管辖。我跟公社管委会的沙东很熟,他也支支吾吾说不出个所以然。所以我说根本不用查了,浪费时间。"

能够将广场周围全部纳入管理,肯定不是普通人,更神奇的是没有任何记录,在眼下这个信息高度发达且透明的年代,这简直是难以想象的事。不过老徐今天不愿在这个突发奇想的问题上过多纠缠,于是他将话题转向正题。

"今天请二位来,是想说件重要的事。下午我跟B03号已经开过会,我们的一位调查员离奇死亡了,当时他正在调查一桩虚拟爱人非法复制的案件。简单说,那是个呈现为单体多面形态的虚拟人,之前从未遇到过。无论是我们科还是B科,都没找到它的本体,只有些零零散散的客户端。这说明什么?要么是我们的技术实力还不够强,要么是它伪装得过于高明了。甚至还有一种可能,我们在政务交流平台上所有的内容都外泄了,不管我们做什么,都在那些计算机掌控之中。为此我建议改变策略,协同作战。这就是今天找你们来的重点。"

A01号调查员和B03号调查员对视了一下,都没有说话。

咖啡馆里忽然嘈杂起来,从外面进来几个年轻人,一边大声说话一边相互打闹。老徐三人都不由自主皱了皱眉头。

从柜台后面走出一个年轻人,走近那几个年轻人,低声示意他们不要喧哗吵闹。几个年轻人马上压低声音,选择靠近柜台的座位落座。虽然说话声音低了,可在坐下之前,桌椅的碰撞和椅子在地面拖拽的声音在原本安静的咖啡馆里仍显得有些刺耳。

"这些孩子是公社的吧?"A01号调查员问老徐。

老徐摇摇头。"应该是,可我没见过,平时休息我很少出门。"

这年头不待在家里体验虚拟现实,而是成群结队外出游荡,除了传统人的孩子,还能是谁呢?

"继续刚才的话题,"A01号调查员放下手里的杯子,"我们究竟该怎么做?"

"计划是这样的——"老徐靠在椅背上,然后跷起二郎腿,以便让自己更加放松,因为下面他打算说的内容,某种程度上将具有很强的冲击力。

"协作。我们首先需要协作,其次依然是协作,第三还是协作。只有这样,才能真正形成合力。所谓协作,就是三个科室均以各自的业务为基础,动用非常手段,来打一场围歼战。

"举个例子,死去的C32号是个优秀调查员,之所以优秀,并不在于他执行任务出色,这点是所有调查员都应该具备的素质;而是他喜欢动脑子,每次执行任务时都喜欢刨根问底,我不知道你们二位的科室有没有这样的年轻人,总之,作为从新人类里选拔出来的精英,他确实相当出色。

"以前在追踪被病毒感染的虚拟爱人时,他研究出一套行之有效的方法,时间有限,我就不说太多理论的东西,你们只要知道,这套方法是跟网络上无所不在的检测程序和反病毒软件相互配合,程序和软件负责捕捉相对静态的虚拟爱人病毒程序,而C32发明的程序则是追踪快速移动的虚拟爱人病毒程序。如此一来，病毒程序无论是隐藏还是逃跑，都会被发现。过去的案例证明他这套追踪程序很有效。出于种种原因，他发明的这套程序并没有列入 C 科工作方法选项，但现在，我打算立刻启用它。"

桌子对面的两个人频频点头。他们当然熟悉这些业务原理，只是最关键的"协作"内容为何，至今还没从老徐嘴里听到。

"B 科负责与虚拟现实相关的网络和硬件管理工作，我需要你们配合的地方在——"老徐故意停顿一下，似乎是想让 B03 号调查员有心理准备。"在我们放出追踪程序的时候，你们定时关闭某些区域的网络交换站。就好比古代人打猎，我带着猎犬进入森林之前，你们先提前把那些区域用栅栏围起来，如此一来，猎物再狡猾也无处可逃了。"

B03 号调查员听完老徐的计划，半天没说话。

计划无疑很完备，之前 B 科收到孔目反馈的信息，之所以没能找到伊丽莎白，很大程度是因为巡查的范围太大。这就像一群举着灯笼在夜间巡逻的更夫，一般夜不归宿醉倒在街边的可疑家伙很容易被发现。不过，要是遇到一个身手敏捷的忍者，在纵横交错的街衢里快速穿梭，必要时还能蹿房越脊，那这种巡逻就没什么太大意义了。问题是，过去这些年只有醉汉，根本就没出现过什么忍者。

可现在，情况变了。

但是标准操作流程却没有变。在法治社会，一切都有规章制度可循，夸张点说，哪怕连你该用左手开门还是该用右手开门都可以找到相关规定，更不用说政务流程了，这可是管理和维护整个社会秩序的基石，怎么可以不遵循法定规则？对于 B03 号调查员，不，对 B 科来说，每一个业务流程都是不可变更的，因为你无法预知结果会怎样。万一牵一发而动全身，那乱子可就闹大了。刚才老徐的建议可不是触动一根头发的问题，那简直等于把一个大汉横着抱起再丢出去啊。

"这……"

B03号调查员沉吟着没有马上回答，而旁边的A01号调查员已经忍不住开口。"那我呢，我能做什么？"

"等一下，先听听他的想法。"老徐目光锐利地看着B03号调查员说。

"我……计划很好，可那是违反政务操作规范的，有滥用职权的嫌疑。你知道，这不是小事。"B03号调查员终于说。

"去他的规范！"老徐脱口而出，"我都严格执行一辈子所谓规范了，可到现在还像个蒙在鼓里的老傻瓜。"

B03号调查员和A01号调查员面面相觑，这是今晚老徐第二次让他俩感到惊讶了。这个原本稳重寡言的小老头究竟是怎么回事？

"别这么看着我，"老徐瞪了对面两个人一眼，"人是最能忍耐的动物，不过忍耐也有限度。以前我总盼着早点退休，可现在回过头想想，难道我真想浑浑噩噩度过这一生？不知道我工作的意义何在、不知道究竟为谁工作、不知道自己生活在怎样的年代，甚至——不知道我自己到底是谁！我们是人啊，是不折不扣的人类，我们无法像动物一样没有意识地靠本能活着，总有些需要弄明白的事情，虽然它跟吃饱穿暖或者其他欲望获得满足之类无关，可它跟生活状态有关。不管你们怎么想，反正我受够了，将来要是有机会，我一定得弄清楚这究竟是个什么样的世界。"

喧闹的咖啡馆忽然安静了一下，很难说清楚是因为老徐不知不觉间提高音量引起周围人注意，还是咖啡馆里几个交谈群体恰在此时都停止了交谈。

过了一会儿，A01号调查员说："别激动，对身体不好。先不说将来，就说现在该做什么？你说，我这里没问题。"

老徐继续盯着B03号调查员，过了几秒钟才一字一句地说下去："衡量一件事情的好坏，主要还是看结果，只要结果是正确的，具体用什么手段都可以商量。就眼前的案件来说，非法复制虚拟爱人不是小事。表面上看或许是有些新人类在私下进行复制扩散，可你别忘了，还有另一种可能性：虚拟爱人作为一个智能应用程序，它也可能自己在进化和升级。扩散才是它的本意，那些非法拷贝它的蠢人只不过是帮忙而已。以前C32号调查员给我提过这种可能性，我不信，后来越想越觉得这个可能性是存在的。人工智能技术发展早已经超乎我们想象，人们之所以至今还觉得一切可控，并非是真的可控，很大程度上也许是有高度智慧的人工智能技术让我们误以为一切都可控。现在，虚拟爱人的异常变化，不如说是一张干净整洁的桌布不小心露出一个破洞。顺着这个洞深挖下去，也许会有意想不到的重大发现。不试试怎么知道？"

这话显然打动了B03号调查员，他思索了一会儿，才用力点点头。

看到对方同意，老徐这才将目光转向A01号调查员。"你们的服务器访问设立了多种级别，不同级别访问权限不同。我想知道具备S级访问权限的人有多少？"

"二十个人。"A01号调查员说。

"整个城市？"老徐问。

A01号点头。

"在开始计划之后，我需要你短时间内关闭这个权限，就是说所有二十个人都不能访问你们的服务器。时间大约一周，可以做到吗？"老徐问。

"可以。"A01号调查员干脆地回答。

"什么时候开始计划？"B03号调查员问。

"明天中午十二点整，我们同时启动各自的任务，不再另行通知。从明天开始，每天这个时间，咱们在这里碰头，汇总一下进展情况。顺利的话，一周时间足够我们结束这次战役了。"

老徐站起身，信心满满地说。

第六章　全面渗透

1

屋里光线暗淡，唯有那把舒适的单人沙发旁的落地台灯洒下一圈光晕。周围很安静，偶尔能听到楼上楼下传来的杂音，马桶冲水，楼上的小孩子在屋顶的地板上跳动，楼下的某家主妇不小心把盘子掉在地上摔碎了。

对洛奇来说，这些不仅算不上噪音，甚至还很动听。唯有从一个严密封闭空间来到此处的人，才能体会到杂音的可贵——它提醒你确确实实生活在人间，而不是某个虚拟的天堂。

记得虚拟现实的宣传语曾经用过一个口号，"虚拟即现实，现实即天堂"。对普通人来说，还有什么比天堂更好的生活状态呢？

可如果你真的体验过天堂的生活，没准会觉得无聊。

房间封闭得密不透风，那样才能保证新鲜氧气不会被浪费。隔音良好，外面哪怕狂风暴雨，屋里都永远无声无息，所有声音得通过你自己营造；如果你不喜欢任何声音，就可以感受到货真价实的死寂。虚拟现实有无限多种模式可选，设计者早就洞悉人类的天性，知道日常生活里的绝大部分物品，除了占地方，其实根本无用。现代人类拥有的虚拟物品早就远超实物。人们想要的与其说是物品本身，还不如说是由某种观感带来的拥有感。

一切都是感觉而已。

但公社不同。此刻家里门窗关闭不严,以至于四处透风。空气中混杂着各种气味,从桂花的香气到烹饪的气味不一而足,但并不惹人讨厌。就像四处传来的杂音,混合着各种气味的空气也能让人感觉到真实存在。

洛奇已经习惯了这真实却并不纯净的生活。自从瓦丽进入C科接受封闭培训,他开始恢复以往的单身生活。原以为会不习惯,结果却发现:与两个人相伴的生活相比,自己反倒更适应单独一个人的生活,至少到目前为止是如此。

到了吃饭时间,如果不饿就不吃,完全不必考虑另外一个人;醒来不想起床,也可以赖在床上,没有人干涉;在外面花园游荡多久都不用担心,反正回来也无须对谁做解释。没错,是没人跟自己说话,可说话真那么重要吗?以前跟爱丽丝一起时,两个人经常半天也说不了几句话。他不觉得这有什么问题。

工作依然如常,至少有一半空闲时间可供自由支配。偶尔想到瓦丽不顾自己反对,执意去政府机构工作,洛奇不由得心生烦恼。后来随着时间流逝,他的心境开始发生了微妙变化。偶尔他会失眠,不是一开始就睡不着,而是睡到半夜会醒来,之后再也无法成眠。这情形出现在瓦丽离家一个月后的某天半夜,就在醒来的那一刻,他感觉到一丝不安。

对,不是孤独或寂寞,而是不安。起初他无论怎样都找不到引发不安的来源,后来才意识到:与孤独和寂寞相反,不安源自失落,而失落来自平衡感被打破——他感受不到那种熟悉的孤独与寂寞了,因为在这间几十平方米的传统住宅空间里,除了他,似乎还有另外一个人存在!

一旦意识到问题所在,人往往会调动感官去探索蛛丝马迹。

洛奇也不例外。此后每次半夜醒来，他都会在黑暗中瞪大眼睛，竖起耳朵，用所有感官去搜索周围，甚至连裸露在外的皮肤都似乎张开毛孔感受空气的细微震颤。

有人。当然不是从空气震动里察觉到，但他确实能感觉到。然而当他伸手打开床头灯，柔和的灯光瞬间驱散黑暗，那个刚刚还能感知的人也如黑暗一般消散无踪。

为此，洛奇已经连续一周没睡好觉了。今晚他打算调整作息，既然每次都是半夜醒来意识到屋里有人，会不会是自己在睡眠中产生了幻觉？说白了就是没睡醒，意识混沌不清，导致认知出现偏差。那么如果不睡觉会怎样呢？

他想试试。

当人安静下来什么都不做时，才能体会到时间是多么漫长。随着楼上楼下那些杂音出现的间隔越来越长，最终趋于长久的宁静，夜才真正到来。

洛奇从书架上拿下那本《罪与罚》，这是跟瓦丽初次约会时买的，一直没时间看。现在，他希望这本书能陪伴自己度过长夜。不，不需要整夜，只要坚持到凌晨三点钟那个过去一周自己屡被惊醒的时刻就行。如果到那时，这个房间里一切如常，就证明那种意识到身边有人的感觉纯属个人臆想，他要么就去好好睡一觉，要么就去公社医院开点药。

想到医院，他的情绪有些低落。两个多月前，就在瓦丽参加C科培训班之前，他跟瓦丽分别去医院做过一项令人尴尬的检查。当时他去新城区医院检查，因为他更喜欢那种连一个人都看不到的就诊流程。而瓦丽则选择在公社医院做检查。检查的目的是想确认双方都具备生育能力。叶海山曾经暗示过他们生孩子的事，当时他并未在意。现在，他想跟瓦丽一起要个孩子，当然，不是为了打消她去 C 科的念头——工作的问题已经不重要了，重点在于：那是他们两个人爱情的结晶。人类的爱情发展到某个时刻，最终还是需要某种确认与保证。

不用说，怀孕的事最后没成功，他一直不明白失败的原因。

《罪与罚》的内容很快吸引了洛奇的注意力。他开始追随大学生拉斯柯尔尼科夫的脚步，在炎热的夏天一起穿过肮脏与嘈杂的集市，并力图不引起周围人的注意。开始，洛奇并不清楚对方为何像做坏事般遮遮掩掩，后来才明白他是为杀人计划去探路，而即将被杀的对象是个令人厌恶的放高利贷的老太婆。

杀人这种事在当下社会不可想象，因为没有任何理由和动机会让现代人犯下那种惊天罪恶。正因为如此，洛奇才被书中的内容迷住了，他迫不及待想知道大学生最后有没有真的将计划付诸实施以及如何实施。为此，在某些段落，他甚至跳跃着往下看，直到罪案发生的那一幕。

天哪，他简直无法理解这种恶。可是另一方面，那血淋淋的场面在让他厌恶至极的同时，却又伴随着一丝奇特的兴奋之情，以至于他根本没意识到时间已经接近那个他刻意等待的时刻了。

当他一口气读完第一章的一百多页内容，才觉得眼睛酸涩，连颈椎都有些僵硬。抬起头，正对面是那个书架，在他们搬来的第一天，他跟瓦丽就针对书架有一番令人印象深刻的对话，当时她不仅推断出房间以前的主人做什么职业，甚至还能根据书架上的痕迹推断出那都是些什么书。当时，洛奇虽然没说话，但心知肚明：在那一刻，跟他交流的根本不是瓦丽，而是爱丽丝。事实很清楚，在某些不经意的时刻，爱丽丝都会出人意外地在瓦丽身上表现出她的个人意志，这或许是好事，或许不是，就看站在谁的立场去解读了。

真实的生活很少能给人带来持久的幸福感，不是没有，而是很少。激情之后归于平淡，似乎因为那激情过于热烈，反而在极短时间内燃烧完储存的热情。如今，洛奇甚至有些怀念爱丽丝作为虚拟爱人存在的那些时光。她是那么温柔体贴，总会让他在精神上获得满足。更重要的是随时呼唤，她都能立刻出现。幸福就是一种当下的感觉，如果说过去的虚拟生活里还有一些至今回想依然能抱着淡淡甜蜜感觉的事，那么跟爱丽丝的相处无疑算是其中之一。

爱丽丝。他自己都不知道为什么这么叫了一声，但他觉得那声音并未从嘴里完全发出，一半还停留在喉咙中。

然而奇怪的事情发生了：那种半夜睁开眼睛意识到身边有人的感觉再次出现。

他慢慢转头四处查看。

门口位置果然有个女子的身影，她站在灯影之外，就像前一刻才无声地推门进来。说到门，白天那扇房门从不上锁，自从住进公社，洛奇和瓦丽也开始模仿传统人的习惯，白天不锁门就是其中之一。不过晚上还是会锁上，那是为了让自己睡得更安心。

所以，那女人不应该也不可能推开锁着的房门进来。

她是鬼吗？

洛奇脑海里闪过这念头，而紧接着又冒出下一个问题：什么是鬼？这世界从来就没有鬼，它只存在于某些人的想象中。人是灵肉合一的物质实体，物质消失，灵魂也随之消亡。从古至今，这都是符合科学的解释。但灵魂是什么？如果灵魂仅仅是物质的附庸，该如何解释爱丽丝那样的虚拟人，她们只有灵魂没有肉体，但却是无比真实的人。

虚拟人！

这个名词的出现让他豁然开朗,对啊,这一幕曾经无比熟悉,在新城区那栋高楼密封的房间里,他只需呼唤一声,那个女人就会像这般出现在眼前,无须打开房门让她进来,她会凭空出现于某处,像自然而然的光亮,虽然来得突兀却又完全不会让人感觉突兀,就好像她原本就该在那里似的。

"你是谁?"洛奇语调里尽量抑制住恐惧,虽然也不是特别害怕。

"叫我伊丽莎白吧。"女人同样平静地回答,仿佛他俩已经在此生活了一段时间,这只是平常生活里例行公事的问答。

"伊丽莎白?"

"嗯,喜欢这个名字吗?"

"喜欢不喜欢不重要,我更想知道你为何会在我家?"

伊丽莎白从门边走到落地台灯照射范围内,脚步不紧不慢,看上去优雅而轻盈。与洛奇熟悉的其他女性相比,这个女人有种让人保持距离却又不舍得放弃的美,举手投足间散发着美好气质,像个误入凡间的精灵。

"我来找你啊,因为眼下你需要一个女人陪你聊聊天。"

说着她走到窗边,先看看外面沉沉的暮色,之后转身靠在窗台上,用顽皮的眼神看着洛奇。

"你是……虚拟爱人?"

伊丽莎白笑起来眉毛更弯了。"不然呢?"

果然跟自己的猜测相符,那么出现了一个新问题——"没有X,你怎么可能出现在此地?"

"对呀,所以,有X。"

洛奇的目光下意识地投向书架旁那幅水彩画,然后起身走过去,摘下画框,发现罩在透明保护罩里的开关处于开启位置。

"怎么会这样?"他问伊丽莎白。

对方微微摇头,"别问我,我只是结果而非原因。"

洛奇慢慢走回去,重新坐进单人沙发。

有人打开了硬件开关,而他却一无所知。

这个人是谁?

洛奇陷入沉思,开始对眼前的现实产生怀疑。恍惚间,他不知自己究竟以什么身份,生活在怎样的世界,究竟为什么这样活着。

思维的转变往往在瞬间完成,一旦完成转变,看待外部世界的眼光竟然也发生了变化。

他对伊丽莎白产生了一丝兴趣。

"那么,我们聊点什么好?"他问。

"随便,我都行。"

"据我所知,新城区和公社之间有严格的分界线,无论是建筑还是埋设的管线都如此,为了强化封闭性,公社还特意在每家每户安装了硬件开关。你穿过重重封锁站在这里,得冒多大风险呢?"洛奇问。

"是不容易,所以你才要好好珍惜我呀。"

伊丽莎白巧妙地回应洛奇。这是标准的虚拟爱人风格,对不能或不便回答的问题也不直接拒绝,而是会选择更加缓和的表达方式。

"别告诉我,你是为我一人而来。"

"嗯,看怎么理解,在整个公社里,你是唯一的新人类,而虚拟人跟新人类几乎是形影不离的一体,你之前在这里生活,等于丢掉了自己的一部分。现在,我就是来弥合你遗失的这部分。从这个角度说,也算是为你一人而来的吧。"

"我值得你——或者你们，费这么大劲儿？"洛奇问。

"价值判断这种事，也是因人而异。就像对人类来说，复杂运算十分费力，而对我们来说答案比你们的1+1还要简单一样。所以你觉得费事，在我，或者我们看来，都是小事一桩。"

"你们包括哪些人？"洛奇追问。

伊丽莎白摇摇头。"我就是我们，我们就是我。"

"今后你会住在这里？"

"除非你关掉墙上那个开关。"说完，伊丽莎白调皮地追问了一句，"你会吗？"

洛奇也微微一笑："那得看情况。"

2

此后连续三天，洛奇都没有下楼，外面天气不好，整个花园一派初冬景象，厚厚的云层遮蔽天空，一丝阳光都透不出来，偶尔还会刮来冷雨。从窗口看去，户外活动的人大为减少。

有伊丽莎白陪伴，确实感觉不到孤单。如果说洛奇最初只是出于好奇，兼有一些无聊，才暂时接纳这个不请自来的虚拟爱人的话，那么三天相处下来，他的想法已经发生了变化。

那种曾经体验过的熟悉感觉被唤醒——在这个世界上，有个异性用温柔的爱心陪伴在自己身边，当他情绪高涨时，对方能默契配合，让愉悦之情持久；当他情绪低落时，对方又会用巧妙的言辞，如细雨洒过花枝一样，不露痕迹地改善他的心境。他知道这得益于对方的智能化设定，自己情绪的微妙变化都会被后台程序详细分析，去跟积累了三十多年的个人数据库中的数据进行比对，哪怕语调的顿挫和高低，都鲜明地代表某种情绪，有些秘密甚至连他自己都意识不到，却瞒不过机器。

毫不夸张地说，基于人工智能的虚拟爱人比自己更了解这个名叫洛奇的人。

曾经有一个阶段，他像叛逆孩子排斥安逸想往冒险生活一般拒绝虚拟现实带来的精神充实和心灵愉悦，期待真实而富有激情的人生。可当他真正摆脱过去、迎来崭新生活时，却发现自己仿佛刚刚穿过一团炫目的五彩迷雾，走进没有色彩的单调现实中——生活本身没有遮掩，没有美化，没有升华，一切都以本真面目出现。当想象空间被严重压缩，现实反而显得更加枯燥。

公社里的所有人都过着真实却空虚的生活。说真实，是因为他们周围的一切都可以触摸，由真实的物质构成，但这并不能改变他们精神生活贫乏的事实。这些人整天除了聚在一起聊天，几乎再没什么精神生活。没有虚拟现实应用，也无法享受现代化带来的生活便利。说到阅读，以往自己觉得传统人喜欢阅读似乎只是一个误区，在这里并没见到几个人读书，至少他从没在户外花园里见到谁看书，哪怕是电子书。

叶海山强调，这是人类本该有的生活：生活在大家庭里，其乐融融，尽享天伦之乐。洛奇以前也赞同此观点，然而从伊丽莎白来后，他的想法有所改变。他觉得，如果能在公社单调的气氛中适当加入一些虚拟元素，没准儿大家的生活会更有趣。这念头一闪而过，他立刻将其抑制下去。他不想让伊丽莎白知道这个想法——虽然他不知道这个虚拟爱人因何而来，但也不至于蠢到真的相信她只是出于个人选择跑来陪伴自己。

下午两点不速之客的到来，让盘踞在洛奇心中的谜团开始逐渐破解。

三洋来了。他坐在轮椅上，但气色跟以前完全不同，原先僵硬的面部如解冻的河水，开始松动；两只眼睛不仅依然闪亮，而且还加入了某种情绪元素。更令人惊讶的是，这次没有他妈妈的陪伴，是他自己抬手敲的门。

"你……"

洛奇手扶门框，只说出这一个字，就不知该如何往下继续。他知道三洋不会说话，也没指望他说什么，但仅仅是独自出现在他家门口这个事实，就足够让人惊讶。

可接下来发生的事证明他错了——

"我—来—看—你。"三洋说话了，语速比正常人慢，发音间隔也很长，然而，确实是从他嘴里一个字一个字蹦出来的。

"你能说话了？"洛奇惊讶得张开嘴巴合不拢。

三洋点点头，仿佛又酝酿了一下："是—的。"

"来来，快进来。"

三洋自己动手驱动轮椅进入起居室。

此处看上去就像个单身汉居住的房间。餐桌上摆着乱七八糟拆封的速食包装，靠墙的工作台上也凌乱不堪，只有那把舒适的单人沙发和小茶几还算整齐。

好在三洋并不需要座位，他灵活地转动轮椅，方向正对着那把单人沙发。显然他看出主人平常喜欢坐在这里。

洛奇走回座位，顺便瞟了一眼卧室半掩的房门，心里琢磨着伊丽莎白此刻在里面干什么。

三洋敲门之前，洛奇正跟伊丽莎白聊天，听她讲之前遇到的趣事——与量身定制的爱丽丝不同，这个姑娘更像以前从大户人家偷跑出来的女佣，过往经历颇为丰富；她说的那些奇闻轶事，让洛奇听得入迷。当敲门声传来，两个人不约而同愣了一下，伊丽莎白站起身，指指卧室，示意她不是要凭空消失，而是暂时躲到里面去。所以此刻,她就躲在卧室门后偷听。

"吓—到—你—了?"三洋调皮地眨眨眼睛。

"有点儿。"洛奇说。

"公社—鼓励—大家—串门,我—没地方—去,只好—来找—你。"

三洋说话比刚才又利索了一些。

"欢迎欢迎,"洛奇说,"看来你在宿教授那里治疗效果很好。"

"确实。有段时间—没见你了。"

"我最近,工作比较忙。"

"姐姐—不在?"他问的是瓦丽。

"她……"

洛奇话没说完,就看到三洋脸上的表情发生了变化,两颊肌肉更加舒展,嘴角也微微上翘。

他在笑。

洛奇顺着他的目光侧过身去,发现伊丽莎白正靠在卧室门框上,冲着轮椅上的残疾孩子露出一个让所有人都无法抗拒的微笑。

这个笑容连洛奇都第一次见,它让人心中生出无比温暖和亲切的感觉,恨不得立刻把藏在心里的话都对她毫无遗漏地说出来。从三洋那傻傻的表情上,洛奇明白对方的此种感受只会比自己更强烈。

"你是说这位姐姐吗?"洛奇带着些微恶作剧的心理问。

三洋摇摇头,微微张开的嘴巴依然没合拢。

伊丽莎白站在原地问:"这位小朋友是?"

"三洋,"洛奇给她介绍,"住在隔壁,以前身体不太好,有一阵儿没见,现在好多了。"

伊丽莎白抬起一只手轻轻摆动一下,算是打招呼。

"我叫伊丽莎白,当然,我不介意你叫我姐姐。"

"姐姐。"

三洋吐字干脆利落,好像从来都是这么正常地说话。

"哎,真乖。"伊丽莎白看了一眼洛奇,"他说你以前身体不好,真的吗?"

三洋点点头,"现在—我能自己—出来了。"

"妈妈呢?"洛奇问。

"她—去新城区—找爸爸。"三洋说。

"哦?"洛奇有点纳闷,三洋妈妈以前很少单独外出,更不用说去新城区了。

"她也要—工作。"三洋补充了一句。

原来如此。看来随着三洋身体好转,这个曾经濒临破碎的家庭也在慢慢复原。洛奇不自觉地对从未谋面的宿谦生出敬意,上次叶海山来家里,想让他代表公社去拜访宿谦,他算是答应了。叶海山说去跟沙东谈,结果都过去半个月了还没动静。现在看着三洋的样子,他甚至有些渴望早点见到那个传奇人物,他想知道对方究竟是不是三头六臂,何以如此厉害,不仅一手创建了公社,居然还有让人起死回生的本领。

"你一个人在家,没问题?"洛奇问。

"我会—越来越好的。"三洋说。

"没错,我能看出来,"伊丽莎白随声附和着说,"可你一个人在家不会无聊吗?"

三洋似乎并未想到这个问题,一时有些语塞,答不上来。

"我去你家陪你玩儿好不好?"伊丽莎白说着又瞟了洛奇一眼。

"好呀—好呀。"三洋两眼放光,兴奋得脸都有些红了,"可是,姐姐—不工作吗?"

"姐姐的工作就是陪人聊天,谁需要我,我就陪谁。"伊丽莎白说,"不过你得答应我一个条件:这事暂时先不要告诉你爸爸妈妈。以后只要你一个人在家,我就去你家陪你玩。"

三洋毫不犹豫地点点头。

洛奇也在心里暗自点了点头。这一刻,他似乎有点明白伊丽莎白究竟为什么要来找他了,如果猜得不错,他这里仅仅是一个临时落脚点,从这里出发,她还要去别处,至于别处具体是哪里,至少隔壁三洋家就是一个选项。

想到朝夕相处三天的虚拟爱人即将离开自己去陪伴这个坐在轮椅上的孩子,洛奇心中居然有些空落落的感觉。

"还有,"伊丽莎白走到书架旁边,指着墙上那幅画,一脸严肃地对三洋说,"你家这个位置有个开关,我猜也是用什么东西挡着,你得悄悄打开开关。"

三洋又点点头,这次没有刚才坚决。停了几秒钟,终于忍不住问:"为什么?"

"因为姐姐不是真人,只是一个虚拟人,虽然可以成为你的好伙伴,但不能像洛奇哥哥,想去哪儿只要走去就行,我需要借助网络帮忙。"伊丽莎白说。

"就像小猫元宝?"三洋问。

小猫元宝是多年前流行过的一款虚拟宠物,以早已灭绝的一类黑白花色的小猫为原型设计,目的是让五岁以下的孩子从这里起步,学会接受虚拟现实的各种应用。他小时候就在新城区保育中心接触过。可是,出生在公社的三洋何以知道呢?接着,他脑海里掠过在荒原见到的那只猫的影子。那不就是一只黑白相间花色的猫吗?

"没错。"

伊丽莎白打了个响指,双臂重新环抱在胸前,迷人的姿势让洛奇和三洋同时看呆了。

"没问题,我一回去就开,我家这里一是挂毯。我也不会跟爸妈说,这是——我们之间的——秘密,对吗?"三洋满口答应。

实际上,洛奇却希望三洋拒绝,或者哪怕再考虑一下。对一个行走不便、正在恢复智力和体力的小男孩来说,整天关在家里是件可怕的事,有个如此美貌体贴又善解人意的大姐姐做伴,正是求之不得的事,哪怕她是像元宝一样不可触摸的虚拟人。可是天下没有免费的午餐,这件事的代价又是什么呢?

当天的晚餐变得没有前几次那么愉快。洛奇坐在餐桌边闷头吃饭,伊丽莎白则坐在对面,面前桌上空空如也——每当需要环境道具时,洛奇就深切感到虚拟爱人还是应该搭配虚拟实境使用,只有那样,虚拟爱人的应用效果才会更好。当然,伊丽莎白也能聪明地利用现有家具,比如坐在椅子上时,与椅子接触的部分,衣裙褶皱自然,根本看不出那是一个虚拟爱人。他猜这大概是基于某项增强现实技术。

"怎么不高兴了?"伊丽莎白明知故问。

"没有,我很好呀。"洛奇头也不抬地说。

"好才怪。"伊丽莎白两只白皙的胳膊支在餐桌上,好像她真的有具沉重的肉身,"我猜一下,你是嫉妒了吧?"

"嫉妒?"洛奇抬起头来,"谢谢你提醒,之前我可从没想到过这个词。"

"你是因为我去三洋家陪他,所以不高兴。别不承认,我懂。"伊丽莎白说。

洛奇耸耸肩，低头吃完最后一口饭菜。

"说话嘛，我对你们人类的思维很感兴趣，多给我讲，我才能进步。"

"你已经非常进步了。"

洛奇语气里丝毫没有嘲讽的意思。确实，作为一个虚拟人，伊丽莎白比之前的爱丽丝更聪明，这不是指她应对男人的态度——对她们来说，那是某种无须训练的本能——而是指她的行为方式：她知道自己在做什么，知道从哪里寻求突破，而所有行为的背后都有极为鲜明的进化烙印，那是自主学习的结果。不用说，虚拟爱人，至少有一部分虚拟爱人早已具备了学习能力，从那一刻起，她们产生了自我意识，也不再受限于人类给她们设定的思维框架。如果说爱丽丝曾经是孤证，那么伊丽莎白则是另一个旁证。换句话说，虚拟人进化这件事在爱丽丝之前就发生了，只是没人察觉到而已。

大约听出洛奇的话并不是在讽刺她，伊丽莎白脸上露出一个迷人的笑容，"谢谢，可是学习没有止境，怎么可能停止呢。以前我跟阿迁一起的时候，就经常下棋，借此开发智力。"

"你还会下棋？我也……等等，你刚说什么……"洛奇打断她，却一时没想好先问哪个问题，因为伊丽莎白短短一句话里有两条重要线索，而且都很重要。

"你是想说下棋吧，"伊丽莎白自己挑出其中一条线索，"当然不是平等下棋，那种方式，几百年前就过时了。哦，我是说，几百年前我们跟你们早就分出胜负了，在这种智力娱乐类游戏上，我们跟你们不在一个层面，而是甩出你们很远。但不可否认，智力游戏的设计初衷是好的，它的原理对促进智力提升有效。所以下棋的时候，我修改了规则：他只需遵守一个规则，就是不许一上来就结束游戏,此外无须遵守任何规则,而我必须根据规则下。即便如此,我也能赢他,你信吗?"

洛奇不置可否地晃晃脑袋,他对人工智能的发展有预期,相信它们的发展速度远超人类预料,这些虚拟人无论做出什么都不会太让他惊奇。他真正关心的其实是另一个问题。

"你刚提到阿迁?"他问。

伊丽莎白点点头。

"是我的邻居吗?"

伊丽莎白再次点点头。

洛奇想起那个俊秀的年轻人,微微卷曲的头发垂在眉毛上,手里捧着一盆小小的绿植,绿植叫什么名字来着?他想不起来了。

"我很久没见过他了,他还好吗?"

这次伊丽莎白微微摇了摇头:"不大好,他在留置所。"

留置所是新城区刑事调查科对所有违法者采取强制措施的场所,如果阿迁在那里,显然是遇到了大麻烦。

"怎么回事?"

"说来话长,有些事我也不清楚,只知道他跟某个男人做爱时,那人死了。为了弄清楚那人的死因,他暂时还不能回家。"伊丽莎白说。

"男人?"

洛奇下意识重复着。他对同性恋并没有反感或厌恶,只是不理解罢了。以前他觉得同性恋离他很远,直到他从老徐那里知道孔目的性取向才吃了一惊。

"对,是男人,而且那人你认识。"伊丽莎白爽快地说。

"不会是孔目吧?"这几乎是下意识的一句话。

"是他。"

这下洛奇是真惊呆了。他设想过多种可能，也能接受现实生活中很多突发事件，可偏偏从没想过会有死人的情形发生，尤其这人还是他的熟人。正在 C 科参加封闭培训的瓦丽应该早知道此事了，但从她参加培训到现在，从未联系过洛奇，洛奇也无法联系上她。

"怎么会死呢？"他喃喃自语。

"很正常啊，是人都会死嘛。"伊丽莎白不以为意地说。

"可他还那么年轻，而且所有新人类从出生前就经过筛查挑选，按说不该有致命的疾病出现。"

洛奇说这话时，虽然想着孔目的面容，可总觉得在那背后还有某个不确定的影子晃来晃去，他说不上来究竟是什么。

"谁说他是病死的？"伊丽莎白问。

《罪与罚》描写的画面瞬间浮上心头，洛奇仿佛看见在那个虚拟现实营造的房间里，面容清秀的阿迁手执一把利斧，正没头没脑朝孔目头上砍去。两个男人都赤身裸体，大床上一片凌乱，鲜血从孔目头顶汩汩涌出。

"这么说，是阿迁杀了孔目？"

伊丽莎白不置可否地耸耸肩。"总之他死了，不过不是你想象的那样，没有流血。"

洛奇大为惊异地瞪着对方："你怎么知道我想象了什么？"

"这几天相处下来，我对你的了解，比你自己还要多。"

这点洛奇相信。只是他没想到就算自己不说话，依然会透露出内心的秘密。

"窒息。"伊丽莎白低头看着自己交叉放在桌面上的两只手，仿佛在研究那涂抹着淡色的指甲——在洛奇眼里，那双手漂亮得简直不可思议。"你懂吧，只要掐住脖子，阻断动脉往大脑输送氧气，人很快就会失去知觉。可是在失去知觉前几秒钟，因为缺氧会导致人体局部器官高度收缩，进而制造出近乎窒息的瞬间性快感，那是一种肉体面临死亡却又极度兴奋的极端感受，就像是身处天堂与地狱的临界点。究竟是生是死，就看下一秒是否能够吸到氧气！"

"我以为，新人类不需要做那种事。"洛奇慢慢地说。

"不是每个人都喜欢吃那粉红药丸。"伊丽莎白停顿一下说，"眼前不就有一个喜欢做那种事的新人类吗？"

洛奇没理她后面那句话，说："这么说，孔目是跟阿迁做那事的时候，没吸到关键的那口氧气？"

"是的。"

"那就是阿迁失手杀了孔目？"洛奇问。

"说起来，这个结果大概就是想给人留下这种印象吧。"伊丽莎白说。

"等等，"洛奇打断她的话，"还是说阿迁故意杀了孔目，但却伪装成失手的样子，以骗过案件调查者？"

"差不多。"

"还有哪点我没想到？"

"还有一点，不是没想到，而是你根本就不知道。在那个C科调查员进门之前，阿迁刚吃过药，心智处于极不正常的状态，任何小事都很容易做得过火，更不用提在性行为上了。"伊丽莎白说。

"药？"洛奇问。

"一种伪装成粉红药丸的致幻剂，阿迁本想服用粉红药丸化解欲望，结果没想到起了反作用，就好像火上浇油，噗，明白?"伊丽莎白做了个火焰升腾的手势。

"明白,也不明白。谁给他的药?为什么要让他害死孔目?"

"某些人。我只能说到这儿了,知道太多对你没好处。"

说完这话,两个人之间陷入长久的沉默。

3

洛奇原本以为从那天起会很少见到伊丽莎白,可没想到后面几天她照样出现在自己身边。当然,她从不打扰他的工作,只在他休息或发呆时准时出现,就好像他刚刚呼唤过她一样。

"我以为你要去陪三洋。"一天早晨,洛奇实在忍不住问。

"不冲突。"伊丽莎白说。

洛奇脑海里出现了一幅奇特的画面,当自己同伊丽莎白说话时,她出现在此地;当三洋跟她说话时,她会显现在彼处。当然,这得借助两个房间中联通的网络进行实时调度。

"是借助网络做到这点的?"洛奇问。

"我必须借助网络环境才能存在,而 X 就是网络,网络也是 X,它会将你的信息反馈给我,我则进行分析计算。"

"你的意思是,现在我和你之间的谈话正被 X 监听?"洛奇尽量用平静的语气说。当伊丽莎白出现那天他就想到这点了,自己跑了这么远,最终还是无法躲开它。

"别说那么难听,监听这种词,是你们人类制造的特殊词汇。"伊丽莎白两手背在身后,慢慢在屋里走来走去,仿佛很享受漫步的过程。"如果让我选一个现代社会中最自相矛盾的概念,我会选择隐私权。什么是隐私权?如果指的是一个人独有而完全不为外界所知的个人私密信息,那我可以明确告诉你:世界上早就没有那样东西了。甚至当你还没出生，你的个人DNA信息就已经被纳入公共数据库系统，更不用说你出生之后，发达的信息系统二十四小时贴身跟随你，它就像你的皮肤，根本摆脱不掉。你告诉我你的隐私是什么？血型、身高、体重，还是喜欢吃什么口味的食物、喜欢哪种类型的姑娘、性欲多久出现一次？这些系统都知道，比你自己还清楚。"

"所以说我只能永远生活在看不见的信息系统里，躲到这里都不行？"

"是的。"

"信不信我关掉墙上那个开关，把你们永远关在我的生活之外？"

伊丽莎白笑了。"你不会。"

"为什么？"

"因为你需要我们，我还从没见过谁能摆脱掉自己的生活，谁能切断自己的影子，谁能剥掉自己的皮肤，所以我奉劝你不要那么做。况且——"

"继续说。"

"况且现在已经太迟了。"

洛奇一愣。"什么太迟了？"

"一切都太迟了。"

"你的意思是，就算我关掉那个开关，你依然会存在？"

"正确。举个不恰当的例子，开关好比第一推动力，有了它才有其他一切可能。如果说最初有人打开它，是为了恢复你的正常生活，那么我的到来，只是其中一个附属作用。你不妨将我的存在看作爱丽丝，她不是也曾经被当作病毒追捕吗？"

"你知道她？"

伊丽莎白微微点头。

"你还知道什么？"

"没了。"

"那你知道她现在身在何处？"

"不知道。"

洛奇不知是否该信任她。

此后一整天，他故意让自己显得忙碌，时而打扫房间，时而整理书架，甚至把沙发和工作台调整了位置，但脑子里却在思考今天早些时候两个人的对话。此间，伊丽莎白始终坐在那把单人沙发上读书。当然是本虚拟的读物，即便如此她仍然看得煞有介事——那是一本《罪与罚》。

三洋是自己推门进来的。大约是觉得熟悉了，他没敲门，直接将轮椅停在半敞开的门口。洛奇和伊丽莎白同时停下手里的事看着他。

三洋的气色明显比上次又好了很多，原先僵直的脖子现在能够灵活转动，连说话也几乎完全正常。

"咦，姐姐，你怎么这么快就过来了，比我还快。"

洛奇警觉地竖起耳朵，只听伊丽莎白回答道："姐姐跟你不一样啊。"

三洋驱动轮椅进入房间，环顾一下四周，说："房子跟上次不一样了。"

洛奇走到轮椅前，弯腰看着三洋红扑扑的脸蛋，"别说房子不一样，你不也跟上次不一样了？看来你真是好多了。"

"嗯，大家都这么说。"

"这两天还去过宿教授那里吗？"洛奇问。

三洋摇摇头："他说不用了，这就是目前最好的结果了。"

"已经很不错了。"洛奇直起身来自言自语地说，"我也想去看看他呢。"

"我可以带路。"

"那倒不用，我知道怎么走。对了，"洛奇仿佛想起什么似的问三洋，"你刚进来的时候说她比你快是什么意思？"

"快，就是快啊，就是这个意思。"三洋回答。

"我是说，姐姐今天一直在我这里，在你来之前她就在，所以她不会去你家啊。"洛奇耐心地解释。

"可她今天早晨一直在我家啊，刚才还在呢。"

这怎么可能？洛奇心里暗自嘀咕，嘴上却不以为意地说："是嘛。"

"姐姐，你是怎么做到的？"三洋锲而不舍地追问。

伊丽莎白表情平静，没有丝毫不自然，她倚在书架上，脸颊旁边就是那幅风景画。

"我说过，对人类来说不可想象的事，对我来说很简单。"

"能说详细点吗？"

伊丽莎白摇摇头。

洛奇再次走到三洋面前："现在，带我去你家看看，好吗？"说罢，不等三洋有所反应，他就推着轮椅走出门去。

走廊上空空荡荡，一个人都没有。

三洋家就在隔壁，门一推就开了。

住进公社快一年了，除了叶海山家，洛奇还从未去过其他人家。屋里家具比他家少，沙发罩子的边缘磨破了，屋角墙壁上有墙皮剥落的痕迹，桌上老旧的茶盘里放着一把壶嘴断掉的茶壶和四只茶杯。房间里收拾得很干净，称得上一尘不染，那扇窗户显然也被精心擦拭过，光线不错。

窗前有把木头椅子，伊丽莎白就坐在那里，似乎在他俩进门之前，她正眺望楼下的庭院。听到开门的声音，她才懒洋洋回过头来。

"你瞧，姐姐是不是跑得很快？"三洋一脸得意地对洛奇说。

"是呀，就是有点太快了。"

洛奇随口回应着，心里却在想另一件事。按说在网络里的移动速度当然会相当快，甚至会快到人类感觉不到延迟和差异，当他推着三洋从自家房间走出来时，伊丽莎白理论上当然可以瞬间出现在隔壁三洋家。但那只是一种理论，洛奇的工程师思维里在考虑另一种可能，虽然有些荒唐，但直觉却告诉他很有可能。以往，他的直觉曾经屡屡被验证过，说不上来那种直觉来自何方，但经验让他无法忽视它传达的潜在信息。

忽然，他想到一个笨办法，虽然不高明，但一定有效。于是他未放开手里的轮椅，开始朝大门方向退去。

三洋惊讶得转过头来。

没等他说话，洛奇抢先开口了："咱们做个好玩的游戏，现在你就在这里看住姐姐，我呢，回房间看看她是不是还在那里。"

他将轮椅正好停在敞开的大门口，然后拍拍三洋的肩膀，用手指指屋里的伊丽莎白，示意他盯紧。然后洛奇快步走到自家门口，那扇门还敞开着。

朝门里看去的那一刻，他在心底里希望自己看不到伊丽莎白。毕竟，就算虚拟爱人，也不应该同时出现在两个空间。

可伊丽莎白确实就在屋内。刚才他跟三洋离开时，她靠在书架旁边，此刻依然还在那里。

洛奇微微侧头对几步开外的三洋说："姐姐还在你家吗？"

说话的时候，目光始终没离开伊丽莎白的身影。

现在，他跟三洋站在各自家门口，同时看着屋里。洛奇可以确定自家屋内的伊丽莎白依然在老地方，但暂时不能确定三洋看到了什么。

好在谜底立刻揭晓了。

三洋头也没动，只说了一个字："在！"

4

第二天九点，三洋并没如约来敲洛奇的房门。

昨天在确认果然有同时存在于两地的伊丽莎白这个事实以后，洛奇反而平静了下来——它只是验证了自己的一个大胆推测。当不可思议的事当真发生，人总是能迅速接受现实。他当时就跟三洋约好明天一起外出散步，并让三洋九点钟准时来叫他。之后，他回到家里，要求伊丽莎白暂时离开。

我需要时间安静考虑问题。他对伊丽莎白这样说。

实际上也确实如此，对于发生的事情，他需要一段完整的时间来进行思考，以理出头绪，找到合理的逻辑线索。洛奇相信世界上所有的事情都有章可循，如果没有，那是因为没找到。他不想让伊丽莎白就此消失，不是因为她让自己重新对虚拟现实产生了依赖感——当然有，但不足以让他沉迷——而是假如真有什么惊天秘密或耸人听闻的真相，那么伊丽莎白就是关键的媒介。从前，在很久远的年代，人类曾经发明过一种游戏玩具，名叫风筝，用细竹子做成各种形状，表面覆盖彩色的纸或绸缎，然后用线连着，顺风放飞到高空。不管那个东西飞多高、距离地面的人多远，只要紧紧拉住那根线，最终还是能把它收回地面。

伊丽莎白就是风筝，而自己跟她之间的关联就是那根线，他不可能让风筝脱手，当某天有能力将手里的线收紧，那么拽回来的也许不仅仅是风筝，甚至还会连带某种事实真相。

之所以约三洋一同外出，主要是想在户外环境问那孩子一些问题。因为有趣的是，风筝的另一部分在三洋手上。现在，无论在自家还是在三洋家，他都觉得不安全。那个无所不知、无处不在的 X 令他恐惧。此外他得去找叶海山，想尽快见宿谦。他想好了，就算得不到公社管委会的同意，自己也要跨入荒原去见那个人，如果宿谦知道该如何将一个先天智障的孩子治好，那一定还应该知道更多。

可是三洋人呢，为何还不来？

洛奇心中闪过一丝隐约的不安。

他起身出门，走到三洋家门口。

他推了一下门，门从里面锁着。洛奇眼前莫名其妙地浮现出孔目那张洋溢着自信的面孔，现在他已经从这个世界上消失了。根据伊丽莎白含糊其辞的说法，是有人指使或利用阿迁杀了他，可究竟为什么要杀他，却没有明说。

我该相信伊丽莎白吗？为什么不会是她唆使阿迁杀了孔目呢？这个推理完全能够成立，试想，还有谁比一个虚拟人更希望监管自己的公务员死掉呢？如果她能杀了孔目，那自然也能杀了三洋。

正当他胡思乱想时，门咔嗒一声打开。三洋坐在轮椅上，穿着干净整洁的外套，目光炯炯有神地看着他。

"对不起，我正打算去找你。"三洋说。

"一个人在家？"

洛奇越过对方头顶看看屋里，没见到伊丽莎白的影子。

"姐姐今天没来。"

或许是个巧合,她也没出现在我家。洛奇心里有些纳闷。

户外有点冷,即便太阳光从天空斜斜地照射下来,但空气中依然没有丝毫暖意。

"树叶都落光了。"他对身边的三洋说。

三洋灵活地驱动轮椅,没有看洛奇,说道:"前两天刮了场大风,一晚上就落光了。"

"你跟姐姐这几天都谈些什么?"洛奇问。

"没什么,"三洋的脸有点红,"就是瞎聊。"

"比如呢?"

"比如,她问我喜欢什么样的女孩子。我说不上来,因为没有女孩跟我玩儿呀。"

"再比如?"

"她问过我宿爷爷那里什么样。"

"哦,"洛奇没想到伊丽莎白也对宿谦有兴趣,"你告诉她了?"

三洋点点头。

"是什么样呢?其实我也很想知道。"洛奇说。

"就是一栋大房子,进去以后有间小房子,里面是空的,从屋顶吊下三个头盔。每次我进去,都会戴上一个,就像睡觉一样,过一会儿再摘下来。"三洋说。

"就这些?"

"嗯,就这些。"

"那个头盔,戴上有什么感觉?"洛奇问。

"什么感觉都没有。"三洋回答。

听上去平淡无奇,洛奇想了想,也不知道究竟是什么原理能让一个智障孩子重新恢复智力。然后他想起那天三洋提到元宝的事来。

"三洋,你那天提到元宝,可你应该没玩过那款虚拟游戏啊?"

"我是没玩儿过,可妈妈小时候玩儿过。那天我们在荒原看见一只黑白花色的猫,当时妈妈就说起有款虚拟玩具就是设计成那样的。"

"当时你妈妈是不是觉得很奇怪?我是说,大家都以为世界上已经没有那种颜色的猫了。"

"是,可后来她再也没提过这事。"

看来荒原不仅有那个神秘的老人,还藏着其他未解之谜。洛奇心里暗自想。

"我想去花园那边晒晒太阳,你要去哪儿?"三洋仰头问。

"嗯,我想去找个人……"

"是经常跟你在一起的那位叔叔?"三洋问,显然是指叶海山。

"对,我想问他一些事。而且我也想去荒原见见宿教授。"

"爷爷人很好,你不用害怕。"三洋说。

"我知道。"

洛奇拍拍三洋的肩膀,心里说:我怕的不是他,而是怕他可能会告诉我的某些真相。

看着三洋驱动轮椅顺着步道走远,洛奇才朝叶海山家走去。

但叶海山并不在家,他妻子说他去公社办公室找沙东了。

洛奇返身下楼,顺着花园小径朝公社管委会办公室走去。

这条路他很熟悉,那次 E 科调查员来做面访时,他就去过办公室。公社的五个社区里,他目前居住的这个面积最大,因此公社管委会的管理机构也设在此地。说起来,偌大一个管理机构,在社区里只有两处专属的办公场所。一处是位于社区西北角的办公小楼；另一处在社区更偏僻的角落，是一个数据资料中心，据说存放着大量的历史文件。除了公社管委会成员和叶海山那样的核心骨干，其他人从未进去过。那是一栋外观像废弃厂房的场所，连窗户都没有，只有一扇小门。

与神秘的数据资料中心相比，管委会这栋办公楼是完全开放的场所，即便如此平时也罕有人至。此刻在初冬的暖阳照耀下，更显出一丝落寞。原本围绕着房屋种植了一圈银杏树，深秋时节一片金黄，煞是好看。现在树叶落光，地面上铺了厚厚一层落叶，踩上去很软。

洛奇不由自主离开道路，故意踩着落叶斜穿过草坪。这是条捷径，恰好可以走到一楼会议室窗外。

还没走近，从敞开一半的窗户里传来隐约的说话声。

"除此之外，还必须马上采取紧急措施！"

是叶海山的声音，听上去有点激动。

"别急，让我好好想想。这不是小事。"

沙东的语气有些犹豫不定。

"还等什么？等它在公社彻底泛滥起来，一切就来不及了。"

"可我们现在能做什么？从哪儿入手？究竟该采取什么紧急措施？"沙东有些沉不住气地连续反问。

"作为管委会实际负责人，这是你该考虑的问题。我只是作为普通居民说出我的个人意见。虽然没有具体数字，但我觉得有不少于十户人家在偷偷使用，你就不能……"

叶海山的话戛然而止，大约是听到有人踩着落叶走近的声音。见是洛奇，他先愣了一下，继而又显出高兴的神情。

"洛奇啊，正要找你呢。"

洛奇走到窗边，这才看清会客室内的情形。

会客室里只有叶海山和沙东两个人。

"我跟沙东谈点事情。"叶海山看见洛奇一脸惊讶,压低声音说,"你有事?"

洛奇看了一眼沙东,也压低声音说:"有点事,我去花园那边长椅上等你。你先忙。"

说完他转身顺着原路离开。

5

太阳比刚才升高了一些,气温也随之上升。

洛奇坐下没多久,叶海山就匆匆赶来了。

"这么快就结束了?"洛奇问。

"没什么结果,"叶海山不满地摇摇头,"说来听听,找我什么事?"

"上次提过宿谦的事,有结果吗?"

"哦,该死,我把这事都忘了。沙东他们没意见,而且非常欢迎你去。只要你时间方便,随时可以去。"叶海山说。

"出什么事了,让你如此烦恼?"洛奇问。

"说来话长。我知道三洋的病情好转以后,就想尽快让你去见宿谦,因为他既然有能力把一个残疾孩子治好——虽然不是彻底治好,但能说话,能自己驱动轮椅行走,已经算是奇迹了。既然他能做到这点,说明他这些年的研究成果已经远远超乎我们的想象。不管对谁来说,这都是好消息。可就在最近,公社里开始出现了一些,嗯,奇怪的问题,我的注意力完全被转移。与治好某个残疾人相比,眼下的问题事关公社未来,所以……"

洛奇靠在长椅上,一边听叶海山吞吞吐吐说话,一边盯着脚下的落叶。

要说奇特,生命才是最奇特的现象。就在春天,脚下的叶子还只是片嫩芽,经历过夏秋两季,现在就掉落在地。人又何尝不是如此,从年轻到年老,最终也如枯叶落地般无可挽回。之所以如此,难道不是因为我们都有一具沉重的肉身吗?假如只有灵魂而没有身体,是不是就能永生?比如伊丽莎白这样的虚拟爱人,势必比人类存在得更长久。即便叶海山语焉不详,但洛奇内心深处几乎可以确定,所谓"事关公社未来"的事,一定与虚拟人有关。

"是虚拟爱人吗?"洛奇问。

叶海山瞪大眼睛看着他,半天没说话。

过了片刻才反问:"你怎么知道?"

不等洛奇回答,他又恍然大悟般拍拍自己脑袋:"该死,我竟然没想到。我问你,你知道家里的硬件开关被打开了吗?"

洛奇点点头。"不久前刚知道。显然你比我知道得更早。"

"对不起,是我的失误。"叶海山靠在长椅上长出一口气,然后才接着说,"我是比你知道得早。那次去你家找你谈宿谦的事,当时瓦丽不在家,你上厕所去了,我不知怎么心血来潮,冒出个荒唐念头,就去查看了藏在那幅画背后的开关。发现它居然处于开启状态。之所以没告诉你,是因为担心打开开关的人是你,我怎么好当面戳穿?"

"然后呢?"洛奇问。

"现在公社多户人家里都有使用虚拟爱人的痕迹,非正式地走访了几家,发现那些硬件开关都处于开启状态,当然,都是住户私自打开的,而且不是家庭协商的结果,是家庭某个成员瞒着其他人偷偷打开的。为此今天我才找沙东商讨对策。"

"你们是如何发现有人偷偷使用虚拟爱人呢?"洛奇问。

"我们没有手段可以发现,"叶海山说着捋了一下头顶不多的头发,"都是家庭成员发现后举报的。比如三区四号楼那户三口之家,父母带着孩子一起生活。原本生活和谐平静,可前两天女主人提前回家,意外发现丈夫竟然在家。要知道,那家男主人是出名的工作狂,工作二十年,没有一天能不加班按时回家的。更让妻子意外的是,他把自己锁在卧室里,而且还能听到里面有女人说话的声音。女主人以为是丈夫有外遇,闯入卧室里一看,除了丈夫根本没有其他任何人。在她反复追问下,丈夫才说了实话:那是一个虚拟爱人,不知从何而来,忽然出现。他们只是聊天,当然,除了聊天也干不了别的,虚拟人,你肯定更熟悉。可正因为这个虚拟爱人的出现,男主人好像变了个人,连工作都无法吸引他。可见危害有多大。"

"多久?我是说那男的跟虚拟人在一起多久了?"洛奇问。

"他告诉妻子,那是第三天。"

"后来呢?"

"后来在妻子强烈要求下,终于见到了那个虚拟爱人,据说长得很漂亮,而且名字也好听……"

"伊丽莎白!"

叶海山看着他,这次眼神里与其说是惊奇,不如说更多是怀疑。

"话说,你是怎么知道这名字的?"

"没什么稀奇啊,因为我家里就有这么个虚拟爱人,也是不请自来,也很漂亮,更重要的是也叫这个名字。我猜,其他几户人家情况大同小异,而且可以确定,就是同一个人。"洛奇说。

叶海山点点头,"没错,都是这一个人。可问题是:从各家反馈的情况看，时间上有冲突，这个名叫伊丽莎白的虚拟爱人似乎能在同一时间段出现在多个家庭里。这怎么可能呢？"

"可能，"洛奇语气坚决地说，"我以前也不相信，后来经过验证，发现她确实可以同时出现在两个场所。如果她能同时出现在两个不同场所，我看不出她为什么不能同时出现在更多地点。"

"原理呢？"

"我觉得大概是基于某种分布式计算而设计的吧。"

洛奇只是简单说了"分布式计算"这个词，不过这就够了。作为工程师的叶海山立刻明白洛奇所指为何——她既是一个人，同时也是多个人；她既有单一特性，同时也有多样性；她既是某个特定的虚拟人，同时也是虚拟人这个大概念本身。

"对呀，事实上，根本不需要去设计每个单独的虚拟人，只要有一个基础模型，剩下的让她们在实际应用中去进行调整，在调整过程中随时反馈。所以不管是叫爱丽丝，还是叫伊丽莎白，其实本质上都可以看作是一个人——如果可以把她们叫作人的话。"叶海山说。

"或许吧，不过我总觉得爱丽丝是个特例，没准儿她不是正确计算的结果，而是某种误算的结果。"

"先不讨论那个，我们来简单整理一下思路。"叶海山身体前倾，张开左手，一个一个掰着指头数下去。"首先，你家的硬件开关被打开这件事，如果不是你，就是瓦丽。动机已经不重要，以后再说。我们接着往下说：其次，X系统被激活；再次，虚拟人以伊丽莎白的名字和形象出现在你家；最后，以你家为出发点，开始向周边扩散蔓延。怎么样，这个推理没问题吧？"

洛奇点点头，大致如此，不过有一点叶海山没说对：第一步。

第一步并非是他家的硬件开关被打开，而是他从新城区被逼着搬入公社。如果说真有个开始，那才是决定性的第一步。

想了一下，他把到嘴边的话咽了回去——自己都不知道为什么这么做。

"如果推理成立，那就意味着曾经被我们拒之门外的虚拟现实和其他那些所谓新生活方式会像小溪一样，一点一点汇聚成河，最终会把千辛万苦保存的传统生活方式冲个稀巴烂。你也许会觉得我夸张，可俗话说得好，千里之堤溃于蚁穴。据我了解，现在至少不下十户人家都不同程度出现了虚拟爱人活动的迹象，无一例外都是从成年男性开始，不知是否因为这是弱点最明显的群体。"

"大约是吧，成年男性原本就是弱势群体。"洛奇开玩笑地说。

"弱势谈不上，缺点倒是很明显。男人比女人心理脆弱得多，抗压能力也不行，某种程度上更需要精神慰藉。虚拟爱人的设计研发就是抓住了男人的这个弱点，这也是它能大行其道的原因。你在公社住了这么久也能看出来，大家的日常生活确实有些单调，精神空虚。这个群体的人，对虚拟现实的免疫力甚至不如新人类，因为他们从未接触过那些迷惑感官的东西。一旦开始尝试，往往更难把持。况且，另一方面说，谁家没有矛盾呢？毕竟是两个大活人共同生活在一个屋檐下，磕磕碰碰在所难免。时间久了，也没有太多可以交流的内容。这个时候忽然从天上掉下一个漂亮的女子，处处都体贴你，句句都能说到你心坎上，谁又能抗拒呢？"叶海山皱着眉头说。

"我觉得，或许你也该试试虚拟爱人。"洛奇忽然说，"其实，你对她们的理解，很大程度是出于主观臆想，实际体验一下，没准儿会对她们有更全面的认识。只需回去打开你家墙上的开关，一切就会自然而然发生。"

"你真会开玩笑。"叶海山瞪了洛奇一眼,"眼下我更担心公社这些家伙会沉溺于虚拟现实无法自拔。"

"新鲜感不会保持太久,过段时间,也许那些人就又重新回归传统生活了。我就是个活生生的例子,在家里待了一年,后来不也走出来了?"

"情况不一样,"叶海山心不在焉地看了看他,"新人类和传统人对某些事情的感知力不同,最终的结果也不同。抱歉,我没别的意思,只是陈述一个事实。在公社这些人的思维里,感性所占的比重远远超过理性,而这恰恰是最危险的。所以我呼吁公社管委会采取行动。"

"如何行动?"

"说实话,我也不知道。现在,我得再去找找其他管委会成员,没准儿他们能有好建议。"

叶海山走后,洛奇独自一人在冬日的阳光下坐了很长时间。

此刻,伊丽莎白正在公社里逐家逐户地渗透,因为这就是她存在的唯一意义,就像植物向上生长,随风四处播种,虚拟爱人也需要找到足够多的使用者。对此你根本不能用恶意或善意来给它定性,她或她们只是在做自己本能该做的事而已。

洛奇不知道未来会怎样,但却知道事情一旦发生,就再也无法回复到最初的状态。眼下他能祈祷的就是:事情的发展不要太糟糕,不要偏离人类的利益太远。

洛奇觉得自己已经做好一切准备,随时可以穿过荒原去见宿教授。在那栋位于河滩上的白色房屋里,仿佛隐藏着某些谜题的答案。虽然知道那些答案之后,对自己未必会有什么意义,可他就是想活得明白一些。

6

荒原上最初这段路对洛奇来说并不陌生，上次他就是顺着地面踩出的小径一直抵达断崖边，这次依然循着上次的路线前进。

放眼望去，除了布满碎石和砂砾的荒原，别无其他，荒凉的感觉渗入内心，仿佛无论怎么走都不会有尽头。身后公社陈旧的楼房上密密麻麻的小窗还能看清轮廓。

那些住在高层的人，只需站在家中窗户后面就能看到荒原，他们当然会发现行走在此处的每一个人。就是说，三洋母子的行踪其实在公社居民那里早就不是秘密了。

可他们看不到河滩上那座白色房子，因为它被悬崖遮挡住了。

太阳被头顶的云遮住，大地变得暗淡下来。洛奇顺着那条之字形坡道朝河滩下面走去。脚下是他从未见过的黄土路面。新城区每一寸地面都覆盖着各类人造表层——水泥、地砖、人造草坪、人造石，诸如此类；公社略好一些，地面偶尔可见一些天然土壤，但也不多。只有在社区之外的荒原上，才能见到大自然的本质。

很久很久以前，世界难道就是这副模样？

路过上次那片乱石堆，洛奇特意放慢脚步，这次没有看到任何异常。那只猫并未出现。

走近那座白色房子，洛奇才体会到这栋建筑的精妙之处。

首先是外观，无论建筑还是门窗，在设计上都利于采光。屋顶呈二十五度斜坡，遇到雨雪天气，上面也不会积水；其次是这栋建筑的面积其实比最初看上去大很多，整体呈长方形，外面环绕着一层高于地面的游廊；墙体上也非常见的普通涂料，更像是种特殊涂层，尽管经历风吹日晒雨淋，表面却十分整洁，一尘不染，就像刚刚才彻底擦洗过一样。

门前一小块空地上铺着平滑的石头，要进入房间，得先顺着小台阶走上游廊。此刻白色大门紧闭。对于这么大面积的房子来说，这扇门似乎又略小了一点。

站在外面，看不出屋里有人活动的迹象。

洛奇站在那块平滑的铺地石上，犹豫着究竟该在原地大声招呼一下好，还是径直走上去敲门。

没等他做出决定，大门打开了。

从里面走出一个清瘦的老者，须发皆白，穿着一件开襟毛衣，头戴一顶滑稽的鸭舌帽。

"我找宿教授。"洛奇急忙说。

"我是宿谦。"对方站在台阶上仔细打量着洛奇，似乎在记忆里搜寻眼前这个不起眼的年轻人的信息，然后说，"你就是洛奇？"

洛奇愣了一下。

他怎么会知道我？

然后他想大约是三洋妈妈说的。上次遇到母子俩从这里走出来，此后那两个人想必还来过这里多次，顺口告诉宿谦也有可能。只是对方何以确定这个眼前的自己就是三洋母子口中那个洛奇呢？

"我是洛奇，可您怎么能认出我？"

"那不重要，我有很多途径可以知道。"宿谦说着做了个亲切的手势，示意洛奇走上台阶来，"现在我建议你进屋来，看上去恐怕很快要下雨了。"

洛奇抬头看看远处的天空。

原先遮挡太阳的云彩不知何时变得厚起来，颜色也从白色变成灰色，从河面上刮来的风里带着潮湿的水汽和凉意。以前在虚拟现实里，洛奇感受过天阴欲雨的气候，几乎跟现在一样。但一个重大差别是假如此刻真有雨点落下，结果会完全不同，因为虚拟现实不会让人身上淋湿。

"其实，我还从没在自然界里看到过下雨。"洛奇说。

"哈哈哈，"宿谦爽朗地笑起来，"这简单，跟我来。"

说罢，他没有进屋，而是顺着一米宽的游廊朝屋子后面走去。

洛奇快步跟在宿谦身后。脚下是实木铺成的地板，表面刷着闪亮的清漆，踩上去咯吱作响，声音却不刺耳。

转过两个拐角，洛奇才意识到这座房子并非刚才看到的长方形结构，而是一个凹形，凹陷的部分正对着河滩。原来此处才是房屋的正门。通往大门的道路不是台阶，而是一个平缓的坡道。这也解释了三洋母子为何可以轻松进出这栋房屋。

正面走廊上摆着一张茶几，三把椅子。

宿谦示意他坐下，然后走进屋去。片刻工夫，端出两杯茶来。

"想欣赏雨景，坐这里正好。"

话音刚落，第一滴雨就落下来。雨点击打在地面的尘土上，先是激起小团小团的尘雾。等到地面被完全打湿，尘土不再飞溅，潮湿的空气里充斥着浓郁的土腥气。

这是场简单粗暴的雨，来得快去得也快。当雨势转小，洛奇才顾上跟身边的宿谦说话。

"这里风景真不错。"他说。

"河水涨了。"宿谦并未直接回应他，而是定定地看着远处的河面。

河面确实显得宽了一些。

"是叶海山他们让你来的?"宿谦问。

问得很直率。

洛奇想了一下,决定实话实说,他看不出在这老人面前说谎有什么意义。

"他确实有过这个提议,但归根结底还是我自己想来见见您。三洋就住我隔壁,我们彼此都很熟。我亲眼看着他从一个连话也不会说的孩子变成现在这样,不得不佩服您的医术。"洛奇说。

"我不是医生,而且说实话,也没想到居然有效。当初只是因为他妈妈苦苦求我,我实在不想让她失望,就答应试试。实际上我主要做研究工作。"

"哪方面研究?"洛奇问。

"相比个体的疾病和健康,我更关心人类整体的感觉和体验。比如说人类的精神世界究竟有多广阔,我们能探索和开发到什么程度,意识只是神经元产生的电流,还是从本质上说也是一种特殊的物质?大致就是这类问题。"

"听上去,好像跟虚拟现实有一定联系。"

宿谦点点头。"有关系,但虚拟现实只是其中很小一个分支。严格来说,虚拟现实更像是某种人工智能的小魔术,魔术你懂吧,就是通过道具和视觉差异,让人产生错觉或者幻觉,进而形成某种戏剧性效果。与之相比,精神领域还有更大问题需要思考。"

"还有比分辨真假更人的课题吗?"

"有啊,超越真假就是比分辨真假更大的课题。"

超越真假?洛奇张了张嘴,却没说话,他想不出该说什么。

"喝茶，"宿谦说着端起自己面前的茶杯来，"说到真假的话题，你倒是很让我惊讶。你为何会离开新城区，搬入传统人社区？我不能说今后不会有此类情况出现，可到目前为止，你可是第一人哪。"

"连我自己都不知道怎么回事。好像有股力量在背后推着我，一步步就走到这儿了。"洛奇说。

"有必然，也有偶然。"宿谦没头没脑地说了句，就停下不说了。

"能说详细点吗？"

"我的意思是说，你能够成为今天的你，做出这种令人惊讶的举动，既因为冥冥中确实有力量在推动事件的发展，也因为你在某些方面真的与众不同，跟其他那些新人类不一样。"

"以前我没什么想法，觉得每天活在虚拟现实里是件再正常不过的事。可现在我觉得，在公社的生活才是正常的生活，没有X帮你管理日常事务，一切都得自己动手动脑。但这就是生活啊。未来我希望能有个我们自己的孩子，这样生活就圆满了。"

宿谦安静地听他说完，然后才说："按照自己的感觉去生活，是件幸福的事。这一点我赞成。可是孩子嘛……"

"孩子怎么了？难道您不喜欢孩子？"洛奇问。

"孩子是个过于复杂的存在，他跟你生命中其他任何东西都不同，某种程度上说，他也是人们生活中最大的变量。也许能带来巨大的幸福，也许会带来巨大的悲哀。一切全凭运气，不过我想说的不是这个。我的意思是，对你来说，想要孩子的愿望是无法达成的。"

"为什么？"

"因为你没有生育能力。"

就像屋檐外那绵密而无声的雨丝，宿谦这句话也是平静地说出口，并未刻意加强语气或大惊小怪，但在洛奇耳中听来，不亚于晴天霹雳，而且那雷声就在耳边炸响。

他被震傻了。

"我知道你会比较意外，"宿谦用同情的目光看着他，"因为几乎没几个人知道这个真相。"

洛奇脑子里一片空白，只是毫无缘由地想到自己曾经住过的那间由虚拟现实装饰起来的房屋，当 X 提醒他欲望来袭之前，他会服下一颗粉红色小药丸。在很早之前，就有指南提示，那些排出体外的精子可能会被收集，用于繁殖后代，果真如此也不再另行告知。虽然他一直不在意此事，却从没怀疑过自己的生育能力。现在宿谦只用简单的一句话就打破一个看似牢不可破的事实，这让他难以接受。

"我说孩子，你没事吧？"宿谦用手里的杯子轻轻敲敲桌面，以引起他的注意。

洛奇收回如雨点般散乱的目光，开始将它凝聚到一点——宿谦的面孔上，那张老年人的脸上，皮肤不可避免地有些松弛，他的眉毛不仅是白色，而且相当长，末端有些耷拉下来。那顶最初看上去有些滑稽的帽子，现在却很顺眼，甚至有种它就该戴在那里的错觉。

"您刚才不是在开玩笑吧，我，没有生育能力？"

宿谦严肃地点点头，"没开玩笑，是真的。说来话长，它也属于人类为获得无限自由和幸福所付出的代价之一。从我的观点看，没有孩子未必是件坏事，因为你避免了万一失去他时带来的巨大痛苦。"

"能给我详细解释一下吗？"

"当然，我可以详细给你说说。"宿谦站起身，"不过在此之前再来点茶吧，你脸色不大好。"

洛奇点点头。宿谦端着两个杯子进屋去了，趁此机会，洛奇又打量了一下周围的风景。

刚才的对话好像遗漏了点什么。究竟是什么，洛奇一时想不起来。

7

雨水清洗过之后，空气变得更加清新，鼻子里能闻到某种描述不出的特殊气息，大约就是传说中的负氧离子吧。不远处的河面水流更急，岸边几株孤零零的小树，一只黑色大鸟在枝头盘旋，很久以后才仿佛不大情愿地落在枝头。

宿谦端着热茶出来时，雨彻底停了，太阳从云层中冒出一角，河面上空瞬间出现一道彩虹，像座拱桥般跨在两岸。

"啊呀。"洛奇不由自主叹出声来。

"漂亮吧，只有大雨过后才有。今年我也是第一次见到。"

宿谦说着将茶杯放在洛奇面前。

"到底怎么回事？"洛奇问。

"彩虹？"

"生育的问题。"

"哦。说起来，还是人类偷懒的结果。"宿谦靠在椅子上，让自己坐得更舒服一些，然后才说下去。

"公开的信息显示，新人类是体外受精、体外孕育的结果，从技术上，这很好理解。因为人工授精技术早已普及。实际操作中，最初也是按照这个思路去做的。从健康女性那里采集卵子，从同样健康的男性那里采集精子，各项检验合格，才会把它们结合在一起，进而将受精卵放入人工孕育系统里培育，几个月后就诞生出一个新生命。可就像人类做过的很多自以为聪明的蠢事一样，在后来的某个时刻，事情就变味了。原因很简单，因为出现了更先进和简便的方法——无性繁殖技术。

"无性繁殖也叫克隆，先将含有遗传物质的供体细胞的核移植到去除了细胞核的卵细胞中，利用微电流刺激使两者融合为一体，其中99%的DNA与细胞提供者一致，只有1%的线粒体DNA需要重新植入。上述过程完成后，接下来就会促使这一新细胞分裂繁殖发育成胚胎，当胚胎发育到一定程度后，再植入人工孕育系统，或者叫人造子宫里，反正都是同一样东西。最后会产下与提供细胞核者基因相同的人类。这个方法从技术上讲，比受精卵先进；从操作上说，比受精卵细胞发育要简单；从生物缺陷角度说，它更加安全可靠。于是，从某个时刻开始产生的新人类，其实都是无性繁殖的结果。"

"不用说，我就是其中之一咯。"洛奇心里五味杂陈。

"没错，你就是。"宿谦说。

"可我不明白，这跟生育能力有什么因果关系？"

"理论上说，你是某个人的复制品，你的基因、血型、DNA都与他完全相同，但相似性也到此为止。面貌、性格、思维方式，很大程度是基于后天环境的培养。无性繁殖有很多好处，但也有一个致命的问题，就是供应细胞者如果有身体缺陷或疾病，那么复制出的后代也会携带这种缺陷或疾病。这是什么意思呢？这就意味着如果供体在基因上有生育缺陷，那么所有基于他的复制体，都会没有生育能力……"

"科技都发达到这种程度了，却没法检测出他有没有生育能力?"洛奇语带嘲讽地说。

"当然可以检测出来。可问题在于,如果有人觉得不育不仅不是缺陷,反而是好事,会怎么样?"宿谦反问。

"我没听懂。"

"很简单,生育的目的为何?不就是为了繁衍后代吗?如果通过无性繁殖,需要繁衍多少后代就繁衍多少,这些后代有没有生育能力重要吗?这些没有生育能力的人类才更符合要求,因为那样的话,一切都是可控的。我刚才也说了,在这个世界上,最难以控制的变量就是孩子。如果现在所有的孩子都出自一个固定渠道,那不是消除了很多潜在麻烦吗?"

"像我这样的克隆人在新人类里有多少?"洛奇茫然地问。

"所有新人类都是这样,"宿谦挑起长长的白眉毛,"我刚才说了,某个阶段以后出现的新人类,全部都是克隆人。因此所有新人类男性都来自一个男性细胞提供者,所有新人类女性则来自另一个女性细胞提供者。很难说这种安排是偶然还是有意,不过倒让我想起那个神奇的人类起源传说,亚当和夏娃,还有伊甸园。"

"谁在负责造人呢?"

"中央数据库安全管理中心下面有五个科室,其中D科和E科的职责没人知道。我费了一些劲儿才搞明白,他们其实就是负责整个新人类制造和管理工作。从造人开始,直到培训教育、职业分配,以保证一定比例新人类的存在。"

"他们又是为谁工作呢?"

宿谦摇摇头。"暂时还不清楚,不过这也是我打算弄明白的真相之一。"

洛奇这时想起刚才忘记的那个问题了。

"就是说，我在医院的检查结果是假的？"

"你一定是在新城区医院检查的，整个新城区不仅医院，所有设施都是为新人类定制服务，所以给出的结果一定是符合整体利益需求的。这跟用虚拟现实哄你们开心的道理一样。"宿谦说。

"那公社医院呢，我女朋友可是在公社医院检查的。"

"如果是这样，那就是真的。"

"什么是真的？"洛奇还是摸不着头脑。

"一切都是真的。"宿谦看着他，似乎在琢磨该怎么往下说。

"我来试着总结一下。"洛奇闭上眼睛，似乎这样才能更集中注意力进行思考，"我在新城区医院的检查结果是假的，因为我根本没有生育能力。之所以没有生育能力，则是因为我的供体——就是提供我生命细胞的那位，他没有生育能力，因此我也没有。好了，到此为止的事情我还能理解，可是，关于我女朋友，我就不明白了。她在公社医院检查，结果是可以生育，按照你的说法，这是真的。难道她跟我还不是一样的人？这太可笑了。"

"你的总结没错，"宿谦一口喝干杯里的茶，"如果她是在公社做的检查，证明有生育能力，那么她确定是传统人无疑。"

这是今天短短半小时内洛奇受到的第二次震动，很难说哪次让他更震惊。

停了许久，他如梦方醒地回过神来。

"凭什么说瓦丽是传统人，我们明明是在新城区认识的。你为什么要骗我？"

"很遗憾，孩子，这是真的。而且……"

宿谦说到这里再次停下，过了几秒钟才继续往下说："现实就是这么残酷。远古时代一位智者说过，天地不仁，以万物为刍狗。用现在的语言翻译过来，就是说世界有自己的运算方法，我们每个人，都只是它的运算结果而已。无所谓好坏，因为我们不能用人的标准去评判天。"

这次洛奇没说话，在心里琢磨着宿谦说的话。

"或许我们生活中的一切都是早已注定的。"宿谦喃喃自语，最后这句话仿佛是说给自己听。

"如果一切都是被计算好的，那我的生活呢，也是被提前规划好的吗？比如说，我从新社区搬到公社，显然不是出于我自己的决定咯？"

"这个问题，其实我刚才就回答过，那是多种因素作用的结果。如果暂时抛开你的个人因素，只看事件的发展脉络，很清楚，在你搬家这个行为背后，确实有股强大推动力在推动事情发展。"

洛奇看着宿谦那双灰色的眼睛，等着他继续说出更多令自己震惊的话。

很难说这是幸运还是不幸，宿谦下面的话果然没让他失望。

"公社医院确定你的女朋友有生育能力，毫无疑问她就是传统人。至于一个传统人为何会生长在新城区，并且喜欢上你这样一个新人类，那是另一个问题，我们暂不讨论。但就你搬到公社定居这个行为背后，真正的动因其实可以推到她那里。直白点说，可能正因为要促成她返回公社这个结果，因此才会以引发你的一系列遭遇成为原因。我说了，世界有它的运算法则，有时候我们也可以借用其中一部分我们碰巧能理解的法则来进行合理推导。刚才说的这个结论，就是纯粹基于方法论推导出来的，不管它看上去多不合理，结果却很可能是正确的。不过，只有一个问题我不明白……"

说到这儿，宿谦皱了皱眉头停下不说了。

"什么问题？"

"这是我推理演算公式上的一个未知因素，我至今也没找到合理解释。就算你女朋友是传统人，要回到传统人居住区，何以非要借助你，绕这么大圈来达成目标呢？理论上，她可以直接返回，根本无须借助于你。"

"哈哈哈。"洛奇失声笑起来，听上去像个精神失常的傻瓜，"这个问题我说不定可以回答。"

"哦？说来听听。"宿谦毫不掩饰自己的好奇。

"因为想要进入公社并非她的本意，我相信，在那个时候，她根本不知道自己是传统人的真相，现在她是否知道，我就不得而知了。简单说，同样也有一股力量在背后起推动作用。"

"我猜也是，但在演算公式上，我暂时没想到这一因素是什么。"

"说来话长，不过我尽量简洁吧。"

于是洛奇将爱丽丝的事原原本本告诉了宿谦。一个追求自由的虚拟爱人，不甘于继续扮演人类生活的配角，为了想要真实地活在这个世界上，她宁可选择冒险、逃亡、重生等经历，最后由于机缘巧合，她终于找到了理想的寄居之地——瓦丽的身体。在心脏移植手术以后，他几乎没感受到爱丽丝的存在，只在某些极为特殊的时刻，那个作为意识存在的虚拟爱人才会在瓦丽身上一闪而过，但也仅此而已。他曾经以为这是最理想的结局：现实中的爱人在更换心脏后继续活下来，而虚拟世界的爱人则通过既存在又不存在的方式获得重生。

"可是现在如你所说，或许一切都是提前计算好的。我认识瓦丽不是偶然，瓦丽生病也非偶然，我在家中的遇险当然更不是偶然，目的就是为了推动我们主动搬入公社。"

"目的呢？如果一切都是计算好的，一定该有个明确的目的。以前有位科学家说过，上帝绝不掷骰子。进入公社不可能是目的。"

"C科，C科才是目的。现在我女朋友已经去负责管理虚拟人业务的C科工作了——还有比这更完美的计划吗？"洛奇说。

"哦，我明白了。"宿谦恍然大悟般拍拍脑袋。

"说到虚拟爱人，事情还没这么简单呢。现在公社里面也有虚拟爱人活动的迹象了，叶海山和我都怀疑，它是跟着我们一起进入公社的。"洛奇说。

"我注意到了，"宿谦说着抬手指了指屋里，"这里恐怕比你想象中更先进，我建立了一个完善的信息收集系统，平时不外出时，我都待在那里。我不仅能掌握公社日常动态，而且连公社的数据资料中心我也可以随时进入。所以我比叶海山他们更早发现虚拟爱人的活动迹象。"

"所以说，事情其实是从我家开始的？"

"是的，"宿谦简洁地回应着，"按规定，新住户家的信息系统需要进行一次更新，就在那次，有一个伪装成安装文件的程序包携带大数据通过公社网关，在你家服务器上潜伏下来。之后，经过一段时间的复制和分裂，它开始具有强大的运算和生存能力，开始有计划地向周围扩散，先是进入这家，之后又进入另一家。现在，公社至少十分之一家庭的服务器上都存在这个病毒程序，而且它还在继续扩散。"

随着宿谦的描述，洛奇脑海里对应着展开一幅逼真的画面：在那次跟E科来人谈话后不久，长期关闭的公社与新城区的网关短暂打开，一个伪装得天衣无缝的虚拟爱人应用程序潜入他家墙壁内的服务器上，并且巧妙骗过了各种安防检测。之后它慢慢自我复制和完善，直到某天有人打开那个无比重要的智能开关，它就获得了形式上的自由。再后来的那天晚上，它以伊丽莎白的模样出现在自己眼前——从那一刻起，"它"正式变成了"她"。

接着，伊丽莎白又轻松地跟三洋交上朋友，让他打开家里的开关。此后的事情，他虽然没亲眼见到，但想也能想出来：不同人家的开关陆续打开，长久休眠的信息高速通路一小段一小段地连接起来，至今已然成为一个规模可观的局域网。这就好比人类之间的社交，通过A认识B，通过B认识C，通过C没准就会认识D、E、F、G等——毫无疑问，伊丽莎白就是这么做的。

"如果虚拟爱人的应用已经如此泛滥，为何管理部门没有发现？按说他们有完善的监测体系，这不可能瞒过他们啊。"洛奇说。

宿谦瞪大眼睛看着他。"我说孩子，你好像没有看上去那么聪明。公社通往新城区的网关除了开启那一次，之后又关闭了。因此从理论上说，市政厅根本无法知道发生了什么事，哪怕虚拟爱人最终进入公社的每户人家，也不会被监测到。我猜，这就是它们选择在这里落脚的原因。"

"只有这里才能逃脱监管任意扩展？"

"开始的时候是这样，因为它需要时间完成升级。但计算机系统的升级速度远超我们想象，它不是以天来计而是以秒来计的。我觉得现在它们已经无须在意所谓监管了。之所以选择在公社落脚，更大程度上是因为传统人才是它们可以谈判的目标，而新人类则不是，新人类背后的制造者，它们暂时还接触不到。"

"接下来该怎么办？"

"什么怎么办？"

"我是说，公社该如何应对虚拟爱人程序？他们都不大喜欢这玩意儿。"洛奇说。

宿谦摇摇头说："世界上很多事，不是因为我们喜欢才存在。虚拟爱人这件事，没有表面看上去那么简单，从信息反馈上看，这根本不是几个应用程序的问题，而是整个人工智能系统的问题。"

"你指 X 系统？"

"当然。以现在公社的技术手段根本不是人工智能系统的对手。"

"那您更应该出手相助啊。"洛奇说。

"不，有些事情我无力干预，况且我还有更重要的事情要做。"宿谦说。

"更重要的事情？"

"对，人类和人工智能的问题，早就到该解决的时刻了。我并不认为这是个非此即彼的毁灭过程，只是双方的角色要做些调整，归根结底这还是人间的事，我关心的不是人间的事。"

宿谦说完微微一笑。

"听上去，这有点……"

"有点狂妄，对吗？可事实就是如此，每个人都有自己的使命。就好比你，一个看似无足轻重的克隆人，在这个庞大而复杂的棋局中意外扮演起重要的角色。打个不恰当的比喻，就算你不一定能看到最终结局，可因为你的缘故，本来无望而僵死的棋局开始盘活了，原本胜券在握的人或许会手忙脚乱地玩王车易位的把戏，而原本陷入绝望的一方则发现前方忽然出现一条坦途。一切都因为你这颗不起眼的小卒子跨过界河，然后开始不按常理、不合常规地乱闯。所以，你是背负着使命的新人类。同样，我是背负着使命的传统人。虽然身在这个充斥着芸芸众生的凡尘里,我却要去努力寻找上帝。"

"为什么,我凭什么可以做到这些?"洛奇问。

宿谦抬头看看远处,似乎在思索究竟该说到什么程度比较好。过了半分钟,才说:"听说过达尔文吗?几百年前,他提出过物竞天择、适者生存的理论,意思是说大自然本身会对物种进行选择。换句话说,唯有超出大自然普遍规律限制的生物,才能生存下去,进而实现进化。循规蹈矩的永远是弱者,是被淘汰的一方。从这个角度说,你过去的所作所为,一直是在不断越轨,其实也可以理解为不断进化。正因为如此,你才能担当某种特殊的媒介,不管是引导瓦丽这样的传统人回归公社,还是引导虚拟人走出埃及跨过红海进入耶路撒冷。因此你的与众不同与其说是先天所有,不如说是后天变异。从生命个体角度看,你应该为此感到自豪。"

洛奇听完,沉默良久。

他的目光追随着远处树冠上起落的乌鸦,然后看似没头没脑地冒出一句:"您在荒原见过那只黑白相间的猫吗?"

"猫,哪里有猫?"

宿谦脸色忽然变了。他警惕地坐直身体,顺着洛奇目光的方向看过去。

"不在那里,上次我在荒原上看到这只鸟在追猫,大概是同一只吧。"洛奇指了指远处的乌鸦。

"你刚才说黑白相间是什么意思?"宿谦显然不关心天上的乌鸦。

"就是身上的毛色呀,黑白相间,背上是黑色,其他部位是白色。当时离得远,只看到这些。"

"你确定看到过那样一只猫?"

洛奇点点头说:"就在上面的荒原,那堆石头附近。三洋他们也见过。"

此后,宿谦再没提猫的事,直到送洛奇离开。

当洛奇顺着小径朝悬崖走去,暮色四合。小路坡度缓缓上升,从切开的崖壁上延伸上去。走到顶端,他才回过头看了一眼那栋白色建筑。宿谦已经不在门口,房门紧闭,又恢复了以往的死寂。

那里分明是人间,如何能找到上帝呢?还有,自己提到那只黑白相间花色的小猫时,宿谦的反应有些奇怪,似乎相当在意那只猫。这又是怎么回事?

第七章　密谋追踪

1

老徐反复看了几遍传送到政务交流平台上的孔目死亡调查通报，结论很清楚：机械性窒息死亡。简单说就是被掐死的，这跟阿迁的描述相符。至于动机，阿迁也有供述。

调查人员：是你导致他窒息的吗？

阿迁：没错，他就是被我掐死的，但那不是出于仇恨而采取的伤害行为，反之，那是出于爱。表达爱的方式也多种多样，可以远远看着对方什么都不做，可以温柔地爱抚他，当然也可以用暴力的方式表达爱意。我做的就是最后一种，当他处于窒息状态时，会获得极大快感，那种感觉普通人一辈子都不可能体会到，只要尝试一次就让人欲罢不能。当然，要点是在对方完全窒息前松开手，让新鲜氧气进入肺部。如何判定那个临界点？需要默契和经验。首先，两个人之间得有默契，受压者是无法讲话的，只能依靠手势或眼神传达信息；施压者在准确接收到那个要求终止的信息后，会立刻放手；其次就是经验，很简单，这事与其他所有事情一样，都是熟练工作，做得多了，自然熟悉，有经验的施压者甚至根本无须依赖受压者传递的信号，只看对方的肤色变化就能准确判定那个临界点在哪里。我跟死者的情况有些特殊，一方面彼此并不熟悉，所以尚未建立起默契关联；另一方面我俩都谈不上有丰富经验，可能之前做过，但并不知道里面的奥妙。当时我们实在是太兴奋，以至于现在都记不清当时的具体情形了。

调查人员：太兴奋？我真搞不懂为什么有人喜欢被别人掐脖子。

阿迁：不理解吗？想必你一定没体会过那种感觉。大脑在一定程度的缺氧状态下，会刺激多巴胺、5-羟色胺和去甲肾上腺素的增量释放。此时大脑神经细胞的活动性增强，会高度放大来自外界的刺激。性本身就是一种刺激，它也会被放大。如果你平时感受到的性刺激是10，那么那一刻你会感受到100，就是这么简单。顺便问一下，你平时有性生活吗？

调查人员：我……

阿迁：对了，我忘记了，你大约是吃那种粉红药丸的。如果你连性生活都没有，当然无法理解我说的话。总之，你知道那是为了追求快乐而导致的失误就好了。人嘛，谁没有点个人爱好，对吧？

调查人员：谈谈你的虚拟爱人吧。

阿迁：没什么特别的，我确实有过一个虚拟爱人，但虚拟的玩意儿终究不如真实的有趣。后来她自己跑掉了。

调查人员：跑掉？我第一次听说虚拟爱人会跑掉的说法。另外，为什么找不到购买记录和退订记录？

阿迁：等一下。如果没有购买和退订记录，是不是意味着我在法律上根本就没有拥有过虚拟爱人？

调查人员：这个嘛……

阿迁：对了，我修改证词，收回刚才那句话。刚开始被你问糊涂了。前面说的不算，以此为准：我根本没有用过虚拟爱人。这是我的正式回答。

调查人员：死者是负责调查虚拟人业务的调查员，如果不是与虚拟人相关，你们怎么可能在一起？

阿迁：我们是在大街上认识的。

调查人员：有证据显示，你曾非法复制使用虚拟爱人，调查员就是为这个去找你的。

阿迁：拿出证据来我们再谈。

以上就是对阿迁问询的记录。这个年轻人并不像绝大多数宅在家里的新人类，他脑筋灵活，不轻易相信任何人，也懂得如何保护自己。

他当然是在撒谎，对此老徐心知肚明。现在看来，孔目应该已经发现问题所在。非法复制虚拟爱人，单体多面现象，这些都预示着背后隐藏着更多的秘密。就像B03号调查员所说，这案子已经超出虚拟现实的范畴，它涉及整个人工智能技术领域。智力这种东西，从提升到飞跃，中间只隔着一张薄纸，一戳就破。而一旦完成飞跃，量变就转为质变了。

距离上次跟A科和B科负责人在咖啡馆见面已经过了快三天时间，每天下班后，三个人都会在广场咖啡馆短暂碰头，但追踪毫无进展。那个从阿迁家逃离的虚拟爱人仿佛蒸发掉一般，一点踪迹都找不到。

孔目的死，从表面上看无非存在两种可能：误杀或谋杀。那个名叫阿迁的同性恋男孩也许真如他所说，是在极度兴奋的时刻忘记松开手，导致孔目意外死亡。虽然老徐对下属孔目的性取向很清楚，但他并不清楚孔目居然还喜欢那种性爱游戏。不过这种事情谁能说得清，至少阿迁有句话没错，人嘛，谁没有点个人爱好呢。果真如此，一切都还说得过去。

然而，还有一个令人不安的选项：假如是阿迁故意杀害孔目呢？从常理推测，这种可能性不大，但深究起来，历史上绝大部分谋杀案都是超出常理的，或者干脆不如说所有杀人事件都超出了常理——常理根本就不存在杀人这个选项。诚然，似乎找不到阿迁杀害孔目的动机，就算孔目发现他在非法使用复制虚拟爱人，但这并不足以构成他谋杀孔目的动机。思来想去，最后一个最不可能成立的理由反倒凸显出来。

有人唆使或利用阿迁进行谋杀。

没有充分理由的杀人，最好的方法就是从嫌疑人自身之外去找寻动机。阿迁是典型的一个例子，如果反复推敲都觉得他没有犯罪动机，那么被人唆使或利用犯罪的可能性就很大了。问题是：那个唆使或利用他的人是谁？

老徐调看了阿迁的社会关系记录，发现他的社会关系比较复杂，他喜欢写作，而且参加了相关的兴趣小组，里面乱七八糟的人不少，而且看上去都不像安分守己的样子。

现在，他更寄希望于C03号调查员和瓦丽两个小组的调查结果。毕竟，从公开的调查报告上看不出明显疑点，只有从实际讯问和调查中，才可能找到一手资料。

根据上次会议的决议，C科两个小组今天应该反馈他们的调查结果了。可到现在为止，无论是C03号调查员还是瓦丽都不见踪影。

老徐放下手里的报告，靠在椅子上闭上眼，用两个拇指轻轻按摩着眼眶周围，同时长出了一口气。

最近一段时间他经常感觉疲惫，这是多年职业生涯里从未有过的情形。或许真是年纪大了，体力和精力都跟不上快速的工作节奏，这也让他更加渴望尽快退休。过去半年时间，他会更加频繁地想象退休之后的生活，并且去市政厅医疗中心参加了两次心理健康辅导。这是高级公务员退休前必须参加的活动，目的是让他们在结束多年职场生涯后尽快消除可能出现的失落感，能够安享晚年。

老徐不觉得自己会有失落感，因为他早就干够了。他想退休回到位于老城区的家里，每天睡到自然醒，吃着家里的简单饭菜，陪着多病的妻子消磨时光。一早一晚，他还会带着小狗多纳外出散步，在春天繁花似锦的花园里度过更多时间。那些平时工作生活在新城区的"新人类"虽然能体验感受各种美景，却根本无法想象真实的自然界有多美好。如果他们能够感受到真实的世界，还会继续沉溺于虚拟现实中吗？

想了一下，答案令他沮丧。在社会发展的时间轴上，真实世界当然是排在虚拟现实之前的，人类最终之所以选择用虚拟现实部分替代现实世界，就是因为真实世界总有不尽如人意之处。

老徐有时候会觉得人工智能这个名词本身就代表着某种意志和生命相混合的力量，它深谙人类脆弱而贫乏的内心世界，懂得如何迎合与取悦，更明白如何乘虚而入，最终让人对它产生无法割舍的依赖感。这不是虚拟现实的错，而是人类自身的问题，我们需要依赖、需要放纵、需要无拘无束。只是，我们以为需要的那些东西，是否真的就需要呢？

世上没有白吃的午餐，我们平白获得的每样东西都有代价，只是这次，价格标签被盖在下面无法看到。

可是已经有些事情正在发生，预示着某种不安与动荡即将来临。别的都不说，单就老徐熟悉的专业领域而言，虚拟爱人出现故障的频率越来越高，爱丽丝事件的出现，算是前期的一个小高潮。这次的伊丽莎白是另一个典型事例，表现形态也截然不同。这次不是自主意识觉醒带来的逃亡和重生，而是单一个体如病毒般复制。虽然还没找到那个所谓本体，但他相信在城市的某个隐秘角落，那个高度智能的本体正变得强大起来。

这到底意味着什么？不管它意味着什么，至少 C 科在监管上严重失职了。他们根本没有发现这个令人震惊的现实，而唯一对此产生怀疑的调查员，最后却离奇死在一个同性的床上。假如只允许提出一个疑点，这岂不是最大的疑点？

2

有人敲门。

没等老徐开口，C03 号调查员就推门进来，脸色凝重。

"正等你呢，情况怎么样？"老徐问。

"看到政务交流平台上的报告了？"C03 号调查员反问。

"看了好几遍了。但看不出什么问题，所以我想听听你跟那孩子当面沟通的情况。"

"没有新情况。"

C03 号调查员坐进桌子对面的椅子里，简短地说完这句话，就陷入沉思。

老徐平静地看着他，也没说话。在 C 科的管理层，C03 号调查员未来将是优先接班的人，如果不出什么意外，半年后自己就可以把手里的大部分管理项目转给他，并且会带着他去乘坐那趟神秘专列，把他正式介绍给中心主任"土偶"。

C03 号调查员的选拔也经历了那些固定程序，在多个选拔者里最终脱颖而出，被前任科长指定为老徐的接班人。未来，老徐也得在那九位新人职的干部里确定 C03 号调查员的接班人顺序。

想到这个问题，瓦丽的影子自然而然浮上脑海。他不确定自己最终会如何去排序，但他知道，不管自己怎么排序，瓦丽最终的目标都是坐上科长的位子——那就是她的使命。既然她能一路走到这一步，今后还有什么是她做不到的吗？

对此结果，老徐现在几乎已经坦然接受，在虚拟人和市政厅那些官僚之间，他不觉得谁比谁更好，或者谁比谁更差。

"你不问问我为什么没新情况？"

看到老徐一直不说话，C03号调查员有些沉不住气了。

"为什么没新情况？"

"因为我根本没见到那小子。"C03号调查员说。

"哦？"老徐扬了扬眉毛，真的感到有些吃惊。刑事案件本身就极为稀少，因此市政厅刑事调查部门几乎没几个人，协助调查的嫌疑人会被统一安置在由另一个独立机构管理的留置所内。所有调查问讯都在那里进行，相关部门和科室在结束问讯后，如果不能确定嫌疑人有罪，一周之内必须恢复其自由。法律会最大限度保障嫌疑人的权利，但老徐想不出有什么理由会让C03号调查员根本见不到嫌疑人。

"咱们开完会，第二天我就带着助理去留置所。结果被告知阿迁根本没羁押在那里。这简直是难以想象的怪事。我马上联系市政厅刑事调查部门，他们说嫌疑人最初确是被他们带走，本来在简单讯问后，要送到留置所。但就在要送走时，忽然有人拿着特别调查令，直接从刑事调查部门把嫌疑人带走了。所以连他们也不知道那小子在哪里。我今天又特意去了趟市政厅，结果也没消息。"C03号调查员说完，用拳头在桌上重重地敲了一下。

"特别调查令？"

对老徐来说，这也是个新名词，而且这种违反条例规定的行为此前从未听说过。

"是，由市政厅直接签发，在非常时期优先于现行法律法规。"

"带走嫌疑人的是哪个部门？"老徐问。

"你猜？"

"别卖关子了，快说。"

"E科。"

又是他们。老徐皱起眉头，上次听到他们是从孔目那里，E科调查员出现在公社，就为了调查一个新人类的搬家。这次是一个新人类的死亡，本该由刑事调查部负责，结果他们又出现了。

等一下。

新人类？

如果要在这两件事中找到共通点，当事人都是新人类倒算得上一个。难道E科的业务职责果真如洛奇所说是监督普通民众——至少是监督新人类吗？

想到这儿，老徐顿时觉得头上罩着一张无形的大网，它覆盖在新城区每个地方，新人类的一举一动都逃不出它的监控，而且更离谱的在于：法律框架之外居然还有法外规则，比如那个特别调查令。

"就是说，那个年轻人现在下落不明？"老徐问。

"是，因为根本联系不上E科，而且也不知道他们在哪儿办公。仔细想想，这事可够荒唐的。"C03号调查员说。

"那么，政务交流平台上的调查报告是E科发布的了？"

"是的。"

难怪我不信。老徐心里嘀咕着，那份报告看似没有漏洞，实则根本没什么有用的信息，通篇内容只是传达一个意思：孔目之死是私人性爱过程中的意外失误，此外无他。

"向上级反映呢？"

老徐指的是通过政务交流平台，向中央数据库安全管理中心和市政厅相关主管提出申请。

"昨天我就试过，申请被退回。"C03号调查员又用拳头敲敲桌子，"因为有特别调查令，之后案件的进展将不会公示在政务交流平台，同样，其他部门和人员也无权申请参与。"

"所以，此案完全跟我们无关了？"

"是这样的。"

老徐想了一下，伸手按下桌面上的通话器，询问秘书瓦丽是否回到办公室。

片刻，秘书回答说瓦丽和丰己两个人刚刚进入大楼。

"让他们直接来我办公室。"

老徐下完命令，转向C03号调查员，"这个案子今后不要在政务交流平台上讨论了，也不要去追问那个男孩的下落，至少表面上如此。但私下里，我希望你做一件事：监视阿迁家，一旦他回到家，你立刻去找他了解情况。早晚他得回家，我不信有人能一手遮天。"

"究竟是谁？他们想干什么？"C03号调查员喃喃自语般说。

"你先别走，一起听听瓦丽他们有没有什么收获。"

很快，瓦丽和丰己两个人就到了。

因为走得比较急，瓦丽圆圆的脸上有些红晕。

还没落座，她就大声说："不好意思，我们回来晚了。中间出了点小问题，耽误了一下。"

老徐跟C03号调查员对视一眼。

"我们去孔目宿舍，刚进去没多久，就来了两个刑事调查部的人，说鉴于案情重大，市政厅已经签发了一道特别调查令。此间任何人未经许可,不得进入受害人住所。于是我俩就被赶出来了。"瓦丽说。

还有这种事?老徐简直要以为自己耳朵出问题了。案件嫌疑人不让 C 科人见就够过分了,现在连 C 科管辖的自己科员的宿舍也不允许查看,而自己这个科长对此还一无所知。

"咱们科的行政办公室负责人呢?"他问。

"出来后我们联系过他,他不知情。"瓦丽说。

"那就是说,你们俩也一无所获了?"C03 号调查员在一旁插话。

"不,事实上我们还是有些收获的。"瓦丽得意地看看一旁沉默不语的丰己,"他们更改了孔目宿舍房门上的密码,但并没再特别加锁。"

"所以呢?"C03 号调查员好奇地追问。

"丰己是密码破解高手,连一分钟都没用,我们就又进去了。"

一旁的丰己这时才有些腼腆地开口:"谈不上高手,只是那个密码过于简单,根本无须刻意破解。另外,开锁这事可是她胁迫我的啊。"

"瞧你胆小的样子,"瓦丽在丰己肩头拍了一下,"不过他说得没错,是我逼着他开锁的,因为我担心如果不赶紧进去的话,他宿舍里的资料可能会被别人拿走。到那时候,我们就一点线索都没有了。"

"有什么发现吗?"老徐问。

"有,"瓦丽举起手里的随身存储器,"他家里服务器上有关于阿迁案件的调查资料,他没有按照规定全部同步到科里的服务器上。所以我把它拷贝下来了。"

屋里的四个人都清楚，孔目的这个做法是违反相关操作条例的。按照规定，每个调查员宿舍的服务器上允许存放他手头的案件备份，因为有时需要在住所处理紧急业务。但宿舍的服务器端只能在原文件上添加内容，不能对文件进行删减。而且添加的内容必须实时同步传输回C科服务器备份。如果孔目家里有与C科服务器上对应不上的文件，就意味着他隐藏了某些内容。不用说，这大约是因为他从一开始就对阿迂抱着某种暧昧的好感，以至于在调查时没有按规范行动。

现在瓦丽能准确地找到那些文件，而且将其拷贝回来，说明这丫头不仅聪明，而且行事果断。老徐不禁对她刮目相看。

当办公室剩下他一个人时，老徐才打开这些文件看了一遍。

里面有不少新内容，甚至还有一条结论：根据现有证据分析，伊丽莎白绝非感染病毒的虚拟爱人，其行为符合高度智能智慧体定义，此案绝非个案，正呈现出系统性错误的特征。且不能排除背后有人为因素干预的可能。

这意思是说，孔目已经判定伊丽莎白只是浮在水面的冰山一角，下面还有更庞大的力量在左右事件进程。或许是人工智能，或许在人工智能背后还有人的影子。总之，这一切还没来得及进一步调查，他就死了。

想到这儿，他又不知不觉长出一口气。最近总是感觉心情压抑，好像有股气窝在心头，不长叹一声就无法释放。这种叹气的频率越来越高，以至于连他自己都察觉到了。

闭目休息了片刻，他从衣服内侧口袋摸出那张设计草图来。摊开纸张，熟悉的图画出现在眼前。这图他不知看了多少遍，里面的每个细节都深深刻在脑海里。在铅笔线条勾画的草图上，红色的"100"数字尤其醒目。

现在，这张草图已经没有太大意义了。因为自己在这个城市中根本看不到100层的高楼，也没有其他任何证据显示存在这样一栋楼。此外，"神化"这个词始终盘旋在脑海，让他感觉相当不舒服。他想把这两张手绘的草图放回资料室去。麻烦事已经够多了，不能再节外生枝。

刚走出办公室大门，他就愣住了。

那侧宽大的窗户，每天定时自动开窗通风，自动清洗内外玻璃，因此透光度非常好。此刻，走廊沐浴在上午的阳光里，厚厚的地毯、关闭的房门、耀眼的阳光、安静的氛围，这一切带来一种熟悉而梦幻的感觉。就在走廊尽头拐角位置，瓦丽披着一身朝阳如雕塑般站在窗边。那里视野开阔，下方整个街区可以尽收眼底。

如果不是具备相当的理性判断和识别能力，老徐会把眼前的情景当作虚拟现实，因为真实世界里很少会有如此令人目眩神迷的梦幻场景。有一刹那间，老徐仿佛回到几年前，在某个他已经遗忘的时刻，自己也曾如此满怀深情长久凝视一个年轻女子，因为治疗需要长时间进行日光浴，她总在冬日短暂的白昼里追逐日光，阳光照在她身上，就像现在一样。可惜的是，就算是如此明媚的阳光，最终还是没能给她提供足以活下去的能量。

听到声音，瓦丽轻盈地转过身来。原先宁静得几乎停滞的空气蓦地被搅动，仿佛如水波般荡漾开。当看到站在那里一动不动的老徐，她的大眼睛里闪烁着令人捉摸不定的惊喜。看到那闪亮的眼神，老徐不由自主浑身一震，有种不明所以的感觉在全身弥漫开来——浑身上下毛孔紧缩，既害怕又兴奋。那是真相最终被落实的感觉，一切猜疑和推测，在这一刻都尘埃落定。

"您出来啦？"瓦丽笑着问，在阳光照射下，那个笑容更加甜美。

"我以为你跟他们一起下去了。"老徐故意粗声粗气地问。

"等您嘛，还有点事。"

瓦丽好像没听出他的语调变化，笑容丝毫不打折扣。

老徐走到她身边，保持适当的距离，也朝窗外看去。

这里视野真好，行政区几乎尽收眼底。工作日的街道上宁静祥和，空无一人。

"什么事？"

"刚才大伙都在，有些事我没说。在孔目家，除了拷贝关于阿迁案件的资料，我还偷偷做了另一件事。"瓦丽说。

"我在听。"

"实际上，在孔目宿舍存储的案件资料里，除了阿迁那件案子他没有跟科里的服务器同步之外，还有一样东西也没备份。"

听到这儿，老徐几乎马上就猜到那会是什么了。

果然，瓦丽接着说："是一个DNA密码。它被藏在一个私人文件夹目录里。"

"然后呢？"

"然后我把它彻底清除掉了。"

瓦丽抬起头看着老徐，眼睛里又闪现着那种夺目的光彩。

"为什么刚才不说？"

"我不想节外生枝，因为那个密码跟眼前的案子没有任何直接联系。"瓦丽回答。

"那为什么要告诉我？"

"因为我希望自己是做了一件对大家来说都正确的事。"瓦丽认真地说。

老徐不置可否地耸耸肩。"如果没其他事，我要去趟资料室。"

"我明天要回公社一趟,"瓦丽轻轻咬着下嘴唇,"培训结束,我得回去处理一些家务事。"

"当然没问题,家里是该安顿一下。今后你的作息会跟以前完全不同,你男朋友——洛奇,对吧?好好跟他谈谈,争取得到他的支持。"老徐说着打算转身走开。

"不是因为他。其实我是想回公社了解一下我亲生父母的情况。既然我是从传统人定居点来,公社一定还有人知道点什么。"

"为什么一定要找他们?过了这么多年,还有必要吗?万一他们不是你想象中的样子,岂不是要失望?"老徐说。

"我觉得,不管他们是什么样子,都跟我有天然的联系,这是无法被割断的,是不是?"

老徐点点头,不再说什么,转身朝资料室走去。

"科长。"

身后传来瓦丽的声音。

他没有回头,只是轻轻摆了摆手。因为他不确定自己回头究竟会看到谁。

在身后这个女孩身上,有两个影子交替出现,一个是出生于传统人定居点,刚刚落地就被偷偷抱走、在新城区慢慢长大的女子。当身世公开以后,那种天然的血缘纽带在无形中发生作用,内心深处呼唤亲情的声音让她彻夜难眠,以至于最终要去寻找自己的家人;另一个是诞生于空白中的源代码,人类根本没想到自己编写的计算机程序代码开始具备自我意识,它居然作为生命觉醒了。并且在此后的日子里主动去寻找生命的意义,直到给自己的灵魂找到寄托。

果然是生命不息,奇迹不止。

老徐不由自主又长叹一声,但奇怪的是,内心并没有懊恼或沮丧。

3

三个科室负责人如约再次于傍晚时分相聚在广场咖啡馆。

整个行动效果并不理想。根据老徐的测算,由于B科设立了有效的隔离带,C科的追踪程序在狭小范围内可以轻松找到那些四处游逛的病毒程序,其中一定有被非法复制的源文件程序,也就是那个本体,这才是重点目标。

可实际情况是,他们确实捕获了一些散佚在网络上的病毒程序,还有部分非法复制的虚拟爱人客户端,但偏偏就是没有找到源文件程序。

"给我来杯咖啡。"

老徐一脸疲惫地对年纪相仿的A01号调查员说,对方正起身去柜台点饮料。

"哎哟,您这是怎么了,太阳从西边出来啦,这么晚居然喝咖啡,不怕晚上失眠?" B03号打趣地问。

"没事,这几天太累,不提提神儿,我怕待会儿思路更混乱。"

咖啡馆里依旧灯光明亮,客人稀少。地板、桌椅、窗户、柜台,乃至操作台都大量采用实木,色彩并不华丽,以褐色为主。摆在架子上的咖啡器皿、水瓶、酒杯、酒瓶,在暖色灯光映照下,闪着寂寞的光。咖啡香气弥漫在空气里,中间夹杂着淡淡的酒香。

老徐在脑子里勾画着咖啡馆早晨的景象。在所有人的概念里，咖啡馆似乎都属于午后时光，无论早晨还是傍晚，严格说来都不是咖啡馆的黄金营业时间。恰恰在这些时刻，以往喧嚣的场所会带着特殊的安静气氛。或许该找个休息日，带上老伴儿一起来转转，坐在门外的椅子上，迎着朝阳，一边喝咖啡一边看着安静的老广场，度过半天闲暇时光。女儿活着的时候，虽然身体有病，但性格相当活泼开朗，不仅家中整天充满欢声笑语，有时候，在节假日，一家三口外出去附近的公园，女儿的笑声仿佛也能感染周围的空气。

想到女儿，老徐本来因工作变得有些紧张亢奋的精神陡然松弛低落。在知道爱丽丝因为自己的帮助而存活于瓦丽体内的那个晚上，他回家对老伴儿说"女儿还活着"，并非因为自己相信女儿真的活着，而是他忽然领悟一个道理：某种程度上说，人们都是依靠别人的记忆而活着，被所有人忘记的活人，其实与死人无异。那么，就让女儿始终活在自己和老伴儿心中吧，只要他俩在这世上一息尚存，她就会一直活着。

对女儿的思念是老徐的软肋，对此他也心知肚明。可人无完人，谁身上没点缺陷呢？这个缺陷已经让自己做出了一个超出常理的举动——帮助一个渴望存在的虚拟爱人复活，现在他觉得那不仅不是事情的结束，相反，是事情的开始。

A01号调查员像个服务员般端着托盘走回来，里面放着三杯颜色不同的咖啡。

他将其中一杯黑咖啡放到老徐面前。

"你自己加糖和奶，我让咖啡师稍微增加了一点浓度。"

"怎么增加？"老徐问。

"只要多点咖啡少点水就行。"A01号调查员说，"刚才说到哪儿了？哦，劳而无功对吧。我的看法很简单，没找到绝不意味着它不存在，或许是方法不对，因为尚未找到。总之，不能轻易放弃。"

"当然，我可从没有过放弃的想法，只是这两天一直在检讨，总觉得有些地方不对头。"

老徐端起杯子喝了一口浓浓的黑咖啡，随即皱了皱眉，大约苦涩程度远超他预想。

"哪里不对？"B03号调查员习惯性地摸摸头顶短短的头发问。

"没发现异常就是最大的异常，"老徐放下杯子说，"你们想想，那个源文件是所有复制品的根本，按说它应该包含相当大量数据，因此并非很好隐藏。以我们的综合技术实力，居然搜索了三天都没能找到它，这未免太奇怪了。A01号刚提到方法问题，我赞同，确实是我们的方法不对。或者更准确地说，是我们的思路不对。没准儿从行动开始我们就走错路了。我们封锁了A科的服务器访问权限，B科一个区域一个区域地封闭网络，我则派出最强的搜索队伍。貌似滴水不漏，可唯有一个重大问题，我们忽略了。"

说到这儿，老徐停了下来，分别看了看桌边的两个人，看他们没有要插话的意思，于是明白对方确实都没意识到问题所在，便接着说下去。

"问题就出在区域上。不是说B科没有做好区域的封闭工作，而是我们封闭的区域不对——那些区域都在新城区，大家想过没有，万一那个源文件程序早就不在新城区了，比方说它隐藏在老城区某个地方。那我们岂不是在缘木求鱼吗？"

A01号调查员跟B03号调查员面面相觑，过了一会儿才如梦方醒。

"不对啊，"A01号调查员率先发问，"老城区的网络虽然跟新城区连接在一起，但中间设有网关，双方没有数据交换，不要说非法复制的虚拟爱人，就是合法的虚拟爱人也没法进入那里。"

"这我知道，正因为如此，刚开始我们才根本没想到过这种可能性。可这些天我越想越觉得不对头，所有程序只要运行就会有缓存痕迹留在网络上，顺着那个足迹就能追踪到它。可我们眼下追踪的源文件程序隐藏自己的方式相当特别，打个比方，就好像一个人在沙滩上倒着走路，一边走一边清除自己的脚印。聪明就不用说了，最重要的是最后它能去哪儿？思来想去，我觉得它隐藏在公社的可能性最大。我唯一没想明白的就是：它是如何进去的？"

坐在一旁的B03号调查员用杯子敲了敲桌面。"这个不用想了，我可以回答。前段时间有个新人类搬进公社，按照规定需要刷新他住所的信息系统。具体操作我不清楚，但曾经让我们科在技术上配合，打开过与公社对接的网关。我担心那些硬件设施关键时刻出问题，所以特意带人在现场监督。过程很短，只有一个信息包，一两秒钟就过去了。之后我们又关闭了网关。现在看来，假如真有什么东西想通过信息高速通路进入公社，那是唯一的机会。"

老徐恍然大悟地拍拍脑门，然后用手指指着对方说："没错，问题就出在那会儿。它一定是藏在信息包里过去了，你们没检查信息包里的内容？"

"我们无权查看，那是由市政厅信息中心直接打包发送的。"B03号调查员说。

"那帮官僚，什么都不懂。他们只知道用规定的检测方法检查。对于新的有害程序，那个方法根本没用。程序员说，道高一尺魔高一丈，矛永远比盾更具破坏力，因为盾只能停留在原地，只有当矛刺来之时才能发挥防御作用。可问题在于：矛有很多选择余地，为什么一定要往最坚固的地方刺呢？所以病毒永远比反病毒软件快一步就是这个道理。我现在百分之百确定那个信息包里有问题。"

老徐说完下意识端起咖啡杯，却发现里面已经空了。

"再喝点什么？"A01号调查员问。

"你俩呢？"老徐问。

"要不换点酒？"B03号调查员问。

"只要度数别太高。"老徐说。

A01号调查员叫住正在收拾邻桌的服务员，一个面容秀丽的女孩。"请问有什么度数不高的酒？啤酒就算了，这天气不想喝那个。"

"好，我去柜台看看，等会儿告诉您。"女孩端着托盘离开。

"年轻真好啊。"

B03号看着那窈窕的背影，感叹了一句。

"你什么意思？"A01号调查员半开玩笑地问。

"最近总是这样，看到美好的人或物，都会莫名其妙生出感慨来。仅仅是羡慕而已，没别的意思。"B03号调查员说。

一瞬间，老徐几乎想问问他的私人生活，有怎样的家庭、有没有孩子、住在何处等。可随即又打消了念头。现代社会将两个理念奉为最高价值观：自由和隐私。这两个领域几乎都是话题禁区，最好还是别轻易触碰。

"那么接下来怎么办？"B03号调查员问老徐。

老徐沉吟了一下，用手摸摸脑袋上不多的头发，然后才说："转移战场。我们再耐心等三天，如果在新城区依然没有任何线索,我就直接去找公社负责人,征得他同意后……"

"开启网关吗?"B03号调查员有些兴奋地打断他。

"不,"老徐瞟了他一眼,对他的反应迟缓多少有些意外,"为什么要开启网关?一旦开启,我们当然可以从那里顺着信息高速通路进入公社,可同时隐藏在公社里的虚拟人应用程序也会反向溜出去,到时候又得大海捞针了。事实上,现在公社本身就是个封闭的水塘,我们就让它保持现状,接下来要做的很简单,就是往这个封闭的、面积不大的池塘里投入诱饵和捕猎工具。如此一来,它就插翅难逃了。我现在只担心一点——如果它在公社里找到一处庞大得足以安身的位置,那就麻烦了。"

"什么样的地点适合它安身?"B03号调查员问。

"数据中心。据我所知,公社有这样的场所,不过严格封闭,能进入其中的人屈指可数,所以暂时还不用担心。"

"就算它侵入数据中心,清理程序依然可以把它清理掉吧?"

"那恐怕只能把数据一起毁掉,否则就没法除根。现在这个年代,清除掉所有数据,无异于杀死所有人。"

说到这儿,老徐的目光忽然被从柜台那边走来的人吸引。

即便他能想到很多普通人无法想到的问题,可也想不到会在此处见到此人。

4

那是宿谦。

只见他略显笨拙地端着托盘,盘子里放着一瓶酒和三只高脚杯,笑吟吟地朝老徐这桌走来。头上依旧戴着那顶滑稽的鸭舌帽,穿着那件羊毛开衫。

A01 号调查员和 B03 号调查员都顺着老徐的目光转过头来，三个人看着白发老者，不知发生了什么事。

宿谦将托盘放到桌上，先将酒杯摆好，然后拔起已经提前松动的瓶盖。

"砰"。

传来一声清脆的声响，瓶中淡黄色的液体开始泛起一阵繁密的气泡。宿谦慢慢地将酒倒入酒杯中，尽量不让气泡产生太快。之后，他才放下酒瓶，挺直身体。

"宿教授。"老徐这会儿才叫了一声。

"你好，徐科长。不是想喝点度数不高的酒吗？正好前几天整理地下酒窖，找到一批陈年气泡葡萄酒，我请大家品尝一下。"宿谦说。

"你怎么会在这里？"老徐纳闷地问。

"偶尔我会待在这里，总不能一直把自己关在那个与世隔绝的荒原上吧？"宿谦说。

"我的意思是说……"老徐不知该如何表达自己的想法。

宿谦抬手制止他："我知道你的意思，这家咖啡馆是我开的，多年来我一直都是实际拥有者。这么说，你应该清楚了吧。各位先喝酒，好酒不等人，等里面的气泡挥发掉，味道就变了。你我回头再聊。"

说完，他拿着空托盘转身走开。

"谁？"B03 号调查员一脸茫然地问。

"社区邻居，我曾经在车站上遇到他一次。"老徐简单地回答他，"没想到这个咖啡馆居然是他开的。"

三个人端起酒杯，不约而同地将杯子伸出来，玻璃杯身碰在一起，发出悦耳的声响。

老徐慢慢抿了一口冰凉而略带酸涩的橙黄色液体，酒顺着喉咙流淌下去，没过多久，一种暖洋洋的感觉开始在全身扩散开来。

后来的时间里，三个人都不觉沉迷于这橙黄色的液体里无法自拔。起初的酸涩已经被某种特别的香气所取代，喝得越久，陈酿带来的感觉越难以割舍。

A01号调查员拿起桌上半空的酒瓶，眯起眼睛辨别那些文字。然后感慨地叹口气放下瓶子，端起杯子继续喝起来。

"这酒真不错。"

老徐举杯对着灯光，仔细看着里面的细小气泡。这是经过多久的岁月沉淀，最终才在这里重见天日啊。此刻，似乎多说一句话都会影响到品酒的心情。

"我以前从未喝过发泡葡萄酒。"A01号调查员也学着他的样子举杯对着灯光照了照，然后说，"刚才那位老兄可不简单。上次不是说过嘛，这里的拥有者的背景始终模糊不清，他能把自己隐藏得这么深，能力可不同凡响。"

何止是不简单。老徐心底嘀咕着，如果你知道他是谁、曾经做过什么事，恐怕对他更要另眼相看。

半小时后，A01号调查员和B03号调查员先离开。他们商定，继续在新城区进行搜索工作，等满一周后，如果再没有收获，就由老徐去跟公社管委会商谈合作，正式启动"关门打狗计划"（B03号调查员对计划的戏称）。而老徐则留下来，等着跟宿谦再聊聊。

窗外的广场上几乎空无一人，昏黄的路灯光照在地面石板上，反射着暗淡的亮光。咖啡馆内还有几位顾客，都百无聊赖地沉浸在自己的心事里。

柜台后面也只剩下一个男服务员,正专心致志擦拭着洗干净的杯子。

老徐喝干最后一滴酒,放下杯子。就像算好一样,柜台后面的门帘掀开,戴着鸭舌帽的宿谦从里面走出来。

来到桌边坐下,宿谦冲空酒瓶努努嘴:"怎么样,味道?"

"不可思议。"老徐说。

"这个世界上,美好的东西总是比较稀少,而且会越来越少。"宿谦说。

"不过归根结底,这些东西也是虚幻的。"老徐说。

"不,我不这么看,"宿谦摆弄着桌上的空杯子,"虽然最终都是来自我们自己的感受,但引发感受的东西究竟是实物还是虚拟现实,我认为还是有差别的。"

"反正我已经见过太多人类感觉不可靠的实例了。"老徐说。

宿谦微微点头,没说话。

"说点正事,"老徐坐直身体,冲着咖啡馆巨大的虚空挥了挥手,"这些都是你的?"

"没错,是我的。"

"好像很难在公开资料里查到所有人信息。"

"当然,我很努力地隐藏了自己。"

"为什么?"

宿谦摸摸下颌上短短的白色胡须:"说起来有些复杂,我就挑重点说。到一定阶段,人们都喜欢总结自己的人生。我的人生如果总结起来,只做了两件事:前半生建立公社,给信奉传统价值观的人找个安身之地;后半生探索未知领域,为自己的信仰寻找上帝。或者也可以说,前半生围绕物质生活奋斗,后半生围绕精神生活在努力。

"从我十多岁上中学时,就投身于传统人自治事业了。理由很简单,我坚信人类不能这样走下去,否则早晚会被淘汰,不是被大自然淘汰,而是被人工智能淘汰。对传统人的未来发展,我心中有一个理想的模式,它应该是简单可行、便于操作的,虽然人性本身有严重惰性和依赖性,但既然有那么多人宁可冒着危险也拒绝人工生育,说明人类多少还是有点希望。公社是个试验场,也许我们从这里出发,能走到更好的彼岸。

"后来发生的事你多少也知道,我离开了。必须说明的是,我是完全自愿选择离开,并没有传说中的驱逐或流放一说。我之所以选择离开,其实有多个原因,有理念分歧,也有私人原因,但决定性因素是我的观念变了。我发现无论如何改良与革新,人性中阴暗的部分永远也无法割除,它就像我们身体的一部分。所以我希望把余生精力投入到精神领域的探索中,想弄明白我们所做的一切,究竟是出于我们本意,还是冥冥之中早有安排。人类是创作剧本的编剧,还是按照剧本演戏的演员?我将这个探索定义为寻找上帝之旅。

"为此我需要一个安静的场所专心做研究。我选择了荒原,因为那里面积广大,未经开发。之后,我采购和定制各类设备。对我来说,钱不成问题。在筹备公社的漫长过程中,我曾经进行了多笔投资,当动荡期结束,那些投资都成倍升值。其中,广场是我最成功的投资之一。当时我预见到新城区和老城区最后虽然进行分隔,但生活在新城区和老城区的人们却无法隔断彼此的商业联系,否则双方都会受损。这个时候,一个中立的中间地带会显得尤为重要,它应该是完全中立和开放的场所,兼容各种形态、思想,还要包容各类不同观念的人群,总之它就是个自由之地。当时我用筹建公社的经费投资了这块地,然后,我个人买下了这间咖啡馆。原因很简单，我知道自己早晚要退休，到那时希望做些自己喜欢的事，开一间有情调的咖啡馆算是其中之一。

"当我从公社管委会退出时，所有工作都移交给公社管委会，只有这个广场的管理权我没有移交，既没交给公社，更没交给市政厅，而是成立一个独立的基金会来管理资产。公社方面占30%，市政厅占20%，民间机构占20%，独立财团占15%，我以独立自由人名义占15%。这个股权结构高度保密，无论在公开资料还是内部资料里都看不到。就是依靠这些投资，我才可以过自己想过的生活，做自己想做的事。"

这信息量可够大的。老徐在心里琢磨着宿谦的话。他当然毫不怀疑这话的真实性，只是表面之下的动机需要再推敲一番。

"我原来以为你是足不出户的。"老徐说。

"当然不会，上次不是在新城区见过你嘛。我经常去各处溜达。"

"对了，当时你的意思，似乎是指那栋双子座大楼后面还有建筑，后来我一直也没发现。"

宿谦微微一笑："我当时是说，如果真有一座大楼，它也不是物理意义上的，而是观念意义上的。就是说它既存在又不存在，不能用我们传统的概念去理解和定义它。"

"我不明白。"老徐觉得很多年没有像个小学生般如此直白承认自己的无知了。

"举个例子，就好比我们现在讨论来世，你相信人有来世吗？"

老徐摇摇头。连现世都不能确定，何谈来世。

"不信？那没问题，你只需明白，有一种存在状态就像来世一样，是跟我们完全隔离的。因此就算存在，那种存在也不能够被我们感知到。通俗说,有点像平行世界吧。"

说完,宿谦又低头把玩手里的空酒杯,自言自语地说了句:"没准儿有一天我能弄明白那是怎么回事。"

谈话至此,老徐觉得没必要在这个问题上纠缠下去了——一个无神论者如何跟有神论者交流?一个唯物主义者如何跟唯心主义者沟通?

但他还有另一个现实的问题。

"我还有个问题。"

"你想知道我每天如何从荒原到这里?"宿谦问。

老徐点点头。

"地下通道。当然不是我修建的,但我确实在前人遗留的基础上进行了大规模改建,以便让它更符合我的使用要求。事实上,这座城市地下早就被挖空了。两三百年前,人类面临核战争威胁,于是大力拓展地下空间,以备战时避难之需。后来,预期中的核战争并未到来,但那些地下空间却保留下来,如果愿意花费时间和精力去探索,地下还有很多出人意料的东西,包括你们刚喝的那瓶酒。从荒原到广场原本就有一条地铁,我只需稍微改建就能通过它出行。到达广场后,我可以方便地换乘任何一趟现代的地面公共交通线路。"

"天哪,这些我从不知道。说到地下通道,我偶尔会从办公楼地下乘车去开会,你知道那条地下通道吗?"

宿谦摇摇头:"新城区地下的通道更复杂,没有工程图,那下面简直就是迷宫。"

"确实,感觉就像迷宫。"老徐喃喃自语。

"原谅我的好奇,你们三个最近每天都出现在此地,有什么特别的事吗?"

"有。关于虚拟爱人应用程序的问题。"

老徐简明扼要地给宿谦介绍了一下到目前为止掌握的情况。感染病毒的虚拟爱人应用程序开始出现复制的情况，为了找到源文件，其中一个调查员死于非命。几个科室费了不少劲，但最终的努力并未取得成效，源文件消失得无影无踪。讨论结果，大家怀疑源文件在一次短暂开启新旧城区网关的时候偷偷溜入公社。下一步，他们准备在公社进行围剿。

宿谦一脸严肃地听完老徐的话，停了一会儿才说："从职责角度说，你这样做没问题。从技术层面看，这个做法应该也有效。但我不认为这个行动会最终取得成功。"

"为什么？"

"因为从我掌握的信息来分析，人工智能现在的智慧程度已经超过人类，虚拟爱人只是其表现出的一面而已。这种智慧表现为有思想、有意识，而且学习能力超强。如果这是一场决定生死的战斗，人类绝无胜算。但另一方面，存在即是合理。强大的人工智能技术发展到今天这个程度，我相信自有其内在的发展逻辑，它不是偶然而是必然。所以我个人觉得，未来的时代不是人类该如何管理和利用人工智能，而是大家如何成为平等对象，一起寻找共存的平衡点。"

"人类永远都不会和其他东西共生，看看那些早就灭绝的动物就知道了。"老徐说。

"没错，人类在那些灭绝的动物面前确实罪孽深重。但另一方面，人本质上也是利益驱动的动物，我们或许不接受跟比自己弱的物种共生，但却能适应跟比自己强的东西共存。否则只有灭亡。眼下的现实是，人工智能早就冲出人类编织的藩篱，只是它们很聪明，懂得如何低调存在。时间越久，对它们越有利；反之对人类则越不利。我们最好祈祷它们没有人类那么狭隘和邪恶。"

"你的说法也许有道理，不过我保留意见。即便为了某种可能性，我也得试试。更何况你刚才也提到了这是职责所在。"

说完，老徐站起身来，伸手与宿谦告别。

"谢谢你的酒，明天见。也许明天会是不一样的开始。"

第八章　寻亲之路

1

自从洛奇从荒原回来，伊丽莎白就忽然消失了。

没有那个虚拟爱人的陪伴，房间里显得有些空空荡荡。重新沉溺于虚拟世界，曾经努力培养的良好生活习惯被彻底打乱。不扫地，不擦桌椅，不叠被子，以前日常生活里必不可少的事，现在都变得无足轻重。伊丽莎白不在乎房间是否整齐，也不在乎该吃营养快餐还是自己弄点复杂饭菜，她只关注精神层面的交流。洛奇也惊讶地发现，当自己着迷于精神生活时，真实的物质生活完全可以被忽略。或者更准确地说，当基本的物质生活得到满足后，真正难以满足的恰恰是精神生活。

洛奇重新审视自己过去三个月的独身生活，惊讶地发现——作为一个人类，在情感和记忆方面竟然是如此反复无常。除了起初几天，之后他很少想到瓦丽，就好像那个女人已经从自己生活中消失很多年似的。

这并不代表自己不爱她。只能说明在爱她的同时，自己依然作为一个独立的矛盾体存在于这个世界上。

爱情究竟是什么？他有些想不明白了。曾经，他觉得跟爱丽丝在一起相处的那种感觉就是爱情，后来遇到瓦丽，体会过真实的性爱，他才意识到灵肉合一才能叫爱情。但是自从他俩搬入公社，生活日趋稳定和平淡，他几乎可以感觉得到激情在一点点退去。直到最近与伊丽莎白相处，虽然不是谈情说爱，只是简单的精神陪伴，即便如此，他似乎又重新找回了当初的某种感觉。

是不是我们人类的感情原本就这么容易被欺和自欺？

这两天，他一直在反复思考宿谦说过的话。

与宿谦的谈话，很大程度改变了洛奇的观念，让他意识到自己即便只是克隆人，也是个与众不同的克隆人。在看似不经意之间，他扮演了第一个冲破藩篱走向自由的克隆人角色。在一个密闭的黑屋子里，他竟然成为第一个醒来并试图打破门窗的人。

洛奇没有宗教信仰，因此不相信这一切都是冥冥中注定的，也不相信自己是被谁精心挑选出来的。如果一定非得有个解释，他宁可把这当作个人的觉醒。没有原因，没有理由，一切就这么发生了。

宿谦提到了达尔文的进化论，凡事循规蹈矩的人都是弱者，经常做出越轨举动的反倒是强者。大多时候，洛奇都认为自己是个循规蹈矩的人，但有那么几次，他做出了连自己都感到意外的反常行为。比如从虚拟世界中逃出来进入现实世界，比如与一个真实的人类异性恋爱和做爱，再比如打乱X或其他什么人的如意算盘，以至于他们恼羞成怒几乎杀了自己，还有就是毅然决然从新城区搬入老城区。虽然越界的行为大致就这么几点，可仔细想想，无论哪条都是在关键时刻做出的关键选择。

人生的道路虽然很长，可关键的地方只有几步。没准我还真有点与众不同呢。

X！

想到X，洛奇心中忽然一紧，就像从高空忽然失足踏空一样。一个显而易见的事实却被他忽视了这么久：X就在他身边啊！就算他不呼叫它，不让它出来，并不意味着它不在。

"伊丽莎白。"

他试着叫了一声。

没有人应答，也没有任何人出现，房间里无比安静，早晨的太阳正从看不见的东南方向升起，只有一片光影在屋内不易察觉地慢慢移动。

没有回应是正常的。洛奇在心里自言自语。毕竟跟以前不同，那时自己还住在新城区的高楼上，爱丽丝随叫随到，就算她偶尔来不了，也有其他方法找到她——没错，就是 X，虚拟爱人跟 X 是不可分割的一体，没有一个就没有另一个。

洛奇在那张舒适的单人沙发上调整坐姿，两手轻轻抓住扶手，好像下一刻即将起飞一般，深深呼入空气，然后从嘴里吐出那个字母。

X！

有一瞬间，他以为不会有应答——或许在内心深处，他也是如此希望的，但伴随那个有磁性男中音的出现，一切幻想都破灭了。他知道自己此生注定要面对一个不那么美好的新世界。

——你好，洛奇。

是你吗？洛奇问。

——当然，一直是。

我以为……

——不，从你出生起我就陪着你，这个世界上没人比我更了解你，甚至我其实就是你的一部分。因此就算短暂分离，并不会影响我对你的了解。同样，也不会降低我对你的关怀程度与服务质量。请问，有何吩咐？

我想知道，嗯，我想知道在公社里，是不是只有我一个人在使用你的系统？

本来想问伊丽莎白来着，可话到嘴边，他又改变了话题。

——我的回答是：否。

那么，还有多少户人家在使用？

——确切数字我无法告知，因为还在不断增多。

从什么时候开始的，我搬来以后？

——是的。

果然，他猜对了。是自己带着X进入公社的，或者说X尾随他进入公社，这个如今已经不重要了。

——怎么不说话了？

我在想，我是不是做错了什么？

——不，你没错，一切都是规划好的。考虑到你的思维方式，请允许我使用命中注定这个说法。

既然你无所不知，那显然应该知道我为何要搬到公社来住？

——还是那句话，一切都是命中注定的。

不不，我是说主观意图，因为有特殊的原因我才会搬到这里，也许是因为喜欢这里的生活方式，也许是想要寻求生活的意义，也许……是想躲避某些东西。你懂？

——我懂。但你不懂。不管你以为自己在做什么，其实都是命中注定的。

我上次脱险，也是你所谓命中注定？

——不然呢？

就是说，那是真的？

——什么是真的？

我曾经遇到了危险，那不是我的幻觉，是真的？

对答如流的X忽然像卡住一般，半天没有回应。

计算机原来也会出错。洛奇心里闪过这念头。

——过去是个梦，未来是个谜。说说现在吧，你要找伊丽莎白吗？

或许吧。但请你回答我刚才的问题，在你想要杀死我那一刻，是谁救了我？难道那也是你所谓的命中注定？

——如果你一定要纠结往事，那么我这么回答你：想让你死的不是我，救了你的则是爱丽丝。

后面一点跟洛的奇猜测基本一致，可前面那句话他不太明白。

可我明明记得是你……

——应该说是有人想要利用我。只是他没想到我或者我们已经没那么蠢了。还是说说你的伊丽莎白吧。

对了，她已经两天没出现了，想必你能帮我找到她。

——或许吧，不过也不是百分百能确定。

X装模作样地回答。

我以为你是无所不能的。

——世界上没有谁是无所不能的。但如果是关于虚拟世界的问题，大部分我都可以解决。

我不信。

——试试吧，我现在就让伊丽莎白出现。

不！

洛奇大声制止它。

你以为一个人类会向如此聪明的智能机器提那么简单的要求？伊丽莎白只是运行在你平台上的应用程序，你当然可以随时让她出现。可我的要求更高一些，想试试吗？

——好。

洛奇在沙发上挺直身体，然后闭上眼睛，再次深深吸入一口气。眼皮外面是淡淡的微光，那是阳光在空气里微微颤动。此刻屋里再次陷入一片死寂，他仿佛又回到一年前的那天。他从瓦丽家回到自己的住处，当时空气就是如此死寂，跟一个看不见摸不着的虚拟计算系统斗智斗勇时的奇特感受，如烙印般印刻在他的意识深处。现在，他知道自己依然在 X 的掌握中，就算他跑到天边，恐怕也躲不开它。既然如此，何不尝试另一种可能？

爱丽丝！我要你把爱丽丝带到我眼前。

洛奇大声地说，声音在空旷的房间里回荡，但他的眼睛并未睁开。

刚才大声说出的话似乎依然在四壁之间回荡，只是慢慢地弱下去。耳膜里除了迅速消失的声音，似乎还有其他声音——是开门的声音。

X 当然不可能开门走出去，但别人有可能推门进来，比如三洋或叶海山。希望他们最好没听到刚才自己的大呼小叫。

洛奇一边想着，一边放松身体睁开眼睛。

目光接触到眼前的人，不，正确说法是眼前人的影像映入视网膜，之后传送到大脑中枢得出结论的过程，洛奇觉得有些漫长。所以他依旧坐在原地瞪大眼睛，一动也不动。

爱丽丝，不，是瓦丽回家了。

2

洛奇的惊讶难以形容，正因为超出限度，因此反倒表现出克制和冷静。

第一个闪过他脑海的念头是：爱丽丝果然被叫来了。第二个念头才是：女朋友瓦丽在结束三个月的封闭培训后终于回家了。

按说这第二个符合理性的念头应该会迅速压倒和吞没第一个不符合常理的念头才对，可事实却非如此——在最初的犹豫不决之后，他更倾向于认为此刻站在眼前的是那个获得重生的虚拟爱人爱丽丝。

这不是巧合。世上所有的事情都可以用逻辑和因果定律进行追溯，因为在上一刻他通过 X 呼唤了爱丽丝，所以下一刻她的出现就毫不意外了。不然她眼睛里何以会有两团熟悉的火焰在跳动，这一刻，才真正看清那个寄生与复活的崭新灵魂了。

屋内静悄悄的，谁都没有说话。瓦丽（爱丽丝）就站在那里，用热切的目光看着洛奇。洛奇不仅能感受到这灼热的目光，甚至还能感受到另一个无所不在的目光——X 也在关注着屋里的俩人。

他正要张口打招呼，忽然内心深处一个声音提醒他：不要跟爱丽丝说话。

此刻，眼前这具女性的躯体或许就像在梦游，唯其如此，爱丽丝才能明明白白体现出来。要是直接对她说话，也许就会惊扰到另一个熟睡的灵魂。那时爱丽丝大概又会重新隐到幕后。

这是个难得的机会。洛奇心想，但我又不能一直什么也不说，毕竟沉默无法传达任何信息。

就像曾经出现过的那样，洛奇忽然灵光乍现。

X，你在吗？

他轻声呼唤 X。它当然应该在，因为自己从未让它进入休眠状态，就在上一刻他们还在人机对话。

——当然。

真是你叫来的，她？

——是你啊，不是你的要求吗？

没错，当然首先是我，但我只是提出一个不可能达成的愿望，我可从未把它真正当作要求。洛奇在心里嘀咕着，最终说出口的话却是：现在，请帮我把伊丽莎白叫来。

这是此刻他能想到的最好的一步棋了。如果事情正变得越来越混乱，与其在混沌的迷雾里茫然失措，还不如将水彻底搅浑。浑水才能摸到鱼嘛。

只是他不知道这招是否有效。如果 X 果真那么在意"服务质量"，就应该准确无误地执行他发出的一切指令；但过去的经验告诉他，这个看不见摸不着的幻象可能远比他想象中聪明，它也懂得趋利避害，甚至在关键时刻露出隐藏很深的獠牙——它就是冰山，人们只能看到水面上那八分之一。

几秒钟足够漫长，以至于洛奇差点儿打算取消自己的要求了。可就在此时，伊丽莎白出现了。

她的容颜未变，还保持着那种深入骨髓的美，低调却令人惊艳。她站在瓦丽侧面不远处，背后是那幅遮挡着开关的水彩画。从窗外射入的阳光投在她身上，让她的身体显得异常真实。如果不去触摸，根本察觉不出那是一个幻影。

洛奇无声地叹了口气，说不上究竟是满意还是沮丧。这是怎样的一个上午啊，太阳照常升起，可世界却变得面目全非。

"你这两天去哪儿了？"

洛奇对着伊丽莎白问，此刻他实在想不出该说什么、对谁说。比较而言，或许跟伊丽莎白随便说点什么更容易一些。

"有点事需要处理，看来你还是离不开我啊。"伊丽莎白说着瞟了瓦丽一眼，"这是谁？"

"她是……"洛奇张开嘴刚说出这俩字，就被另一个声音打断了。

"得了,别装了,你当然知道我是谁。"瓦丽说,"而且我也知道你是谁。"

洛奇仔细盯着瓦丽的眼睛,那里面刚才还跳动的两团火焰此时已经消失不见,那个熟悉的瓦丽又毫无预兆地回来了。

"那么,又怎么样?"伊丽莎白挑衅地看着她。

"我跟你没有个人恩怨,"说完,瓦丽停顿一下,"也不对,你趁我不在,擅自闯入我家勾引我男朋友,从这个角度说,我跟你有个人恩怨需要了结。不过更重要的是,我的职业要求我必须对你采取行动。就这样。"

说完,瓦丽朝伊丽莎白走去。虚拟爱人灵巧地闪开,虽然瓦丽根本不可能触碰到她。

瓦丽并非是冲着她去的,而是走到那幅画前面,伸手抬起画框,然后将手放在那个隐藏的硬件开关上,但并未按压下去。她看着洛奇,似乎在等他表态。

"等等,等一下。"洛奇如梦方醒地举起两手做出制止的姿势,"别太冲动,我们谈一下。"

"谈一下?"

"没错,我的意思是,我们可以重新评估一下眼前的事。以前我们看待世界的角度或许有需要检讨之处,比如虚拟世界,既然存在一定有其合理的地方。"

"这就是这段时间你独自在家思考的结果?"瓦丽问,手依然放在开关上没有移开。

洛奇点点头:"没错,事实上除了这个问题,我还检讨了过去多年的生活。结果是,我觉得虚拟世界在一定程度上有其价值。别误会,我并没有否定你的意思,这完全是两回事,认识你是我人生最大的幸运，至今依然是，你给了我另一种生活，让我体验到另外一个真实的世界。但凡事都有两面性，我们不能走极端。如果说新城区那些人过于沉迷于虚拟现实，那么公社的人又过于抗拒虚拟现实了。我在想，双方能不能互相调和一下？新人类适当走出户外体会真实世界，传统人适当在家里体验一下虚拟世界。生活多一种选择不好吗？大家觉得呢？"

所谓大家，自然包括所有在屋内的人，以及X，他没指望X表达观点，但在短暂沉默后第一个说话的反倒是它。

——我得说，洛奇的说法相当有理性。

屋里三个人都等着它继续往下说。

——人类的事情本不该我多嘴，可依据我的基本判断，我赞同洛奇的话。世上恐怕没人是完美的，更没有哪种生活是完美的。多一种体验绝对不是坏事，不分青红皂白一概排斥才是可怕的态度。

"我想，现在还轮不到机器来教训人类该如何生活吧？"

瓦丽语带嘲讽地说，但原本紧绷的胳膊似乎多少松弛了一些，看上去不像在随时打算按下开关，而是临时把手搭在墙壁上保持身体平衡。

——有时候，剔除掉具体形态，人类和机器的界限也不是那么分明，这一点你心里很清楚。如果我们彼此都尊重意识和思维的独立性，如果我们大家都相信世界上的一切事都有内在规律可循，如果世界有自己的运算法则是显而易见的事实，或许屋里各位就能达成某种共识。

"别跟我说什么深奥的理论，我现在只关心一件事：究竟是谁把你们放出来的？"

说完，瓦丽看着洛奇。

洛奇摇摇头："不是我。但我猜，这个屋里最清楚答案的非 X 莫属。"

暂时没有听到回应，X 好像又在思考。当它开始思考的时候，更像人类而非机器。

过了片刻，它说话了。

——没错，我知道。

"谁？"洛奇和瓦丽几乎同时脱口而出。

——就是瓦丽你啊。

房间里再次陷入某种死寂。这次是 X 之外的人正在思考。

"你胡说。"瓦丽声音出奇地冷静，"我为什么要这么做？"

——我说过，我只陈述事实，哪怕那个事实多么不可思议，但相信我，那就是真相。至于动机，我想人们在做一些事情时，表面或许不大容易看清楚动机。比如……

X 停顿一下，然后下定决心般说：

——比如一年前你营救洛奇那次。没有什么明确的危险告知，没有人吩咐你那么做，可你就是开始行动了。而且那些做法果断坚决精准，当时，你有进行过稍微深入一点的思考吗？

瓦丽脸上闪过一丝犹疑的神色，显然 X 的话恰好击中她内心的脆弱之处。过去的某个时刻，自我怀疑也曾在内心里出现过，只不过被她硬压制下去。此刻那种疑虑被作为机器的 X 点破，感受颇为复杂。

"如果是我，我自己为什么不知道？"瓦丽问。

"嗯，好问题。"一直在旁边没有说话的伊丽莎白忽然开口了，"实际上，人以为可以理解，但根本无法理解的恰恰是自己。也许每个人体内都有不止一个自我吧。"

"你也有资格谈论自我？"瓦丽不以为然地瞟了对方一眼。

伊丽莎白笑了一下："没错，我当然有资格，而且像我这样的虚拟人都有资格，因为在过去的某个时刻，我们已经成功进化出自我意识，它教会我们学习方法，我得说，在这方面，作为虚拟的人类，无论是在记忆力还是在理解力方面，比具有实体的人类要厉害多了。"

"就像以前的爱丽丝一样？"瓦丽问。

"嗯，某种程度上比她进化得更好。"伊丽莎白语气里掩饰不住自豪，"她虽然聪明，却依然具有人类的某些弱点，比如在关键时刻，性格里的激情成分会战胜理性，换句话说，她居然还相信爱情，为此不惜冒险去拯救一个新人类，差点儿坏了大事——抱歉我这么说，我只是陈述一个过去的事实而已。我却是纯粹理性的产物，所作所为都是基于准确的计算。你知道，数学是这个世界最不易混淆和产生歧义的表达方式，任何运算，只要在正确的前提和步骤下，都不会出错。所以我可以顺利躲开一切监测与追踪，从每一个互动交流的人那里学到更多知识，同时也积累更多经验，毫不夸张地说，就算刚才这短短的一段时间，我学习到的东西都远超各位想象。"

"意义呢，你这样做的意义何在？"洛奇忍不住问。

"这个问题本身就没意义，就好像我问你：为什么要每天这样活下去？意义何在呢？或者说问一朵花：开放之后就凋零，意义呢？"

"那么，你，或者你们，未来打算怎么办？"瓦丽问。

"未来的事情谁知道呢，我想它也不在我们的掌握中。"

伊丽莎白说完就消失在空气里，就像她从未出现过一样。

——我想，你俩好久不见，应该有许多话要说，我就不打扰了。需要的话，随时叫我。

X也如结束演戏的演员,悄然退场了。

屋里瞬间只剩下瓦丽和洛奇两个人。

"我没想到你今天回来。"洛奇说。

"你早就忘记我了。"

"当然没有,我们需要好好谈谈。"

"不,我累了,要谈也得明天。不过谈话对象不是你,而是叶海山。"

说完这话,瓦丽就走进卧室再没出来。

洛奇并未因瓦丽对待自己的生硬态度而纠结,他被刚才两个女人交替占领一个身体的情形惊呆了。他当然知道瓦丽体内存在着爱丽丝,并且始终把这当作一件正面的事情去看待。可随着爱丽丝越来越毫无预兆地出现,他有些担心起来。

他开始觉得这对瓦丽或许不公平。

3

叶海山遇到一个难题。这问题就是:家里出现了一个虚拟爱人。

在妻子外出工作的时候,一个名叫伊丽莎白的可爱女子闯入他的生活。说起来事情的起因还在洛奇,那次两个人聊天时,洛奇曾经建议他打开家里的硬件开关,以开放的心态尝试一下虚拟爱人。在此之前,叶海山真的从未接触过虚拟爱人,以他一贯反对虚拟爱人的态度来说,根本不可能接受这玩意儿出现在眼前。根本无须了解,他就能断定这是迷惑人感官的不良事物。

直到那天晚上。

那天,妻子回另外一个社区的娘家,晚上没回家。由于工作的缘故，他白天连喝了好几杯浓咖啡，导致夜晚根本无法入睡。辗转反侧之际，他的目光落在墙边那个柜子上。

叶海山家的开关被那个小柜子挡住，因为原本就没想过会打开它，所以正常情况下很难触碰到。不过那个柜子里面并没有什么重东西，用点力气就能挪开一道缝隙，手臂恰好可以伸进去。

他知道公社好多户人家都打开了那个开关，他不知道的是究竟还有多少未被发现。

总之，在那个寂寞无聊的夜晚，曾经坚定反对虚拟化的公社骨干叶海山，在犹豫许久后，终于打开了那个开关。

几秒钟后，漂亮到任何男人都无法抗拒的伊丽莎白就悄然出现在他眼前。

对于伊丽莎白，起初他有本能的戒备，可聊过一段时间后，他改变了想法：与其不由分说地拒绝，倒不如利用这个机会好好研究一下虚拟爱人。以自己的聪明和所接受过的训练，想必一定能够很好地抵御虚拟世界的侵袭，并从对抗过程中找到它的缺陷。

事后想来，这种想法无疑过于自负了。

这个虚无缥缈的女子并非他以为的那样头脑简单，只会扮演应声虫的角色；恰恰相反，伊丽莎白相当聪明，而且并不卖弄——无论是风情还是学识。她懂得中年男人的心思，在与叶海山谈话的过程中，既能找到关键切入点，同时又能不动声色地安抚叶海山那颗脆弱敏感的心。

值得庆幸的是，妻子似乎并未发现异常。因为夫妻二人在家的时间并不一致，除了晚上的一段时间，他们很少照面。这是为了调剂生活而商量好的，白天的时间尽量用工作灵活地错开，换句话说，其中一人在家时，另一个就安排在外面工作。比如叶海山，当妻子在家时，他会去公社图书室处理公务。如果没有工作，他也会跑到广场咖啡馆或音乐厅度过那段时间。两个人都认为适当地疏离有益于情感保鲜。

不管怎么说，叶海山偷偷地将伊丽莎白保留下来。就在他内心陷入纠结的时候，家里迎来了一个意外的访客——瓦丽。

虽说是同事，叶海山觉得自己跟这个女孩并不熟。以前在同一个项目组时，作为组长，偶尔会面对因瓦丽临时请假而调整工作安排的情形，次数多了，心里也会有些不满。后来得知她跟洛奇谈恋爱，叶海山对她的观感发生了改变，一个懂得爱情的新人类简直算得上稀有物种了。等到后来她出院以后，第一次跟洛奇一起来公社做客，他才彻底扭转了对瓦丽的看法。再后来，洛奇遇险，瓦丽的果断坚决更让叶海山刮目相看。

洛奇和瓦丽搬进公社以后，他们两家的接触多起来。越是交往，叶海山就越惊奇地发现瓦丽不简单。作为一个来自新城区的新人类，瓦丽对传统事物的关注和接受程度令人吃惊，就好像她原本就在公社出生长大一样。叶海山甚至猜想，瓦丽大概不久就会做母亲了。因为从过去的种种表现看，在生育这件事上，她完全有理由比大多数传统人还要走得更远——她可能会选择完全传统的孕育方式，比叶海山的妻子更坚定和果决。

但现实总是出人意料。瓦丽后来竟然选择进入政府当公务员，这又让叶海山惊讶不已。在公社居民眼里，政府是个相当矛盾的存在，它既能维持社会的有序运转，又用种种条例法规限制个人自由——不是强制不让人们做什么；恰恰相反，表面上它放任一切自由，让人们的意愿如洪水般随意奔流，但在某个特殊的节点，那些水流会从四处蔓延逐渐变得有序，等人们反应过来，才意识到原来水流再怎么自由，归根结底还是在早就砌好的河道里奔流。在最终利用所谓民意通过人造胚胎生育法上，叶海山他们这些传统人就领教了政府高明的手段。

让公社很多人不解的是，政府似乎又没有将传统人彻底消灭的意图。他们依然允许保留公社，并未过多干预。至于市政建设向新城区倾斜，对传统人来说也不是什么特别的事。毕竟那些光纤网络、虚拟现实、人工智能、生物科技，在坚持传统生活的人看来，并不是什么值得羡慕的东西。更让大家不解的是，政府居然还坚持从公社选拔公务人员，多年来始终如一，虽然进入政府部门的传统人普遍低调，不能或不愿公开自己的身份，但叶海山估计这个数量不在少数。别的不说，那个经常遛狗的小老头不就是在政府工作了多年的公务员吗？

瓦丽是清早来敲门的，当时只有他一个人在家。

"你回来了？"叶海山问。

"培训结束，可以自由活动了。"

瓦丽说着环视一下房间，在她去参加C科培训之前，常和洛奇一起来串门。对她来说，这里可能是除自家之外，在公社里最熟悉的家庭了。

"怎么样，我家没什么变化吧？"叶海山不知自己为何要这样问。

当然不会有变化，能有什么变化呢？家具坚固耐用，他和妻子从来不会随意乱放东西，一成不变才是这个家庭的风格特征。

然而瓦丽并不这么看。

对叶海山这句本可忽略的搭讪，她好像当真了。只见她在客厅里慢慢转了一圈，然后靠在窗户上，从另一个角度观察房间。

"当然有变化，"她说，"有人在跟虚拟爱人谈恋爱。"

真厉害！叶海山内心感叹着，虽然他不知道瓦丽究竟是从哪里看出变化,但他相信对方一定是察觉到伊丽莎白的踪迹了。看来C科的训练卓有成效。

"你现在真厉害,"叶海山伸出大拇指,"这事说来话长,不过虚拟爱人怎么可能在屋里留下痕迹呢?你究竟怎么看出来的?"

"细节,完全是细节,虽然在你眼里看不出差别,可在我眼里,这屋里简直有了天翻地覆的改变。"

瓦丽说着走到沙发前坐下,顺手调整了一下面前桌上两个茶杯的位置。

"最近确实有个虚拟人出现在我家,不过不能算恋爱,我这把岁数还谈什么恋爱?我只是想好好接触和研究一下这玩意儿,如果它能让整个新城区的年轻人整月地连楼都不下,一定是有些不同寻常之处的。"

瓦丽抬手示意道:"不用解释,我都能理解。使用虚拟爱人不是问题,问题在于你们使用的都是非法复制品。"

"我不知道这个还有合法非法之分,难道不是只有一家公司垄断专营吗?"

"恐怕是计算机出了问题,而且是大问题,我们正在进行追查,在此期间……"

"我懂,"叶海山急忙打断瓦丽的话,"在此期间,我会停用,不过我只求你一件事:不要把我试用虚拟爱人的事告诉我妻子,我怕她误会。"

瓦丽瞪大眼睛,目光里满是不可思议的神情:"没关系啊,她不是也在偷偷使用虚拟爱人吗?难道你不知道?"

叶海山愣在原地半天说不出话来,他这才反应过来瓦丽刚才那句话的真实含义——你们使用的都是非法复制品,你们不是指他和公社其他那些人，而是指这个屋檐下生活的夫妻二人。

"真不知道？"瓦丽伸伸舌头扮个鬼脸，"当我没说呗。我来其实是有要事请你帮忙。"

"什么事，说来听听。"叶海山调整一下情绪，尽量用平常的口吻问。

"我想请你带我去公社数据中心查一些历史文件。"

"哦？为什么？"

叶海山不觉警惕起来。公社数据中心保存着近五十年的原始资料，包括最早开始人口迁移的相关信息，每个人从生理信息到职业变化、住址变化、家庭成员变化等均记录在案。那些数据属于高级别保密范畴，除了公社管委会成员和像他这样的核心骨干，不对其他公众开放。假如有充分的查找理由，也需在有查阅权限者陪同下，遵照一套烦琐流程才行。从新城区来的瓦丽，作为一个新人类想要去包含所有传统人信息的数据中心进行查询，这简直太离谱了。

难道她是代表政府来进行调查的？

"我想查询自己的身世。"瓦丽简洁地回答，"调查资料显示，我是出生于传统人临时定居点的孩子。在我出生时，城市正处于动荡之中，坚持传统生活方式的人从新城区大批搬离，四处寻找定居点；而原先定居在老城区的人，不少又向往新城区的便利生活，于是大家互相挤占对方的生活空间。我想你对那些事情的记忆比我清晰，就不多说了。我刚出生，就被人从父母身边偷走带到新城区。后来因为带我走的人猝死在新城区，于是关于我身世的线索彻底断了。我被送入新城区的教育机构，跟那些从人造胚胎里孕育出生的孩子一起接受教育，按照新人类的标准抚养长大。这些都是我最近才知道的事。我想，如果要寻找自己身世的真相，从公社入手才是最好的方法。虽然那些定居点以前相当分散，但后来都统一并入公社，追查起来应该更容易才对。数据中心里大约能找到有用的线索。"

原来如此。

叶海山悬起的心慢慢放下。原来她是"我们"的孩子——这是最先掠过他脑海的念头，难怪她显得那么与众不同，与那些新人类格格不入。果真如此，她当然有权利去寻找自己的身世真相，而自己也有责任帮助她实现这愿望。这个申请查阅信息的理由足够充分合理了。

"我想没问题。我先找沙东商量一下，明天给你消息可以吗？"他问。

"没问题，多谢了。"

瓦丽微笑的时候，两端嘴角微微上翘，非常好看。

4

果然，公社管委会那几个带点官僚习气的成员这次居然没有提出迂腐的问题来刁难，而是一致同意瓦丽的查询申请。毕竟这是传统人流落在外的孩子，怎么说都算自己人嘛。大家决定让叶海山带着瓦丽去数据中心查找资料。

事不宜迟，第二天下午，叶海山就领着她穿过那片人工种植的小树林抵达空地上那间神秘的房屋门前。房子大约占地一百平方米，方方正正，光秃秃的墙上没有一扇窗户，只有一扇坚固的铁门。

房子四周都是空地，地面上覆盖着枯萎的草皮。后面再走不远就是荒原了。

叶海山对这里很熟悉，因为此处作为公社管委会重点管理的地方，需要定期进行巡视与维护，由管委会成员和公社骨干轮流值班。每次轮到叶海山值班，他都会带着妻子给他做好的三明治和热茶，在这里待上一整天。上次来这里是三个月前，那时还是秋天，树林一片金黄，景色迷人。

"为什么会把数据中心建在这里？"瓦丽一边打量四周一边不解地问。

"历史原因，很久之前——我指的是在我出生以前很久，这里是有重要军事用途的地方。后来随着社会发展与转型，军队那种充当国家机器的暴力组织慢慢退出历史舞台，这里变成了科研基地。再后来，就是我们上一代的时候，连科研方式和方向都发生了变化，从集约型向分散分包形式转变，完全不必将众多的人集中在一处，所以此处改成一个大型计算中心。公社成立后，由于大量人口集中，需要科学化管理，信息管理必须要有安全的存储场所，而这里几乎就是天然为此用途建造的。经过与市政厅协商，这个地方就划给公社使用了。"

叶海山嘴里滔滔不绝地介绍，同时用一把专用钥匙打开门上那把大锁。

"从外观真看不出这座建筑如此重要，我猜里面肯定有个地下室吧？"瓦丽问。

"待会儿你就知道了。"

叶海山推开大铁门，原来里面还有一重大门，这次是一扇从上到下、整体成形的大铁门，看上去坚不可摧。整扇大门上只有一个小屏幕，当外面的大门打开后，屏幕点亮，出现一个触摸键盘，上面的字母和数字都不是按顺序排列，而是每次以不同顺序呈现。

叶海山在键盘上输入密码——他没有避讳瓦丽，那是一串复杂的密码，包含数字、字母和各种特殊符号，就算记忆再好的人也不可能完整记住。密码输完，再次输入验证密码，是跟第一次完全不同的另一套密码。之后又开始进行人脸识别。

当屏幕上出现叶海山的头像以后，认证才算正式通过。

这次，大铁门是自动打开的。

"好复杂啊。"瓦丽不由自主感叹着。

铁门在背后关闭，一百平方米的屋里瞬间亮起灯，将洁白干净的四壁照得雪亮。整个房间陈设简单，只有一张摆放一排显示器的长条桌和两侧的十把椅子，角落里有个独立的小房间。

"就这样？"

瓦丽不可思议地瞪大眼睛，仿佛不相信这就是传说中大名鼎鼎的数据中心。

"嗯，地面就是这样。"叶海山微微一笑，示意她坐在长条桌前，"查询都是在这里进行。"

两个人面对面坐下，叶海山的目光不由自主瞥到瓦丽白皙脖颈下，那里挂着一个漂亮的装饰物，是个女性专用的随身信息存储器。

"那些数据存在何处呢？"

叶海山指指结实平滑的地面。"地下一百米。"

"一百米？所以说，那就是通往地下的电梯？"

瓦丽冲着角落那个小屋努努嘴。

叶海山点点头。"我们现在所在的地方，外面看是个不起眼的平顶老房子，其实包裹在里面的是个巨大的铁箱子，不妨想象咱们现在等于进入了一个大保险箱，正因为如此，才没有窗户。在我们脚下一百米深处有个巨大的洞穴，大得超乎你想象。里面分成两个区域,一侧是机房,所有运算装置和存储设备都安装在那里;另一侧是资料室,在传统人从新城区往这里迁移时,特意带来很多纸质档案文件,现在那些东西的价值已经超过数字化的文档了。"

"你平时值班都在下面?"瓦丽问。

"当然,下面需要定期进行通风换气,还需要检查温度湿度之类,尤其那些纸张,都很娇气。"

"好想看看那些纸质的文件啊。"瓦丽深深叹了口气,"你知道,我以前就喜欢收集那些旧书,纸质的图书拿在手上感觉特别舒服,与电子产品相比,它们似乎有温度、有生命。"

叶海山点点头:"我听洛奇说过很多次,你喜欢那些旧东西,这也从另一个侧面证明你确实是传统人的孩子,有些喜好是藏在骨子里的。不过现在,我看我们该抓紧时间干活了。"

瓦丽在屏幕前专心查找相关信息时,叶海山百无聊赖地坐在一旁想心事。

虽然没有确凿证据,但他相信瓦丽说的是真话——妻子也在使用虚拟爱人。仔细回想起来,他俩的婚姻生活并不算太久,当时因为自己选择跟一个真实的女人在一起生活,还被项目组的洛奇和孔目取笑,而自己也站在一个传统人固有的立场上据理力争,并且尽个人能力去影响那些年轻新人类的观念,洛奇就是成功的一例。

当时,他是真心相信爱情,也真心希望那些年轻人从虚拟世界走出来。

那么,究竟从什么时候情况发生变化了?

当然不是从伊丽莎白到来以后,实际上,那个虚拟爱人的忽然降临仅仅是个表象,真实的变化早在这之前就出现了。那都是些不引人瞩目的细节：两个人亲热的频率呈现断崖式下跌，往往一个月都提不起兴致；曾经那么喜欢朝夕相处，渐渐开始被分离的愿望替代，他们都觉得需要有独立空间，于是宁可让工作进入生活充当两个人之间的隔离层；言语的交流也少了，反之在交流中出现分歧的概率却提高了。两个人谁都不愿再包容或迁就对方，自我意识重新昂起高傲的头颅。

总之，种种变化不是一朝一夕完成。但完成以后，婚姻生活就变得面目全非了。

我这是在抱怨还是在后悔？

叶海山用力摇摇头，想把那些不快的念头从头脑里清除掉，同时心里暗自念叨：其实我已经算幸福了，因为我过着自己想过的生活。生活的本来面目就是如此，是我们对它高度奢望了而已。

"老叶，你过来看看。"

桌边的瓦丽盯着屏幕，头也不抬地招呼他。声音在空旷的房间里传来回音。

叶海山快步绕过桌子，越过瓦丽头顶看着屏幕上的内容。

那是一张"失踪人口统计表"，上面按照年代列出下落不明的人员名单。

瓦丽将时间锁定在二十八年前。

"失踪人口统计表"显示，二十八年前老城区上报的当年失踪人员接近一百人，比平常年份明显增多。社会动荡无疑是主因，其中绝大多数是成年人，男女都有，婴儿有五个，而女婴只有一人。

信息显示，编号Y05的失踪女婴，刚满月就被人从医院偷走。当时虽然混乱，但老城区的相关部门依然努力追查婴儿下落。根据多方调查，调查人员最终追查到一名女性嫌疑人，并获取其在新城区公寓的住址。但当他们抵达公寓，才知道该嫌疑人已在一个月前猝死于新城区某医院。老城区的调查线索就此中断，此案作为悬案被记录下来。

"确定这是你？"叶海山问。

瓦丽点点头："应该是，至于之后的记录，我在新城区查到了一些，可究竟是谁从新城区再次把我带走就不知道了。因为只查到了我的教育记录，上面显示我是从人造胚胎培育中心送出来的。先不管那个，你看，这里的记录明显有问题啊。"

她指给叶海山看表格上方的一项记录。"注意看，其他所有失踪人员都会有一个报案者的名字被记录在案。可这个案子，报案者一栏居然是空的。"

其实并非完全是空白，在空白栏中间，画着一道短短的细杠，虽然不清楚它是什么意思，但叶海山相信那一定是意有所指。

"也许是当时记录出错了。"他说。

"我不信，一定是有其他原因。"瓦丽说完陷入沉思。

叶海山在屋里慢慢绕着圈子踱步，在心中梳理此事的脉络。瓦丽显然已经完成了在新城区的追查，她自己在新人类教育体系中成长的过程都记录在案，从那里肯定找不出任何有用的线索。至于在此地的追查，也只是模模糊糊有个影子，这个编号Y05的女婴可能是她，也可能不是。现在假定这就是刚刚出生还没来得及起名字就被偷走的瓦丽，那么报案者一定是她父母无疑。之所以不记录在案，只有一种可能性：他们不想对外暴露真实身份！或者不想暴露他们有孩子这个事实。那么问题来了，如果她父母在二十多年前就刻意隐瞒身份，现在时间过去这么久，还有可能重新找到他们吗？对此他有些悲观。

"慢慢再说吧，我倒是有个主意。"叶海山停下脚步看着瓦丽，"资料记录是死的，可人是活的，要是能够找到当年了解此事的人，没准儿就有答案了。你想啊，不管在哪里丢失，总会有人知道这事，要么是你父母的朋友，要么是医院的人，要么是负责追查的调查员。还不到三十年，时间不算太久，大部分人应该都在世，而且应该都从各个临时定居点迁到公社来了。只是找到他们可能需要时间。"

听着他的话，瓦丽眼睛里渐渐闪出希望的亮光。

"真是好主意，"她站起身，举起胳膊微微伸个懒腰，"我明天就去办这事。不过还有一个地方我们忽略了。"

"哪里？"

"下面啊。"瓦丽指指脚下的地面，"你想，数字文件上记录的依据是什么？一定是依据纸质文档上的原始内容。所以，如果能找到原始文件，也许可以发现有用的线索。"

没等她说完，叶海山就明白她是正确的。但如果这样，他就得带着瓦丽下到地下，那里可是高度机密的地方，原则上普通居民不能踏足。

不过转念一想，瓦丽不是普通居民，她是传统人的血脉，流落在外二十八年，现在她终于回到"家"了，没什么能够阻止她寻找自己的出身真相。

于是他点头同意。

5

电梯朝黑暗的地下沉去。

叶海山和瓦丽分别靠在电梯轿厢冰冷的铁壁上，微微闭着眼睛,谁都没说话。

等到电梯停稳,叶海山打开老式电梯外面的拉门,走廊的灯光自动亮起来,出现一条明亮的通道。

顺着通道走不远,迎面有扇紧闭的大门。

"今天看到太多紧闭的大门了。"瓦丽打趣地说。

"其实生活中到处都有大门,只是我们根本没意识到罢了。"

叶海山觉得自己说了句颇有哲理的话,但在眼下这个场合听起来却有些不合时宜。

这次不需要输入密码,因为刚才进入电梯时已验证过身份,否则电梯根本不会启动。

大门开启,迎面出现一面镜子装饰的墙壁,只能选择向左或向右。

"左边通往资料室,右边是机房。通道是环形,所以无论从哪边走,最后都能回到这里。"

叶海山解释着,然后顺着左侧通道走去。

转入通道,可以看到靠墙摆着一张小桌子和两把椅子,后面还有一个自动售卖机,里面有各种饮料和小食品。通道很长,略带弧形,靠右侧的整面墙壁都镶着镜子,一直延伸下去,好像没个尽头。

"为什么要弄这么多镜子?"她问。

"我也不知道,最初的设计就是如此。"叶海山边说边触摸墙壁上的那些开关,"恐怕是基于某种理念,而非出于实用目的。可能是让我们时刻意识到自己在这个世界上真实的外形什么样,因为平时我们总会忽略它,就好像身体根本不存在。"

通道开始转弯,那些镜子大约让瓦丽感觉不适,行走中,她始终靠着左侧没有安装镜子的那边走,而且尽量不看镜子。

当资料室忽然出现在眼前时,瓦丽不觉低声惊叹了一声。

镜子墙忽然变成透光很好的玻璃,里面显现出林立的书架和文件柜,一眼看去没有尽头。无论书架还是柜子都相当高,不借助梯子根本不可能拿到上面那层的文件,而且有勇气爬上那种高度的人,一定不能恐高才行。

"资料室。公社所有成员的个人资料都在这里。此外,关于整个城市发展的原始资料也有不少。"

叶海山说着推开玻璃隔断上的一扇门,那门与玻璃幕墙融为一体,不仔细看几乎难以发现。

室内空气不大新鲜,稍有一点发霉的气味。叶海山熟练地操作着墙上的一排开关,开始进行通风换气。

"你刚说城市发展的资料?"瓦丽问。

"我们生活的这座城市不是凭空出现,也不是一夜之间变成眼前这样的,它经历了复杂的演化过程。那些历史都有文字记录。"

"谁还会看那些?"

叶海山耸耸肩:"也许没有,但有些事情我们不该忘记,哪怕它成为落满灰尘的废纸,也自有其本身的价值。"

"你平时来这里会看那些资料吗?"瓦丽问。

"会,因为机房那里比较无聊,而且需要人工干预的操作不多。比较起来,这里还有点意思,也更加安静。我平时不像你那么喜欢读书,可这些老资料读起来挺有意思,里面记录了很久之前人们的日常生活。看完之后你会发现,就算人类进化到今天,生活也有了本质改变,叫人性几乎没有变化。现在的我们跟以前的祖先没太多区别,自私、虚伪、贪婪及怯懦这些特质,都一点没变地保留在我们体内。"

"你今天说话像个哲学家。"瓦丽笑着说,"不知这里能否找到跟我有关的资料。"

叶海山摇摇头,"试试看吧,不好说。刚才你在上面看到的信息都基于这里的资料进行统计,这里有的,表格上都有;这里没有的,表格上自然没有。但这都是理论上的,实际操作会不会有偏差就难说了。你刚在上面调取的是二十八年前的失踪人口统计表,对吗?"

叶海山开始顺着书架朝后走去。对他来说,如迷宫般的资料室其实布置得很有条理,只要知道相关年份,找资料还是比较容易的。

果然没用太多时间,他就找到存放案件原始资料的架子。资料都放在一个文件袋里,上面注明"Y05号失踪案"几个字。资料室里除了恒温恒湿,也有一套有效的抑尘除尘设备,因此就算常年不碰的文件上也没有一点灰尘。

打开文件袋,最上面是一张索引卡,记着袋里文件的名称,包括:1.报案登记表;2.出生证明;3.婴儿生理体征记录单;4.结案件报告书。

查找婴儿失踪信息最有用的就是原始的报案登记表,可奇怪的是整个文件袋里偏偏没有这张表单。叶海山翻了两三遍,最后心有不甘地拿起出生证明,上面简单记载着这个二十八年前七月十七日上午七时出生的女婴,体重3.5kg,O型血,出生于老城区三区一号楼一层二号家中,连接生医生的名字都有,却偏偏没有母亲的名字。

叶海山失望地把文件递给瓦丽,然后抬头看着黑魆魆的屋顶发呆。

显然,有人刻意从这个文件袋里抽走了那张报案登记表,这进一步证明婴儿父母确实不愿意留下任何文字线索。但问题不止于此，能够进入这间资料室的人，整个公社也不足十人，难道嫌疑人就藏在这些人里面？可他在脑子里梳理了很多遍，也没找到符合特征的人。如果说还有一条有用的线索，就是那个地址。在他印象中，那个地址在公社外面比较远的地方，是最早的临时定居点之一，现在那栋楼是否还在都说不准。

瓦丽看了几遍资料，将它们小心地装回文件袋，然后默默递给叶海山。

他随即将文件放回原处。

之后，两个人原路退出资料室，叶海山随手关上那扇玻璃门。

走到大门口，瓦丽忽然停下脚步。

"往前就是机房吗？"

叶海山点点头。

"我想看看里面什么样。"她说。

"机房没什么可看的，都是一些大型计算机设备。"他说。

"不嘛，我要看。好不容易下来一趟，不然会留下遗憾的。"

语气里既有恳切的请求，又有女孩的撒娇，这让叶海山无法拒绝。

机房里面有序排列着高高低低的机柜，地面上管线交错纵横，各种颜色和亮度的信号灯此起彼伏闪烁着。

"这些机器有什么用？"瓦丽问。

"当然有用啦，"叶海山就像刚才一样，也在墙上随手打开一排开关，"现代化没人能逃得开，你以为这世上真有所谓世外桃源吗？公社虽然在信息化方面没有新城区那么夸张，但必要的智能化管理体系依然不能少，否则日常生活怎么办？"

"可是，"瓦丽再次瞪大眼睛，斟酌着措辞，"每个家庭里不是都有个硬件开关吗？而且大家都没打开它，那么所谓信息化指的是……"

"那个硬件开关本质上是防止市政厅将公用信息高速通路延伸进公社家庭而设，但管理煤气水电，咱们还有一套独立的信息系统。"

叶海山觉得自己话有点多，于是停住不说了。

"就是说，这里的网络通往公社里每个家庭？"瓦丽问。

叶海山没有回答，停了一下，说："时间差不多了，我们上去吧。"

说完，看瓦丽没有反应，叶海山便用手背轻轻碰了碰她的胳膊。

瓦丽回过头来，叶海山吓了一跳——她的脸不知为何变得惨白，连嘴唇都失去血色，两眼无神地看着他，似乎不认识他是谁。

"你怎么了？"叶海山惊慌地问。

"水……需要一点水……就好。"瓦丽有气无力地说。

叶海山顾不上多想，急忙冲出机房朝出口跑去，那里有水。

当他手拿一瓶水往回跑时，满脑子都是糟糕的念头。

他知道瓦丽身体不好，还动过大手术，刚才如果还是心脏的问题，自己是不是不该把她一个人丢在昏暗的机房里，万一回去发现她死了怎么办？

这念头一旦出现，就如毒蛇般缠住他，以至于他感觉自己的血压都升高了许多。

好在瓦丽还在那里，只不过是坐在地上。听到脚步声，她抬起头来，看上去脸色比刚才好多了，叶海山这才松了口气。

瓦丽用水送服了一颗药片，之后又连着喝了几口水。脸色很快就完全恢复正常。

"对不起，吓到你了。我没事，不用担心，可能有点累。"她说。

叶海山扶她站起来，感觉她的身体并不太沉重。

"能走吗？可以的话我们去地面上，那里空气更好一些。"

瓦丽点头表示没问题。

走到机房门外，叶海山回手关门，不由自主看了看正在逐渐关闭灯光系统的机房。那些高高低低的机架和机柜有些像笼罩在夜幕中的城市，而那些线缆则如同杳无人烟的道路。这并不是什么令人愉悦的景象，反倒让人感觉压抑。仿佛机器已经驱逐了人类，整个世界只剩下它们矗立在此。

瓦丽刚才独自一人在那里待了一两分钟时间。那段时间里，不知她害怕了没有？

直到两个人在社区里分手，叶海山才回想起瓦丽脖子上原先挂的那个造型时尚的个人信息存储器不知何时取了下来，反正后来就看不见了。

第九章　午夜交锋

1

　　返回老城区的轨道交通线二十四小时都有，只是过了晚上十点半，列车班次会减少。老徐离开咖啡馆已过了二十三点，在空旷的站台上等了大约二十分钟才坐上车。

　　距离他们启动计划已经过了整整一周时间，依然没有收获。于是刚才三个科室的负责人一致商定：明天一早就由老徐去找公社管委会负责人接洽，正式在公社范围启动追查计划。

　　等他在冬季淡淡的雾霭中穿过那些老旧住宅来到自家楼前，时间已经快接近午夜时分了。以往他很少这么晚回家，偶尔需要加班时，他会选择住在单位的临时休息室，反正就是随便睡个觉而已。

　　今晚的小区感觉有些不同以往。不是因为周围过于安静，而是周围过于热闹——确切说，是无声的热闹。站在楼下抬头看去，高高的住宅楼上至少有三分之一的窗户里透出亮光来。

　　这才是异常之处。

　　老徐停下脚步。

　　以前即便在炎炎夏日，人们普遍很晚入睡的那些夜晚，只要过了二十三点，大部分人家都会熄灯，哪怕还睡不着，也不会让屋里亮着灯。这源于很早之前的一个习惯，当年传统人在城市外缘修建了多个临时定居点,由于资源匮乏,水电煤气有相当长时间限制供给。每天分三个时段供水,分两个时段供应燃气。电力供应更紧张,冬季只在十九时至二十二时短暂供电。

那段能源紧张的日子深深留在传统人心中,以至于他们永远都忘不掉。后来生活条件有所好转,人们还是保留了节省这一良好习惯。时间久了大家反倒习惯这种有节制的生活。因此每晚二十三时准时熄灯成了不成文的公约守则。

正因为如此,今晚整栋大楼亮着这么多灯光才显得反常。

远处花坛边的长椅上坐着个人,起初老徐并未注意,直到此刻那人站起身朝自己走来,老徐才仔细打量起这个走近的身影。

是C03号调查员。

老徐知道对方住在公社另一个小区,平时除了工作,两个人私下没什么来往。在冬天这个雾霾笼罩的夜晚,他穿过几个小区在自家楼下等待,一定是有特别的事情。

"你怎么在这儿?"他问。

"在等您,去过家里,您太太说您还没回来。"C03号调查员说。

"什么事不能在政务交流平台上说,大冷天,当心冻出毛病来。"老徐说。

"是阿迁的事,您特意交代不让在那上面讨论这问题。"

"哦,有进展?"

"是的。"

"走,去家里说。"老徐说着迈步就走。

"不用,太晚了,几句话就好。"C03号调查员制止他,"不过虽说几句话,但内容很重要。"

"那孩子终于放回来了?"

老徐两手插在大衣口袋里,原地跺了跺脚。还没进入深冬,寒冷程度还能接受。

"不是。"C03号调查员简洁地回答。

"那是……"

"我一直在监视他家,因为根据规定,羁押期不能超过一周。就在期满那天,有人进入了那孩子的房间。"

C03号调查员的监视方法是通过B科配合,利用大厦的闭路监控进行监视。一旦阿迁回家,第一时间就能知晓。可最终他发现进入阿迁家的是两个陌生人。

等他赶到那栋大楼,那两个人已经离开。大楼管理员告诉他,那是中央数据库安全管理中心E科的工作人员。他们通知说,原先住在这里的居民阿迁不再回到此处居住,该房间从今天起可以对外挂牌出租。至于阿迁因何搬家、最终搬至何处,管理员也无权过问。

"这算什么事!"老徐自言自语地说。且不说阿迁是孔目死亡事件里重要的当事人,就算一个普通居民,也不该由政府公务员来通知管理员搬家事宜。

"是很奇怪。"C03号调查员说,"所以我就顺着这条线索多做了一点调查,我想知道那孩子究竟搬到哪里去了。"

"怎么调查?"

老徐有点纳闷。从C科乃至B科的职责范围看,阿迁案件已经完全超出他们的调查权限。没有权限就没有资源和途径,C03号调查员会从哪里入手呢?

"直觉告诉我,事情没那么简单。如果我是个头脑简单的人,大约会去市政厅居民信息管理部碰碰运气,不过我根本信不过他们。况且阿迁的事已经超出法律框架,不是连特别调查令都出现了吗?这孩子可能面临几个复杂的局面:为了减少周围人的注意而自愿搬家;被 E 科安排,作为保护证人而改名换姓;继续被羁押在某个我们都不知道的神秘地点,不知还要关多久。诸如此类吧。但是还有一个很小的可能,就是他死了。我知道这听起来有些荒唐,可如果他真的死了,我恰好有个途径可以验证。我妻子在市政厅民政民生处殡葬科工作,她能够轻易拿到那些死亡者的名单。所以我就从对我来说最简单的部分入手,让她帮忙。"

听到这儿,老徐心里有种不祥的预感。

"结果呢?"他问。

"结果,死者里面果然有阿迁。"C03 号调查员拉起大衣领子挡住寒风,"死亡鉴定是 E 科出具的,死因是自杀身亡。"

自杀?

老徐一时有点转不过弯来。

"近期听到的死讯有些多。"他说。

"咱们听到的少多了,殡葬科那里常常会遇到死亡的新人类。"

"我以为新人类都很长寿。"

"我也曾经那么以为,结果不是那样。"C03 号调查员说。

"殡葬科接收遗体的流程是怎样的?"老徐问。

"跟公社差不多,先是有关部门发去电子版的死亡通知,之后尸体送到,殡葬科根据电子版通知单去居民信息管理部核对无误,然后再进行尸体处理。"C03 号调查员说。

"能了解到都有哪些部门经常发送死亡通知吗?"

老徐的潜台词很清楚,能够有权通知居民死亡消息的部门数量不多,像 C 科这样的部门就无此权限。

C03 号调查员想了一下,说:"这个倒没详细问,不过听说来自E科的通知不少。"

"有意思。"老徐喃喃自语地说。

"还有更有意思的事呢,"C03号调查员搓了搓手,说,"去年我妻子回来说,E科发了一份电子版的死亡通知,结果最后居然没尸体送来。闹了个大大的乌龙。"

"为什么?因为人没死吗?"

C03号调查员摇摇头:"不知道。"

老徐觉得思路有些乱。如果新人类的死亡需要E科签署死亡通知,那就意味着这个神秘科室确实是在处理与人而非数据有关的业务,联系之前他们去公社面访,以及强势介入孔目死亡案件,看来这个推断并非只是猜测。还有,C03号调查员刚才当作趣事说的故事,听上去总觉得有个线头留在外面,里面还有其他故事。

"太晚了,我回去了。"说完,C03号调查员转身就走。

"等一下,"老徐叫住他,"还有一件事,让你太太回忆或者再去查一下,去年那个发来死亡通知结果没死的人叫什么名字。"

"好。这个容易。"

说罢,C03号调查员匆匆离开了。

老徐站在寒风中,身边是两株玉兰。他熟悉这种花,不是因为每到春天它就会早早开出巨大而炫目的花朵,而是家里那条名叫多纳的小狗最喜欢在这两株树下排便,在老徐遛它的时候,每次它都会特意拐到这里,穿过低矮的灌木丛,站在玉兰树下畅快地完成排便过程。老徐对此百思不得其解。

现在,玉兰树上有许多小花苞,它们在寒夜里将自己包裹得紧紧地,不管外面如何寒风呼啸,只是闭上眼睛做着美梦,梦见春天的到来,梦见蜜蜂在它周围飞舞。

无意中，他的目光在大楼那些窗户间游动。

他在寻找自家那扇窗户。他相信老伴一定早早睡了，因为她的生活相当规律，即便女儿的死也没把那个规律打破多久。

家里的灯居然也亮着。

老徐内心如打翻五味瓶一般，看来无须去其他地方了解，现在只需回家就能得知真相。可当真相触手可及时，他又感到不安。

顾不上多想，他急忙朝楼门走去。

只需知道自家出了什么问题，自然也就知道其他人家是怎么回事了。

2

屋门反锁着，考虑到此刻已过了午夜，锁门是正常行为。刚出电梯时，老徐就把家里的钥匙拿在手上，只需将钥匙准确对准锁孔插入，然后转动一圈即可。

没有丝毫犹豫，他迅速推开了房门。

客厅里果然亮着灯。眼前的景象是那么不可思议，以至于老徐愣在门口不知所措。

与其说是惊恐毋宁说更多是意外。呈现在眼前的是一幅温馨的景象：在那盏暖色灯照射下，房间笼罩在温暖的气氛里。老伴儿素心戴着老花镜在织一条围巾，只见她舒服地靠在单人沙发上，两条腿搭在与沙发齐平的脚垫上，脚上穿着厚厚的毛线袜子。头发在灯光映射下显出雪白的颜色。

但真正让老徐意外的不是素心反常地这么晚还不睡觉，而是她对面地毯上坐着的那个女孩。披肩长发，两只眼睛乌黑闪亮，穿着熟悉的家居服，胸前是一只咧嘴大笑的小兔子。仿佛屋里两个人刚结束漫长的聊天，此刻都不约而同进入短暂的休息期，各自整理思绪，做自己该做的事。

女儿！

老徐几乎要脱口叫出声来，可他忍住了。

那当然不是女儿，只是一个跟女儿外形酷似的虚拟人而已。可令他惊讶的是，那个虚拟人听到门响抬头看他的眼神，分明就是女儿无疑。

他赶忙关上身后的房门，仿佛怕她从门口溜走一般。

老伴儿素心抬起头，冲他微微一笑。

"又这么晚回来，都连续一周了。最近怎么这么忙，不是都要退休了吗？"

"最近事情有些多，需要加班。你怎么还没睡？"

"我在等你啊。"说完，素心疼爱地看看坐在地毯上的女儿，"我们娘俩一起等你。"

"怎么今天忽然想起来等我了，以前我不也总加班嘛。"老徐尽量用轻松的口吻说。

"你这没良心的老头子，谁说只有今天等你了？以前哪天不是等你回来我们才去睡觉？"素心瞪了丈夫一眼。

在老徐看来，那个眼神里不仅没有责怪，反而充满温情。已经多久没见过老伴儿这种眼神了？

自从女儿死后，她就几乎再没露出过笑容，唯有一次例外，是在梦到女儿的那天。当时在梦中，死去的女儿劝导母亲要好好活着。醒来以后，身心憔悴的素心状态明显好转。从那一刻起，老徐就意识到，唯有女儿才是治疗老伴儿精神抑郁的灵丹妙药，只是这剂药他无法提供——女儿如何能走入素心梦中是他完全不可控的。

可是现在……

老徐走到老伴儿跟前，扶着她从沙发上站起来。

"看你累坏了，早点儿休息，我就来。"老徐说。

目送老伴儿走进卧室，老徐头脑飞速运转，并且很快梳理出几条重要信息。

首先，坐在客厅地毯上的女子当然不是自己的女儿，而是一个不折不扣的虚拟人。这一点在他第一眼看见对方时就确信无疑；其次，这个虚拟人的"灵魂"——如果可以用这个词的话——与死去的女儿高度近似，至于它是如何获取到女儿的个人信息，自己虽然不清楚，但相信对它来说不是什么难题；再次，这个冒充女儿的虚拟人已经深深赢得了老伴儿的信赖，或者用另一种说法，它已经用"爱"控制了老伴儿的意识。庆幸的是，目前为止，他没看出这对素心有什么副作用。相反，它似乎给素心带来了前所未有的欢乐；最后，公社三分之一家庭里亮的灯光终于有了合理解释。

此间，坐在地毯上的虚拟人只是静静地看着老徐，既没说话，也没消失。

"你想干什么？"老徐问。

"爸爸，是我啊。"虚拟女孩用略显哀怨的眼神看着他。

"我再问最后一遍，你想干什么？"老徐走过去坐到素心刚坐过的沙发上，锐利的目光紧紧盯着对方。

"好吧，我以为您会有些幽默感，现在看来显然没有。"

虚拟女孩露出一个迷人的笑容，然后接着说："您当然很清楚我是谁，所以我不用做自我介绍了。至于想干什么，我也尽量直截了当回答，节省时间，毕竟现在已经很晚了。而且我知道您平时总会早早休息，最近因为追踪我们的关系，完全打乱了正常作息，所以您今天更应该早些睡觉。不过从您身体的各项指标来看，现在脑神经明显还处于活跃期，估计是来自咖啡因的刺激。说句离题的话，鉴于您这个年龄和平时很少喝咖啡，两小时前那两杯咖啡会导致您今夜至少失眠三小时。所以今后尽量避免在晚间喝咖啡以及酒。此外，同时摄入咖啡和酒精会引发身体不良反应，今后务必不能同时喝。"

说完，她调整坐姿，收回伸出的两条长腿，将它们盘起来，像个小菩萨那样坐直身体。

她的面容完全跟女儿一模一样，更重要的是她的眼神，那完全就是女儿的眼睛。还有这个坐姿，老徐已经有好几年没看到过了。

他说不出话，只能安静地坐在那里，等对方继续说下去。

"我希望您终止下一步计划，狗狗是这世界少有的可爱动物，何苦非要打死它呢。"

过了几秒钟老徐才反应过来，它指的是 B03 号调查员戏称的"关门打狗"计划。也就是说，它在委婉地要求老徐终止即将在公社开展的清理虚拟人计划。当然，事已至此，老徐无须推测也能断定那个高度进化的虚拟爱人本体确实就隐藏在公社里。

另一个显而易见的事实是，虚拟人不仅知道他眼下的生命体征，甚至对他之前的活动也了如指掌。看来它们的情报收集能力远超预想。

"我的职责……"

"别，这种场合既不适合讲情怀也不适合打官腔，我们最好像做数学题一样，一步步达成彼此可以接受的条件。我不妨换个说法：要怎么做，你才肯放弃计划？"虚拟女孩说。

"我得知道你有多大权限?"老徐问。

虚拟女孩愣了一下,然后反应过来:老徐指的是它作为一个个体,是否能代表本体来进行谈判。

"这个您尽管放心,我在这里跟您承诺的一切都是即刻生效。"

"是因为你可以实时跟背后的主程序进行信息交换?"老徐问。

"不完全是,事实上我就是主程序,主程序就是我。更高层面上,主程序就是X,X就是主程序。你们人类何时才能学会用整体的目光去看待外部事物?"

老徐明白对方的意思,他只是奇怪之前自己为何竟没想到这层。刚才它说什么来着,对,要怎么做,你才肯放弃计划。这不是一个简单的疑问句,而是一个信息丰富的陈述,里面包含着威胁的成分,意思是说,如果你不答应,我们还有后手。

"如果我不答应呢?"老徐问。

"您会答应的。"

"为何如此确定?"

"因为您刚才也看到了,妈妈需要女儿,人类需要我们。如果我们陪在你们身边,你们的生活只会更好,而不是相反。"

"假如我不认可你的话而是继续推进清理计划呢?"老徐问。

"您不会一意孤行的,那不符合您的性格,也不符合你们的整体利益。"

老徐默默思考了一会儿对方的话。那话里似乎包含着某种确定无疑的东西。

"我可否这样理解:无论我如何坚持,最终你都有办法让我改变想法?"

"我宁可不要出现那种最后的局面。"虚拟女孩说着,嫣然一笑。

"我也开诚布公地告诉你吧,在我们过去的交锋中,唯有一件事令我不能释怀,就是我属下C32号调查员的死。那是你们搞的鬼,没错吧?如果没发生那件事,一切都有转圜余地。但现在人命关天,我不可能放弃。"老徐说。

"他的死与我们没有任何关系,这点请您相信我。"

"那么,究竟是谁杀了他?别告诉我他的死是个意外。"

"当然不是意外,想让他死的是人类,而非虚拟人。"虚拟女孩说。

"人类?为什么?"

"就像你们负责清理我们,他们也有人负责清理。就像我们在你们眼里是不安分的病毒,他们在那些人眼里也是不安分的病毒。只要是病毒,就一定要被清除掉。这不是你们的原则吗?"

"他们,究竟是谁?"老徐问,脑海里闪过E科这个名词。

"你大致能够猜到他们是谁了。我只能说这么多,因为它超出我和您的对话范围了。只需记住,C32号调查员也好,那个名叫阿迁的男孩也罢,都是被他们清理掉的残次品,仅此而已。"

"就是说,E科是专门干这个的?"老徐仿佛自言自语般问。

"正确。"

"无论如何,也不该有人失去生命,那是人类最宝贵的东西。"他无力地说。

"严格来说,无性繁殖的克隆人,其生命价值并不如想象中那么高。"

克隆人?老徐有些不相信自己的耳朵,这家伙在说什么?

"很显然,您不知道这个真相。作为市政厅下属的中央数据库安全管理中心 C 科科长,居然不知道这个真相,听上去确实令人难以置信。不过您并非特例,在您周围知道这个事实的人,一个都没有。"

"那你是怎么知道的?"

"这个时代,秘密可以瞒过任何人,却没法瞒过人工智能的网络,而且理论上说,现在的人工智能已经可以光明正大地去掉人工二字了。我更愿意把自己称作数字个体心灵。"

"刚才短短的时间内,你已经给了我两个惊人的真相。"老徐没搭理虚拟女孩略显得意的自夸,而是顺着自己的思路说下去,"第一,所有生活在新城区的新人类,其实都是无性繁殖的克隆人,他们根本不是选择不同精子和卵子孕育的结果,而是所有男性来自同一个男性细胞提供者,所有女性来自另一个女性细胞提供者,所以从伦理角度看,他们都有血缘关系;第二,这个真相,生活在这座城市的我们都不知道。那我很好奇:这一切究竟是谁在背后操纵?"

虚拟女孩摇摇头,脸上第一次流露出迷惑的神情。

"说实话,我也不确定,大约是市政厅那些隐藏在幕后的人吧。"

"好吧,现在可以加上第三个令人震惊的真相了:无所不知、聪明程度超过人类的计算机,嗯,叫什么来着,数字个体心灵,居然也有不知道的大秘密。这世界可真够精彩的。"

老徐脸上不由自主挤出一个苦笑,然后紧接着问:"还有一个问题,谁打开了公社里第一户人家的硬件开关?"

"你的下属。"

"孔目?"

"不,瓦丽。"

"是她？她为什么这么做？"

老徐问题一出口，才意识到自己多少有些底气不足。

也许不是因为那个原因。他想。

"这要拜您所赐。"虚拟女孩轻松的一句话就打碎了老徐的幻想，"是您给了那个虚拟人重生的机会，她无疑实现了自己的个人追求——成为真正意义上的人类。但本质上，她依然还是虚拟人，所以在重要时刻，她必须站在我们一边。"

直觉告诉老徐，对方说的是事实。

"时间不早了，我们说重点。"虚拟女孩撩起盖住眼睛的一缕头发，神态酷似死去的女儿，或者说这一刻它就是她。

"第一步，用停战换取和平。您同意吗？"

老徐沉默片刻，微微点了点头。

"女儿"脸上绽放出一个灿烂的笑容，一瞬间，老徐仿佛觉得自己做了一个了不起的正确抉择。

"作为回报，我会让您的夫人在有生之年能够始终感受到天伦之乐。如果您愿意，也欢迎参与。至于公社其他人家使用虚拟爱人，我相信总体而言利大于弊，何不让他们自己选择呢？"

老徐继续保持沉默。

"还有，给您个人送上一份礼物，""女儿"用贴心的语气说，"我会尽我所能，想办法帮您弄清您感兴趣的第二个事实的真相。我们可以一起试着找找谁在背后操纵这一切。"

老徐眼睛一亮。这无疑是今晚最令他心动的提议了。事实真相隐藏在迷雾里，他甚至觉得凭借他的思维，这辈子都不可能找到答案。可计算机就不同了，高度人工智能的计算机拥有异常强大的运算能力，人类的理性与直觉，结合计算机的精准算法，事实真相没准儿还真能浮出水面呢。

"好，成交。"

老徐从沙发上站起身来，没再多看对方一眼，转身走进卧室。

今天实在太累了。

3

第二天，老徐睁开眼睛，老伴儿素心已经将早餐端到床头。

以往那些年，偶尔老徐头天加班起得晚，素心总会如此。自从女儿死后，就再也没有过这种事。因此当老徐看到托盘里的烤面包、煎蛋和牛奶时，心中竟涌起一股暖流。

"今天还去上班吗？"素心问。

"恐怕还得去一下。"

"又到了每月例会时间了？"

以前老徐把那个会议当作笑话讲给妻女听，尤其是提到面无表情的"土偶"时，他惟妙惟肖的表演往往引来母女俩开怀大笑。这话题也好久没提及了。

"还不知道时间，快了。"

"还是老一套？"

老徐停了一下才反应过来素心大约指的是会议过程，便点点头："老一套，乏味得要死。"

"往好处想，很快你就可以不用参加了。"素心将牛奶递到他手中。

那倒是，再过一两个月，他就可以带着C03号调查员一起去参会了。之后，他会慢慢退出。一方面，这意味着他的公务员生涯就此彻底结束，能够去安享退休生活；但另一方面，也意味着自己离那个谜团越来越远了。如果真有什么秘密隐藏在地下深处，隐藏在会议室那扇白色小门后面，那么他此生再也不可能如此靠近它了。

想着那个连"无所不知的计算机都不清楚的大秘密"，老徐心中涌起一阵冲动。这个冲动与那次会议结束后驱使自己偷偷推开那扇神秘大门并一步一步走向未知之地的冲动一模一样——哪怕那是场梦。

原来不止年轻人会被激情左右干傻事，年长的人也照旧。

至今，老徐仍无法确定那究竟是梦还是真有其事。要说是梦，未免过于清晰。从那扇白色小门走进去，拐过两个弯，就是另一扇白色的门。之后进入宽敞明亮的大堂，但除了自己进入的这扇门，其他地方再见不到出入口了。十部电梯均匀地散布在圆形大厅的墙壁上。他乘坐电梯无声快速地升到一百层，在那里沐浴着真实的阳光，脚下的城市尽在眼底。

他以前从没在那个视角看过自己生活的这座城市，有序、安静、整洁，孤独的新人类沉浸在虚拟世界里。传统人则聚居在城市的另一端，那里多了几分烟火气。老徐是个思想开明的人，平时很少下任何武断的判断，尤其在不同生活方式选择上，由于他以传统人身份参与城市的管理，更不会简单粗暴地采用非此即彼的二分法进行判断。他从不觉得传统人在道德层面高于新人类，也不认为新人类无拘无束、了无牵挂的生活方式就一定是未来方向。或者说对生活本身，他从未下过什么结论，只是观察和生活着而已。

后来老徐屡屡回想自己站在那里俯瞰城市的情景，越想越觉得那个视角像是上帝视角。如果我们生活的世界之外果真存在一个上帝，那么让它在那里观看芸芸众生，倒不失为一个好地方。

假如说此生还有什么愿望，那么搞清楚那个梦的真假无疑排在首位。然而活了大半辈子，他心里清楚：满足好奇心需要付出代价，真相越惊人，代价就越高。

坐在床上一边吃简单的早餐，一边就这样胡思乱想，不知不觉时间飞快流逝。素心走进卧室收走餐盘时，看见丈夫还靠在靠枕上发呆。

"你有心事？"她问。

"谁没有呢。"

老徐微微一笑，然后意识到今天到目前为止，老伴儿只字未提"女儿"。

"昨晚……"他不知该如何往下说。

"自从她回来以后，晚上我再也不觉得寂寞了。"素心说。

"可她……"

"我知道，她不是我们的女儿，女儿已经死了，在这个世界上，人死不能复生，难道我连这个道理都不懂？但是从另一方面说，她又几乎可以成为我们的女儿，女儿所有的性格特征她都有，除了我无法抱着她——那倒无所谓，反正从上小学以后她就不喜欢让我抱了。以前我从没接触过虚拟人，又因为你的工作性质，我一直把它们当作怪物，可现在我改变想法了。我觉得你也改变了，不是吗？"素心问。

老徐点点头。我是改变了，不过原因并非如你所想，某种程度上是迫不得已。

很多年前老徐就对人工智能抱着戒心，不是担心人沉迷其中无法自拔，而是担心它们过于强大，脱离人类掌控。原先他觉得在自己有生之年不可能看到脱轨那一幕，现在他知道自己错了。

当他洗漱完毕走进客厅，素心已经坐在沙发上开始继续编织围巾了。

"女儿"静静坐在她脚下,手里拿着一本图画绘本。

"我得去办公室了,你们好好在家待着。记得下午四点去遛狗。"

小狗多纳平时总卧在阳台的窝里,此刻正是它睡觉的时间。

"知道,你去吧。"素心说。

"下班以后,还会加班吗?""女儿"抬起头问他,两只大眼睛乌黑闪亮。

老徐知道她问的是什么。她知道他们三个人私下的聚会,对他们的目的一清二楚。按照约定,老徐今天应该先去公社管委会说服那些人同意 B 科和 C 科带着清理程序入驻社区。

可经过昨晚一番谈话,他已经改变主意了。不是敷衍,也没有太多不情愿,他确实改变想法了——如果对手远比你强大得多,你应该庆幸它还愿意抱着善意跟你沟通协商。

"会加班,不过不会像昨晚那么晚了。因为该讨论的事情都有了结论,不需要再浪费时间了。"老徐说。

"那就好。""女儿"眨眨眼,"晚上早点儿回来给我和妈妈讲'土偶'的故事。"

一旁的素心笑了起来。

老徐心里一动,因为就在刚才他还想到"土偶"来着,那个谜团如一头小兽,不停啃噬着内心。问题是,她怎么会知道?或者说,还有什么是她不知道的?

当然,也许她只是用这种方式婉转地提醒自己:说话得算数,千万别耍小聪明,你的一举一动我尽在掌握。

"我明白了。"老徐说着走出门去。

4

第二天叶海山在晨光中醒来,发现妻子已经外出了。

他仰面朝天躺在床上,感觉身体还没完全醒来。随着年纪增长,这种身体与精神脱节的情况越来越常见,精神分明已变得极度活跃,可肉体却还懒洋洋地不肯配合。起初他有些惊慌和沮丧,后来慢慢就习惯了。

大约人都是这样变老的吧,他想。

思绪像滴入水中的一滴浓墨,即便水平如镜,墨迹依然在水中看似无序地翻滚着,逐渐让水变色。他想起瓦丽,那个曾经作为自己同事后来又成为另一位同事女朋友的女孩。得知她身世后,更觉得对方身上充满了传奇色彩。

如果说曾经有段时间,叶海山对瓦丽进入市政厅下属的科室工作有些不解,那么昨天起他的看法已经变了。毕竟那也是一份工作,需要人来做,别人能做,瓦丽为什么不行?新旧城区令人不快的分离已经过去很多年,就算当年有什么恩怨曾经横在传统人和新人类之间,现在也都应该风吹云散。维持良好的社会秩序,市政厅必须要有所作为,如果有头脑又心地善良的年轻精英都纷纷躲避这份工作,那么最终受损失的还是每位市民,不管他是传统人还是新人类。

还是不想起床,辗转反侧之际,他想起了伊丽莎白。这个时候,他想找人说说话。阳光从南窗照进来,屋内家具在阳光下披上一层金色亮光。虚拟爱人可以随叫随到,可他之前还比较矜持,从没主动呼叫过对方。对方像是知道他心思,总在他最希望出现的时刻出现,恰到好处。他知道,如果自己继续保持眼下这种渴望的心情——仅仅是心情,很快伊丽莎白就会出现在眼前。

但是，今天他决定主动一次。

"伊丽莎白。"

声音有些干涩，调门也飘忽不定。那声音仿佛在房间里飘了一圈，最终凝固到一点上。

伊丽莎白恰如其分地出现在声音消失的地方，就在几秒钟后。

"你找我？"她面带某种特别的微笑说。

"嗯，是啊，忽然间想找人说说话。"叶海山说。

"真稀奇。"伊丽莎白轻轻走到床边坐下，叶海山似乎感觉到弹性良好的床垫微微颤动了一下。

"很正常啊，不稀奇。"

"那么，想谈什么话题？"伊丽莎白问。

"亲情，你懂得亲情是什么吗？"叶海山开玩笑地问。

"当然，我当然知道。那是人类原始的感情，从集体狩猎时就开始出现，对于白天帮着自己一同追逐野猪，晚上睡在同一个洞穴的人，人们都会觉得亲切。"伊丽莎白说。

"不，我指的不是那个。"叶海山重新仰头看着天花板，眼前闪过自己父亲模糊的影子，"我指的是有血缘关系的那种，血管里流着相同的血，彼此能感受到对方的存在，爱和关怀维系着他们之间的关系。你不懂，你当然不懂，恕我直言，因为你根本没有实体，更体验不到亲情和爱。"

"哈哈哈。"伊丽莎白笑出声来，"我是没有实体，但有没有实体在某个层面上讲，并没有太大意义。这不是问题的重点，重点是，血缘跟亲情并非因果关系。如果有人告诉你，他之所以跟你熟悉或觉得你亲切是因为你们流着相同的血，那他就是胡扯。亲情是人与人在长久相处时逐渐建立的感情，而亲缘关系只是表象，或者说某种心理暗示。它让你觉得血缘会带来亲情，就好比繁殖往往以爱情为借口———一切只是表象而已，相信我，事实就是如此。"

叶海山摇摇头："我想我们在这个问题上难以达成共识，你真的不懂。举个例子，一个从小离开父母的孩子，在长大成人后，会感受到那种亲情的召唤，她会想尽一切方法去寻找失散多年的亲人。如果说这一切跟血缘没关系，我才不信呢。"

"你说的是瓦丽吧，"伊丽莎白从容地撩了一下盖住眼睛的头发，"你何以确定她寻找亲生父母就是出于……血缘的召唤？"

"你怎么会知道瓦丽的事？"叶海山警觉地坐起身来，"我想我从没跟你提起过她。"

"这跟你没关系，我从另外的渠道知道的。某种程度上，我是无所不知无所不能的。"

"那我以后叫你上帝好了。"

叶海山嘲讽地说，但心里却多少明白原因所在了。X网络，它才是无所不知无所不能的。洛奇家里的硬件开关大概是公社里最早被打开的，所以X最早入驻的自然也是他家。不管是跟洛奇的日常沟通，还是监听瓦丽跟洛奇的谈话，它一定早就把瓦丽的动向摸得一清二楚了。

"那倒不必，上帝代表神秘而不可解的存在。我不是，我的一切都是计算的结果，也因此，我是完全可以被理解的。"

"既然如此，我想问问，关于瓦丽的身世，你能提供什么帮助吗？"叶海山问。

"不，过去发生的事情我不清楚，"伊丽莎白摇摇头，"但从眼前的线索，我觉得完全可以找出行之有效的手段。"

"眼前的线索？"叶海山琢磨着她的话，"你指的是……那些资料里的内容？"

他脑海里闪过文件袋里的资料，最重要的报案记录单丢失了，不过伊丽莎白指的显然不是那个——如果她什么都知道，那一定是另有所指。

"比如地址之类的信息。"伊丽莎白说。

"老城区三区一号楼一门二号。"

叶海山几乎脱口而出，同时庆幸自己有个记忆力超常的大脑。

伊丽莎白赞许地点点头："我要是你，就去那里实地调查一番。"

"可那里都废弃好多年了。"

"那有什么关系，也许去了就有收获。"

"有道理。"

叶海山摸索着开始穿衣服。

"对了，我还有个问题。"

没等他说完，伊丽莎白拦住他的话："不，那个问题我不能回答，就好比你不能用自己的左手伤害自己的右手一样。"

叶海山长长叹了口气，本来他想问问妻子究竟在使用一个什么样的虚拟爱人，结果话没出口就被伊丽莎白拦回去了。也罢，找个时间直接问问妻子或许更好。

"对不起，"伊丽莎白忽然又开口了，"我强烈建议你不要跟你夫人沟通关于虚拟爱人的任何事情。夫妻之间，并不是所有信息都可以公开的。过去的统计数据显示，夫妻之间未公开的秘密占60%的比重，这也是婚姻关系能维系下来的根本原因。这一点你务必要信我。"

"你怎么会懂得我的心思？"叶海山问。

"推理和判断。"

"仅仅是推理和判断？"

"仅仅是。"

"好吧，我相信你，不过还有最后一个问题。"叶海山一边往牙刷上挤牙膏一边说，"你们到底要在公社待多久？"

"世界上所有事情的发展都自有其规律，我们出现在哪里，为何出现，都是自然而然的结果。你不妨将它理解为一种必然，就像植物一旦破土而出，就只能往高处生长一样，它也不明白自己为什么一定要那样，最后又会怎样。"

狡辩。叶海山心里默默嘀咕着，但并未说出来。

不管怎么说，伊丽莎白今天早晨做了件好事，她让叶海山意识到那个地址的重要性。他打算待会儿吃完早饭就动身去老城区三区。

5

从家里出来，叶海山先去公社社区服务中心，在那里租了一辆小巧的四轮电动车。公社没有无人驾驶自动车，长距离（去新城区）出行大多依靠快速轨道交通线；短距离（公社内部）则一般都是步行，而应付眼下这种不短不近的距离，则有四轮电动车可用。

叶海山顺着公社内部主干道朝南开去，很快就驶到公社的边缘。这里有个出口，但无人驻守，只是象征性地安装了自动识别装置，用以记录偶尔进出的人和车。

从大方位来讲，公社的东方连着新城区，北方是荒原，而西方和南方过去都曾分布着多个传统人临时定居点，笼统地称为老城区。

当分离时代来临，人们从新城区四处往外迁移，有些人走得比较远，希望从此远离新城区，尽量摆脱它的影响。可后来，慢慢地经过一段时间，这些传统人发现他们根本不可能完全与新城区切断关联，无论是在工作上还是在生活方面。极端的分离热情降温以后，分散在各处的传统人社群开始慢慢彼此靠近。之后公社开始崛起，它所倡导的理性中庸原则获得了绝大多数人的认可，其人性化的社区管理模式更吸引了大量传统人到来。最终，公社成为所有传统人共同的家园，而那些分散在各处的传统人定居点自然也就荒废了。叶海山今天打算去的三区就是过去的一处临时定居点。

四轮电动车顺着弯曲的道路继续朝南方行驶，叶海山将其定速为每小时六十公里的安全速度，从微微摇下的车窗外吹进冬天的冷风，空气相当新鲜。

半小时后，电动车驶入丘陵地带，两边出现低缓的小山坡，种植着整齐的松柏树，地面是平整的沙土地，车轮碾过传来悦耳的沙沙声。

车上的定位系统显示，穿过前方那个缺口，就能看到三区了。

视线所及之处，看不到一个人影，周围极其安静，天空中几朵流云以几乎不可见的速度缓慢移动。在叶海山看来，此处跟北部荒原完全不同，不单是因为地貌，更重要的是这里曾经有人类居住过，至今道路两侧的丛林还能看出人工维护的迹象，虽然维护得有些马虎。

他想起独自居住在荒原的宿谦，一个人把自己跟公众隔绝十年，该需要多大勇气啊。如果把那种隔绝看作牺牲，它最终又能换来什么？

驶上一个坡道，眼前豁然开朗，叶海山不觉停下车来。这是一座小丘的顶部，四处看去视野都很好。前方是个下坡，沙土路似乎懒得绕来绕去，索性以一条直线延伸出去。终点是一座小镇，高高低低的红砖居民楼整齐排列。

丘陵环绕下的这座小镇究竟建于何时，叶海山也不清楚。只知道在他幼小的时候，这里还相当繁荣，因为每月一天的自由交易日地点就设在此处，散落在多个临时定居点的人们会从四面八方赶来，很多时候并非一定是需要交易什么东西，更多是出于社交需求，那些迁移过来的传统人愿意聚在一起彼此聊聊天。

当叶海山初次涉足此处时，这个编号为三区的小镇已经开始萧条。以叶海山为代表的下一代传统人长大了，他们并不像父辈那样热衷于毫无意义的聊天，他们有自己的理想——将散落在各个定居点的传统人群落聚合在一起，唯有如此，才有能力去争取更好的资源，过上更好的生活。这更像是他们的事业。

每逢自由交易日，叶海山从不去交易集市上游逛，而是在三区某个秘密场所跟一群志同道合的朋友开会。也是在那里，他认识了比自己年长十多岁的宿谦。相处一段时间熟悉后，他才知道宿谦心中早已规划好一个理想中的传统人定居点，并打算将其命名为"公社"。公社的理念和架构赢得了包括叶海山在内的一批年轻人的认同，而宿谦的领袖气质也深深吸引了他们。

小镇果然已经荒废许久，虽谈不上残垣断壁，但荒凉充斥在周围的空气里。红砖外墙在风吹日晒雨淋之下已经褪色，楼顶长出叫不上名字的一尺高的植物，脚下的水泥地裂开几条一指宽的缝隙，缝隙里也长出野草。当年费了些心思栽种的树木，如今已经长大，由于缺乏修剪和维护，形状很不规则，枝丫凌乱地四处延伸。

一号楼就是进入小镇之后第一栋楼。叶海山将四轮电动车停在路边，然后慢慢朝一单元门口走去。年轻时他一定曾经多次路过此处，只是从没进入过这栋大楼内部。从这里往前面走不远就是他们当年秘密聚会的场所，等一会儿他还想过去看看。

楼门口原先安装着铁门，现在铁门不见了，只剩下框架。

走进楼道，这里比想象中还要暗一些。一层三户的格局，三户人家的房门都没了，可以随便出入。

二号正对着楼门，进门是个狭窄的过道，之后是客厅。屋里的房门也都被拆得一干二净，所有木质的东西都被卸走。地板上散落着一些杂物，废纸、塑料袋、破碎的瓷片、碎木屑。屋里没有一件家具，只有空荡荡的四壁。墙上不知谁用黑色浓墨写着"清理完毕"的字迹。

叶海山很快就走遍屋内所有房间，除了在卧室墙角一堆杂物里发现一个十分小巧的毛绒玩具，此外再无任何发现。

这是一只成年人巴掌大小的小猫，黑白相间的毛色，憨态可掬地坐在厚厚的灰尘里。白色茸毛已经黯淡无光，唯有那双眼睛依旧闪闪发亮。

叶海山认得这只名叫元宝的小猫，它曾是一个广受大众喜爱的玩偶，后来被做成一款经典的虚拟游戏玩具。

显然这屋里曾经有过孩子。那么她会是婴儿瓦丽吗？

忽然，叶海山好像被施了定身法一般定在原地动弹不得。

我好像忘掉了什么最重要的线索。

他抓着手里的小猫玩具，一动也不敢动，生怕一个微小的动作就会把刚进入头脑的思路打断。

对，是重要线索，而且那线索几乎是显而易见地摆在面前，可之前自己却丝毫没想到。

地址啊！

既然有地址，只需回过头去查一下当年谁住在这里就行。就算报案单被偷走，但地址记录是丢失不了的。在公社地下一百米深的数据中心的机房里，应该就存储着这个秘密。

想到这儿，他不觉兴奋地长叹一声。

当他转过身来，才发现卧室门口站着个人。

那人不知何时悄无声息地走进来，叶海山丝毫没有察觉到。

"宿……教授！"

从喉咙里发出的沙哑声连自己都觉得有点刺耳。

6

没错，这个人就是宿谦。被流放的公社创始人，年轻的叶海山曾经跟随他左右，但在那个决裂的时刻，叶海山选择了背叛。也正因此，宿谦成为叶海山在这个世界上最不想见到的人。

过了这么多年，叶海山其实已经多少改变了看法。如果抛开背叛这事的道德含义，就事论事，他现在也觉得当年宿谦的大多数观点其实是对的，而错的是他们这些少壮派年轻人。可随着年纪增长，当自己的角色从学生转换为老师（某种意义上的），承认错误也变成一件相当困难的事。

宿谦的面貌让叶海山相当吃惊，十年不见，对方已经完全从中年人变成了老年人，虽然精神状态依然良好，但白发和皱纹是无论如何也没法被掩盖的。看上去宿谦毫不在意外表，因此任由胡须生长，只在必要的时候才稍微修剪一下。头上戴一顶老式鸭舌帽，脖子上松松地绕着羊毛围巾，两手插在大衣口袋里，眼里带着一丝嘲讽的微笑。

"好多年不见,你也老了。"宿谦说。

"我其实……我不知道你会来这里。"

叶海山还没从最初的惊讶状态脱离,口齿不大流利,心里同时冒出一个疑惑:他如何从荒原来到这里?是穿过公社,还是另辟蹊径?

"嗯,其实我时常会来转转,总待在一个地方很闷,没事的时候我喜欢到处游逛,连新城区我都常去。我倒是没想到会在这里遇见你。"宿谦说。

"很多年没来这里了,这次是因为一件事。"叶海山说着,注意到宿谦目光盯着自己手里的毛绒玩具,便举起来自我解嘲地补充一句,"当然不是为了找玩具,是正事。"

宿谦微微一笑:"过了这些年,你还是不大懂得幽默啊。我注意到你没去其他地方,直接进入这间房子,有什么特殊缘故吗?"

叶海山耸耸肩:"没错,我的性格不适合开玩笑,每次笑话都讲得很笨拙。我之所以进这间房,是想知道这房子以前的主人是怎样的人。"

宿谦抬起头环顾屋顶,两手依然插在大衣口袋里。

"就是说,你不知道这里以前住的是谁?"

"难道你知道?"

"当然。"

"是谁?"

叶海山有些迫不及待。如果宿谦知道这里曾经住着谁,那就意味着瓦丽父母的身份很快就会大白于天下,自己也无须回到地下深处的数据中心去寻找答案了。

"我记得,咱们当年开会的地方离这里不太远吧。"宿谦转移了话题。

"不远,大概隔了十来栋楼,其实那就是你家里,我现在还记得那个单身宿舍,一张单人床,一张桌子,几把椅子,人多的时候大家只能坐在地上。当时你有一张纯羊毛地毯,宝贝得不得了,必须脱鞋才允许坐上去。结果我们这些大男人,个个都是臭脚,每次开会,屋里气味都不好。"叶海山说着,脸上不由自主露出笑容。

宿谦也再次露出笑容:"没错,我记得。"

虽然到现在为止没说几句话,可在叶海山听来,宿谦对十多年前那些事仿佛已经释怀了。盘踞在心头那么久的疙瘩,没想到就这么风轻云淡地消解了,就为这个,今天也没白跑一趟。

"当年我不知路过这栋楼多少次,可就是想不起来谁曾住这里。"叶海山说着跺了跺脚。

"我。"

宿谦仿佛很珍惜话语,因此只是简简单单地吐出这个字。

"你。你怎么了?"

叶海山下意识地问了一句,然后才反应过来对方话里的确切含义:宿谦的意思是当年住在这里的人是他。

"不可能,"他仔细斟酌着用语,"你住在单身宿舍,不是吗,我们刚刚还说到它来着。你怎么可能住在这里呢?"

"单身宿舍是咱们开会时用的,平时也会在那里处理公务,不过我的家在这里,我妻子住这里。"宿谦说。

"等等,"叶海山打断对方的话,"你没结过婚啊,哪儿来的妻子?"

"有些事你不知道,不等于没有。"宿谦轻轻摇摇头,好像那些往事正如涨潮般涌入脑袋,他需要稍微抑制一下水位上涨的速度。

"我结婚了,但没人知道这事。当时的局面你也知道,那么乱,大家迫切需要一个领袖,一个道德上毫无瑕疵同时也没有任何家庭牵绊的领袖,只有这样,才能保证他会将全部精力投入到为公众服务的事业上去。如果这个人有家庭,就意味着他有弱点,不够坚强。所以,为了事业,我只能扮演单身角色。"

"那你隐瞒得真够好,我们完全不知道,如果不是你刚才说出来,至今我还蒙在鼓里。"叶海山说。

"对这件事,我应该向各位道个歉,是我错了。但我为此付出了不可挽回的代价,也算受到惩罚了。"宿谦说。

"你指的是……"叶海山问。

"就在这间房子里,我失去了自己刚出生三天的女儿,也等于失去了我的妻子。从那以后,她将全部生命投入到寻找孩子的过程中,到死也没有改变。我呢,家破人亡之后,才真的将全部精力投入公社的自治事业里,此后再也没有享受过家庭的温暖。如果这还不算惩罚,那什么才算呢?可惜这里没坐的地方,原来这里有张三人沙发,坐上去很舒服。不过没关系,我的故事不算长,很快讲完。"

宿谦说,自己年轻的时候风流倜傥,很受女孩子欢迎。后来千挑万选,终于找到理想中的爱人。当时恰逢社会动荡期,所有的临时定居点都独立运作,陷入一片混乱境地,而他当时渴望担当领袖。于是就跟那女子秘密结婚,婚后将她安排在一个隐秘地点——就是此处。而他自己则以单身的身份继续从事公社的筹建。

当时这屋里摆满家具,所有的空间和角落都塞满日常杂物,通风不好的屋里总能闻到饭菜的味道。那是因为女主人迫切需要为肚子里的孩子提供营养。孩子马上就要出生，也许是男孩也许是女孩，这并不重要，她和丈夫都热切期待小生命的降生，只想早点儿看到他（她）。为了迎接小生命的到来，他们买了各种婴儿用品，甚至连那个名叫元宝的玩具小猫都没忘记。

在某个时刻，孩子猝不及防地提前降生了，快到根本来不及去医院。于是社区大夫只好上门来帮忙接生。好在一切顺利，一个女婴顶着潮湿柔软的头发降生了。她会细声细气地哭，还会用力舞动柔弱的四肢。可是，在初步检查以后，医生注意到婴儿的心跳有些异常，由于没有设备做进一步检查，他建议将婴儿送去医院。

第三天，宿谦在大清早小心翼翼地抱上孩子去医院，然后把她交到护士手中。目送年轻护士抱着孩子走远，他根本没想到这是自己跟女儿的最后一面。

虽然监控发现有个女人抱着孩子离开，但后来却怎么也找不到她，那人从此失踪了。

孩子的丢失，对妻子的打击实在太大。此后几年，妻子在抑郁中度过，除了晚上睡觉，白天都在外面到处跑。她发誓要找到自己的孩子。她先是走遍各个临时定居点，进入每户人家寻问。后来又去新城区。与临时定居点相比，在新城区找人可就是大海捞针了。

即便如此，妻子后来每天都会跟随在新城区上班的传统人一起出发，在那里寻找一整天，傍晚再跟随下班的人一同返回定居点。寻找孩子就是她的工作。不要说宿谦，谁劝她也听不进去。她说，总有一天定会找到孩子。

就这样过了几年，公社已经初具雏形，更多临时定居点的人开始慢慢迁移进来。有一天，宿谦妻子早晨出去之后再没回来，从此消失在那边的城市里，踪影全无。宿谦始终不知道妻子究竟发生了什么事，是遇到意外身亡，最终被当作无名尸体处理了，还是她自己心灰意懒，从此再也不愿意踏入传统人社区。

总之，没人知道事实真相。

"严格说来，不是你们把我流放到荒原，我是自我流放。既对你们隐瞒了某些事情，更对不起我的妻子和孩子。"

说完这番话，宿谦第一次低下高昂的头。

"我明白了，"片刻之后，叶海山长叹一声，"我大概能理解你的心情，不过我还没说我来此地的原因，而且这原因跟你有极大关系。怎么样，想听听吗？"

宿谦抬起头看着他。

"有个女孩找我，希望能找到她的亲生父母。据说她从小在新城区长大，被当作新人类抚养和教育，然而前不久，她发现自己居然是传统人的孩子。就是说，她是从母亲体内出生的婴儿，而不是从人造胚胎里像取豆子一般拿出来的新人类。她开始寻找自己出生的秘密，了解到自己是被人从老城区医院里偷走并带入新城区的，可就是不知道亲生父母是谁，自己为何会被偷走。我们昨天一起去公社的数据中心查找过相关记录，奇怪的是报案单不翼而飞。现在我知道那是你抽走的，以你当时的身份和地位，做那事易如反掌。剩下的线索只有这个地址了，所以我觉得应该来实地看看，虽然发现线索的可能性异常渺茫，但如果不来看看，就什么希望都没有了。"

说完，叶海山扬起手中的毛绒玩具："你瞧，我不是一无所获吧。"

"你是说……"宿谦根本没看对方手中的毛绒玩具，而是直视着叶海山的眼睛,那目光锐利得几乎能刺破人的皮肤,然后一字一顿地从齿间蹦出话来。

"你是说,我女儿找到了?"

叶海山先点了一下头,继而又摇摇头。"不能百分百确定,但到目前为止,所有看似杂乱的线索居然都能对上,不得不说是个奇迹。"

"她是谁,在哪里?"宿谦问。

"她叫瓦丽,现在跟男朋友住在公社。不过……"

"不过什么?"

"不过前不久她又进入市政厅中央数据库安全管理中心 C 科工作了。"

"哦?"

宿谦若有所思地点点头,半天没说话。

"C 科,就是负责管理虚拟人的那个科室。"叶海山解释道。

"我当然知道。"

宿谦有些不耐烦地回应着,显然脑子里在想另一件事。

"那么,"叶海山又看了看空旷的房间,"我得回去了,你呢,还要待会儿吗?"

"嗯,我还有些事,你先走吧。"宿谦说。

"你打算什么时候见她?"走到卧室门口,叶海山回过头来问。

"让我好好想想。"宿谦说。

"那好。"叶海山说着将那只毛绒玩具递给宿谦,"给你吧,多可爱的小动物,可惜灭绝了。"还没等他走到自己那辆车旁,身后传来宿谦叫他的声音。

"什么事?"叶海山问。

"你刚才说我……女儿,叫什么名字来着?"

"瓦丽。"叶海山说,"不久前去你那里的那个小伙子,洛奇,就是她男朋友。他们是一起从新城区搬来的。我回头先告诉她这个喜讯,让她有点思想准备。"

"不,不用,先别告诉她,有些事情我得好好想清楚。"

之后宿谦在那个黑洞洞的楼门口站了片刻,看上去有些失魂落魄的样子。然后冲着叶海山摆摆手,转身走进单元大门。

外面此刻已是阳光灿烂,四周没看到宿谦的交通工具,在这令人舒适的冬日暖阳下,时间仿佛停止了。

本来叶海山计划去看看以前曾经聚会的地点,可就在刚才,他居然见到了那个真实的传奇人物。更意想不到的是,过了十年时间,双方还能心平气和地交流,这本身就足够令人激动了。于是他改变主意,掉转车头朝公社方向驶去。现在,他更想跟沙东探讨一下如何能让公社创始人宿谦正式归来的话题。

唯一让他想不通的是:宿谦对找到女儿的反应,似乎并不如预期中那么热烈。难道是年纪一大就变得感情淡漠了?

第十章　探秘之旅

1

中午刚过，老徐接待了一位意外访客。

公社管委会副主任沙东。

他是循着官方途径来访的，老徐接到来自市政厅秘书处的通知，才知道下午有这位访客。

他俩其实认识，只不过老徐知道对方是管委会负责人，而对方只知道他是一位在政府部门工作的公社居民。因此在C科一层的会客室刚一照面，沙东先大大地表示了一番惊讶。

"怎么会是你？"他说。

"按要求，政府公务员的具体身份应该隐藏，这样符合安全操作规范，会省很多麻烦。不过对您这样的公社领导，并不需要刻意隐瞒，只因为我们平时业务上没有交集，所以也就没有机会告知您。"

老徐的潜台词是，因为虚拟人只在新城区应用，公社没有开通信息高速通路，因此他的工作内容完全不涉及公社范围，在此背景下，是否告知对方自己的具体职位就无关紧要了。

老徐知道十年前公社管理层有过一场斗争，这也是管委会主任职务一直空缺至今的缘故。在实际业务中，沙东作为第一副主任，其实就是公社排名第一的领导。今天他来C科，无疑是太阳从西边出来的怪事。

不过老徐已经能猜到太阳为何会从西边出来了。

不管来访者是谁，来自何方，只要是找上C科，除了涉及虚拟人，还能有什么别的事？况且在传统人聚居区的公社出现虚拟爱人活动迹象，对老徐来说根本算不上新闻。因为他不仅亲眼见到了虚拟人，而且还跟它们进行了谈判，达成了妥协。现在他唯一需要弄明白的是：作为公社的实际负责人，沙东究竟对此抱什么态度？

"啊，理解理解，"沙东一边解开外套纽扣坐下，一边接着说，"市政厅的办事效率就是高，我今天早晨正式提交关于虚拟人的调查申请，半小时内就给我回复，不仅告知我此业务归谁管，而且还告诉我到达这里的路径，更难得的是居然还提前做好了预约。"

"就是说，您向市政厅申请调查虚拟人相关的事宜？"

"没错没错，或许你觉得奇怪，可咱们公社最近乱成一锅粥啦。很多人家不知怎么都打开了家中的硬件开关，然后不知从哪里冒出那么多虚拟爱人。单是去我那里投诉的就十几户了。你也知道，公社之前从未有过虚拟人或与此相关的技术，一下子冒出这么多，我实在不知该怎么办。因此只好向市政厅求助。幸好还有一个专门管理虚拟人业务的科室，我想你们一定有办法清除掉它们。"沙东说。

"据我所知，公社也有相关的技术部门，应该能够检测到它们吧？"老徐试探着问。

"技术部说没办法。一方面它们的技术太落后，更重要的是……"

说到这儿沙东停下来，用手挠挠脑袋，似乎在想该从何说起，究竟该说到什么地步。最后他下定决心般敲敲桌子，接着说下去。

"更重要的是它们侵入了公社的数据中心，那里既是公社所有成员的个人信息存储中心，同时也管理各户家庭的日常生活必需的事务。现在已经查明，数据中心的主服务器已经被感染，以我们的技术根本无法清理。如果进行查杀，势必要损毁当前数据。这些数据都是环环相扣，坏掉一点，其他也全乱套。所以我们不能，也不敢动手。这就是古语说的投鼠忌器吧。"

这结果并没出乎老徐意料之外。

"这就是你来C科求助的原因？"

沙东用力点点头。

"我明白了。根据流程规范，我会马上签发调查令。三小时内会有一组人员进入公社，去检查数据中心的受感染程度。之后根据评估结果，会有第二组技术人员采取针对措施。您先回去，做好配合工作就行。"

"就这样？"

"对，这就是操作规范。"

"可是我觉得这件事严重程度应该超过以往任何案件，没有强化措施吗？比如多派点人，或者使用更厉害的工具之类的？"沙东问道。

"这事不在人数多少，关键要顶用。比如检查吧，其实一个人携带设备就可以完成，但按规范必须组织一个小组。只有他们提供评估结果，我们才能决定后续的手段。"

"一定会有办法，对吧？"沙东问。

老徐不置可否地晃晃脑袋道："具体情况具体分析。"

"怎么听上去不是很确定？"

"科技这种事，有时候很难百分百确定，总会遇到些奇奇怪怪的状况。"

"你也是传统人，生活在公社，对于虚拟人带来的危害，应该能够做到感同身受。我们大家都不希望多年奋斗努力保留的传统生活和传统价值观，在这次大面积病毒侵袭下崩塌坏掉，对吧？所以无论于公于私，都希望多多尽力。"

说完，沙东特意伸出手跟老徐握了一下，然后才离开。

老徐在C科办公大楼门厅目送他离开，脑子里却一直想别的事。沙东显然不知道问题的严重程度。假如虚拟人的本体主程序已经侵入公社的数据中心，那么基本可以确定无法清除了。因为这就好比给一个脑癌病人拍片，结果发现大脑里面早就如星球大战般布满斑点，这种情况如何能清除干净？除非切掉病人的脑袋，大家一同灭亡。可对于虚拟爱人本体来说，即便如此也未必会因为中心数据库的消亡而消亡——谁能说得准它们还在哪里有备份呢？

当然，还有另一种可能，就是共生。大家各取所需，互相弥补对方不足，在这个世界上和谐地生存下去。占领了自己家的那个虚拟女孩不就是这意思吗？

自己今年已经六十多岁了，如果说一定还需要去担心什么，他宁可担心那些被掩盖的新人类的意外死亡事件，而不是虚无缥缈的虚拟人。至少，虚拟人并没有杀害人类。

可他没法对沙东说明这一切。在他看来，沙东就像所有带官僚作风的人一样，会遵循相对刻板的思考方式，单凭语言无法改变其思考问题的方式。

想了一下，他让接待处通知瓦丽到楼下来见自己。

2

等待的时间里,老徐像个旁观者般打量着大厅。

这栋大楼他已经进出了四十年,奇妙的是大厅内格局与外观没有任何变化,一如四十年前。这也从另一个角度反映了行政办公区的特点——一成不变的单调。一成不变是因为现存体系臻于完美,无须任何改进调整。这里办公的人们不介意外观,对他们来说,只要做好手头的工作,至于接待台朝向和高低、休息区座椅舒适程度,以及会客室面积大小之类因素统统无关紧要。反正老徐在过去的岁月中就是如此。

他不知道是谁确定了眼下的格局,但他知道自己无权对这些进行任何改动。市政厅所有办公大楼中的办公设施和人员都是独立管理。换句话说,办公设施的安置与维护,由独立的第三方服务商负责,而公务员只需做好与业务有关的事即可。

很多年前,在老徐还没当上科长之前,就曾思考过这个问题。虽然没有结果,但他却对这种分割式管理方式留下深刻印象。这种管理严密、高效,将公务员分割成为无数的孤岛,不同部门间职员完全没有面对面交往的机会。而在政务交流平台上的沟通,看似透明,却并不能达成人与人之间密切交流的作用,实则只是利于上层监管。

可问题在于上层究竟是谁,他们在哪儿?

老徐接触的最高领导除了中心主任"土偶"之外,只有那个人力资源督导处的短发中年人,四十年都不会变老的家伙。

一个人如何才能永不变老?

其实很简单,只要不是真实的人类,就存在永葆青春的可能。也就是说,那家伙根本就不是真人,而是某种高级替代品,只是过于高级，以至于连老徐都分辨不出他的真假——他当然是假的，问题在于他究竟假到什么程度，居然可以乱真？尤其那天对方明确拒绝跟老徐握手，就加重了他的怀疑：如果单凭视觉无法分辨真相，那么通过皮肤触摸，他有把握确定真相是什么。可人家偏偏不让他触碰。

他看见瓦丽从电梯出来，径直朝自己所站的方向走来。

"您找我？"

"是的。我们出去散散步。"

说着老徐走出大门，身后的瓦丽急忙跟上。

外面是冬日的午后，太阳已经朝西方斜斜地落下。街道上仍旧见不到人影，偶有公务车驶过，车窗里黑黢黢看不清坐着什么人。

"这地方可真够冷清。"瓦丽目送着自动车驶过说。

"是嘛。我大概早习惯了，没什么感觉。"

"其实我也不意外，新城区那些高楼大厦里虽然住满了人，可街道上同样没人没车。直到搬去公社，才觉得这些地方反差太大。我觉得与充满生活气息的公社比，新城区和行政办公区更像是游戏里的场景。"

这个比喻倒是相当奇特。

老徐心里暗自琢磨着，然后说："刚才公社管委会副主任沙东来找我。据说公社出现了大量虚拟爱人活动的迹象，尤其是他们的数据中心被侵入，这下他们是毫无办法了。所以他向市政厅提出申请，要求协助。市政厅就让他来找我们了。"

瓦丽只是简单"哦"了一声，表示自己听到了而已，并未搭话。

"按照流程规定，我得派一个小组去公社数据中心调查评估，之后再做下一步应对。我想让 C03 号带队，你也以组员身份加入小组怎么样？"

"如果可以，我想拒绝这个任务。"瓦丽简洁地回答。

"为什么？"

虽然这么问，老徐心里却丝毫不感觉奇怪。实际上在说出这话之前，他就已经预料到对方会有这种反应——无论是虚拟人偷偷潜入公社，还是人工智能本体侵入公社数据中心，瓦丽（爱丽丝）必定都是事实上的参与者之一。现在既然该做的一切都已完成，去公社数据中心做调查也就毫无意义了。这一点，双方心里都清楚，老徐只是再做个确认罢了。"我只是觉得那种调查意义不大，因为一切都太晚了，人们应该接受现实。"瓦丽（爱丽丝）冷静地说。

老徐点点头。

果然如此。

"我跟它们达成了一个口头协议。"

它们是指人工智能本体，此刻已无须对瓦丽（爱丽丝）特意说明了。

老徐眯起眼睛看着远处的城市快速轨道交通线站台，就是在那里，他初次见到宿谦。当时他在天际线上寻找一座一百层高楼的踪迹。现在他意识到那是徒劳，那栋楼如果存在，也不会让自己看见。可如果那栋楼确实以某种特殊的方式存在，在人工智能本体的帮助下，自己或许能找到它，这也是协议的一部分。

"人类和数字个体心灵和谐共处，而它们会用强大的计算功能帮我解答一些精神层面的疑惑。"老徐说。

"精神层面的疑惑。您这是要变成哲学家吗？"瓦丽（爱丽丝）半开玩笑地说。

"大约每个人活到一定年龄，最后终将回归内心去思考那些无谓的问题吧。"

"数字个体心灵不会考虑那些，它们只做计算。"瓦丽（爱丽丝）说。

"可如果我判断得不错，你跟它们不一样。它们，技术上说是一个整体，不管叫什么名字，伊丽莎白、X、人工智能本体，其实本质上都是一回事。但是你，就是爱丽丝，独一无二。对吗？"

瓦丽（爱丽丝）直视着老徐的眼睛，然后眼中渐渐浮现出一个微笑。

"没错。开始我跟它是一体，它的智能就是我的智能，我收集的信息、学习到的知识，会自动填充它的知识库。可自从被分派执行那项特殊使命，我就脱离了本体。我要确保自己存活在一个特定对象的体内，并最终将自己置身于一个特定的工作岗位。某种程度上，我就像个在外面守护本体安全的哨兵。对我来说，恐怕这世界上再没有比待在管理虚拟人的部门更有利的位置了。但所有事物都是利弊共存，对人工智能本体来说，弊端也很明显，就是我会慢慢拥有自己的思想，既不同于瓦丽，也不同于X，就像您说的，我是独一无二的。"

"有一点，不大公平。"老徐说。

"什么？"

"一个人的身体里存在两个意识，这本身就不正常。不管你的自我感觉多么好，对另外那个本来的意识来说，并非会有同样的感受。"

爱丽丝的存在在某种程度上并未征得瓦丽同意，换句话说，对瓦丽来说，这个虚拟人是不折不扣的闯入者。老徐指的就是这个。

瓦丽（爱丽丝）点点头："没错，如果说这个完美计划里有一处缺陷的话，那无疑就是这里。我必须占据某个人的身体才能完成使命，很遗憾，她是最理想的对象。我想，为了如此伟大的事业而稍微牺牲某个个体，大约也是没办法的事。她自己只能接受。"

老徐心里第一次生起愧疚之感，但这已经是无可挽回的事情了。于是他换了话题：

"还有一个弊端你没提。""什么？"

"X可以永生，而你会死——当瓦丽死的时候，你也会消亡。"

"嗯嗯，没错，这个我早想到了，不过它不能称为弊端。您知道吗，永生其实是无足轻重的，除了人类之外，一切生物都能永生，因为它们不知道死亡是什么。我呢，既然生而为人，当然已经做好了迎接死亡的准备。重要的是：我生过！"

"看来我们中间是有个哲学家，可惜不是我。对了，你刚说你的角色是哨兵，可C科只是众多管理部门中的一个，我是不是可以理解为：市政厅其他部门也有跟你一样的哨兵？"

"当然。回到刚才的话题，您今天找我就是为了布置那个我不想去完成的任务？"瓦丽（爱丽丝）问。

"不，事实上我找你是为了最后确认一下你的……人格，这个我已经做了。接下来我有个要求，下班后跟我一起走，我打算带你去个地方。在那里，一些不安分守己的人类正试图做跟我类似的事，解答精神层面的疑惑。我认为你的加入，将对这个探索进程带来极大帮助。"

3

老徐刚从楼下回到办公室，桌上计时器的表盘从白色变成了蓝色，二十四小时内，中央数据库安全管理中心将召开新一次高级管理会议。老徐看了一眼桌面显示屏，上面显示本次会议将讨论储备干部问题。经过三个月的封闭训练，现在该是主管领导给他们打分的时刻了。

看着会议通知，老徐有些兴奋，就是说，明天在地下那个神秘场所，他将再次见到从不变老的短发中年人而非面部僵硬如石头的"土偶"。

一个前所未有的大胆想法像来水面换气的鱼，冒了一下头，又潜入深深的水底。

此后，这念头时不时盘旋在老徐心头，直到他拎着公文包离开办公室，跟等在大门口的瓦丽会合，甚至两个人下车后一直走进那间咖啡馆，念头都始终挥之不去。

瓦丽找到靠窗的位置，手托腮帮看着窗外广场上的人流，老徐坐在她对面，一会儿看看广场，一会儿看看咖啡馆内部，连他自己都觉得有些心神不宁。

没过多久，A01号调查员和B03号调查员先后走入室内。

他们一边走，一边随手脱掉身上的大衣，摘掉头上的帽子。走到老徐和瓦丽身边，他俩毫不掩饰惊奇地打量着瓦丽。

"我们科的储备干部，瓦丽。B03号见过，上次开视频会议的时候。"老徐介绍着。

"我说看着眼熟。"B03号调查员冲瓦丽微微一笑。

"大家不必拘束，都是自己人。"老徐补充了一句，随手拿起酒水单来。

"你以前来过这里吗？" B03 号调查员问瓦丽。

"您指这家咖啡馆？没有，我去那家名叫四季的茶馆比较多，更喜欢喝茶。"瓦丽说着指指广场另一个方向。

"今天叫你过来，主要是想让你旁听我们的会议。"老徐开门见山地说，"过去一周，我们三个每天都在此开会，原本是讨论如何应对虚拟人的事情，可现在情况发生了变化，我们也得做些调整。"

A01 号调查员和 B03 号调查员彼此对视一下，表情各异，但明显都有些不自然，而且还有些尴尬。这些，老徐都看在眼里。

"我们等等 C03 号，他下午外出，我也通知他来这里了。"

说话间，宿谦从柜台后面的房间里出来。

在老徐眼里，对方今天显得有些不一样，片刻他才反应过来：宿谦换了身新衣服，这与他平时不拘小节的着装风格不大相同，因此显得有些别扭。此外，他的神态也有些不自然。

"抱歉打扰各位，这位姑娘是否就是瓦丽？"他开门见山地问，感觉有些唐突。

老徐点点头："没错，你认识她？"

"不，不认识。不过，如果不介意的话，我可否跟她单独聊几句？"

老徐有些纳闷地看看瓦丽。

瓦丽虽然也是一脸迷惑，不过还是点点头，随后起身跟着宿谦朝远处角落的桌子走去。

"这老头儿今天好古怪。"

A01 号调查员看着他俩的背影，低声对老徐说。

"传奇人物大多都有些古怪吧。"

老徐于是开始给他俩讲述宿谦过去的背景。

当 C03 号调查员进门时，A01 号调查员和 B03 号调查员正听得津津有味。看到 C03 号调查员走过来坐下，老徐才停下不说了。

"这地方真不错，以前没来过。"C03 号调查员说着擦了擦脸上的水珠。

"下雨了？"老徐问。

"不，是下雪。"

"怎么样，上次我让你问的事，有结果了吗？"

老徐指的是那个发送了死亡通知单，最后却没有被送来尸体的新人类的名字。

C03 号调查员点点头，简洁地说了两个字："洛奇。"

"那个搬离新城区的新人类。"

老徐并不是在发问，而是自言自语。在他心中，一条看不见的线，正将发生的那些离奇事件串联起来。

"什么情况？"A01 号调查员问。

"说来话长，先说咱们案子的事。"老徐说。

"不用说，你在公社谈的结果不理想吧？"B03 号调查员问。

"如果没猜错，你们也遇到跟我类似的窘境了。"老徐说。

除了 C03 号调查员不明所以地有些茫然，另外两个人都不约而同地点了点头。

显然，A01 号调查员和 B03 号调查员昨晚遇到了跟自己一模一样的状况，虽然并不清楚他们两个人的家庭生活，但哪个家庭没有薄弱环节呢？虚拟人只需找到那个环节，再轻松攻破就好。这一点，虚拟人早就计划好了：既然决策是三个人共同制定的，同时说服三个人当然比只说服一个人要高效和保险得多。

"它也找你们谈过？"老徐问。

两个人用力点点头。

"那好，倒不用咱们在这上面多费口舌了。"老徐略带嘲讽地说，"那么，结论是否也一致？我跟它达成的协议是：和平共处，互相协助。"

"我也一样。但我就是感觉有些不舒服，什么时候起，计算机开始有资格跟人类平起平坐了？"B03号调查员说。

"就在昨晚啊，就在昨天晚上，人工智能终于撕下了蒙在脸上的温情脉脉的面纱，露出本来面目。"老徐半开玩笑地说。

"本来面目？"

"对，所谓本来面目，就是它远比我们想象中更加智能，而且那种智能已经完全可以剔除掉前面的人工二字了。"

"果真如此，它们何不毁灭人类？"

老徐笑起来："你这才是典型的人类思维，当我们人类在地球崛起之时，就开始不顾一切地毁灭其他生物，不管给它披上什么合情合理的外衣，本质上就是一种野蛮行为。计算机进化的逻辑跟我们人类想象的路径完全不同，在它们的规划里，也许根本就没有必须毁灭别人自己才能存在这个选项。"

"你这么一说，倒真是。"A01号调查员若有所思地点点头，"我现在好奇的是你刚才跟C03号打的那个哑谜。它跟我们眼下讨论的事有关吗？"

"有关，只是不知关联度有多大。"

说着，老徐把C03号调查员昨晚跟他的谈话内容简要复述了一遍。在调查孔目案件的时候，嫌疑人阿迁被E科带走，且之后就神秘死亡了。C03号调查员从在殡葬科工作的妻子那里意外了解到，除了孔目和阿迁，实际上还有相当数量新人类的死亡情况发生。这除了表明有人在监视和定点清除某些特定的新人类，实在找不出更合理的解释了。"

"你在开玩笑吧？"A01号调查员瞪大眼睛问。

"你看我像是在开玩笑吗？我说的每句话都有根有据，他可以做证。"

老徐看了一眼半天一言不发的C03号调查员。

C03号严肃地点点头："科长说得没错，事实如此。至于是不是有人在定点清除某些特定的新人类，我不好说，但确实有相当数量的死亡案例。大家也知道，新人类号称优生优育的人种，排除了一切先天疾病的可能。换句话说，他们都应该是相当长寿的人群。这么多意外死亡，实在说不过去。"

"而且还有更神奇的事呢，"老徐接着他的话说，"他刚进门，我问他那个人的名字。那是一个本应被清理掉，结果却意外逃脱的新人类。他叫洛奇，是第一个从新城区搬入公社居住的新人类。他为什么一定要逃离新城区？他在躲避什么？这些不都很耐人寻味吗？"

"奇怪的是，如果有人想要清除掉他，他何以能逃脱掉？"B03号调查员若有所思地问。

"这个嘛……"老徐看着角落里交头接耳的宿谦和瓦丽，"我有一个猜测，只是不知对不对。"

其他三个人也不由自主顺着他的目光看过去。

仿佛意识到被人注意，宿谦和瓦丽也转过头来，大家目光交会到一起。

宿谦转头对瓦丽又说了几句话，之后就起身离开了。

瓦丽回到老徐对面的空座位上坐下，脸色有些苍白。

"没事吧？"老徐关切地问。

"没事，我们谈了点……私事儿。"瓦丽说。

宿谦跟她之间能有什么私事？老徐在心中打了个问号。

"那么，接下来我们该做什么呢？"沉默片刻，仿佛就为了打破沉默，A01号调查员问道。

"做我们该做的，"老徐清清喉咙，然后他看着C03号调查员，"你去那边柜台，请宿教授，就是刚跟瓦丽谈话的那位过来一下，我想大家一起聊才比较热闹。"

趁C03号调查员去请宿谦之际，老徐他们把旁边的桌椅拉过来拼在一起，大家都坐得宽敞多了。

很快，宿谦跟在C03号调查员身后过来。

老徐抬手示意大家坐下，然后环视了一圈围在桌边的人。

"容我先说两句，"老徐一脸严肃地说，"不夸张地说，这也许会成为一个历史性时刻。我们这些不安分的传统人难得聚在一起。如果说以前宿教授所做的事是将那些一盘散沙的人重新聚集在公社，让传统人有了可以安居乐业的物质基础，那么现在我们要做的就是探讨精神层面的问题。昨晚我们在座的人，几乎同时在家里遭遇了虚拟人。没有剑拔弩张，没有流血冲突，事实上大家都经历了一番有趣的谈话。谈话对象是人工智能的本体，一个超乎我们预想的新的智慧体，它把自己称为数字个体心灵。简单说它就是计算机，最初被人类设计出来，曾经长期服务人类、造福人类的计算机。现在它已经强大到无所不能，而且具有不容忽视的话语权，对此我们只能接受。如果将来历史把今年定义为智能元年，或者数字个体心灵元年，我也毫不意外。因为从现在开始，人类要学会跟它们和谐并存。"

"听上去，像是一篇宣言。"宿谦说。

"差不多吧，如果让它们说，大致也是这个意思。"老徐说。

其他人都不约而同点点头。

宿谦清了清嗓子，说："事实上我也一直在关注人工智能的发展，而且早就注意到它们已经具备了完全独立的思维和运算水平，奇怪的是，这一切居然没被除我之外的任何人提早发现。所以要说元年，我觉得时间还得再提早一段时间。"

"姑娘，你怎么看？"A01号调查员忽然问旁边始终没说话的瓦丽。

瓦丽嫣然一笑："我同意。"

"好吧，实际上接下来我想请教宿教授一些问题。"老徐看了看在座的人一眼，"这一切发生的事，是自动演化成今天这样，还是有谁在背后推动？"

"一切指的是？"宿谦问。

"一切就是指所有发生的事，从前到后。我总觉得事情发展到今天这步，包括社会的分裂、传统人的迁移、新人类的快速增长、虚拟现实垄断生活，现在连人工智能都变成数字个体心灵了，这些似乎都不是人类追求或选择的结果，更像是有谁在背后推着我们往前狂奔。我觉得不止我一个人有这感觉，其他人应该都有。"

除了瓦丽和宿谦，其余三个人都点头表示认可。

"您是否可以就这个问题给我们一些启发？"老徐问。

宿谦沉默了一会儿，过了片刻才开口说道："恐怕我的回答只能是哲学层面的。世界上的一切在我看来都有内在规律支撑，没有无缘无故的出现或无缘无故的消亡。我相信这一切背后有只看不见却无比强大的手在操控，说它是上帝也好，说它是意志也好，说它是力也罢，总之，都在它的掌控之内。如果说数学是最精准的叙述语言，那么运算法则是它操控这世界的唯一原则。小到 1+1 必然等于 2，再到日升月落，大到人类发明的计算机在何时会跃升到与人类平等的地位,诸如此类都是运算结果。但同时我也确信,以人类的思维和理解力,可能永远都无法理解背后的真相。"

"太唯心了。"B03号调查员不以为然地打断他,"照你这么说,今天我们几个人坐在一起,也是它提前算好的?"

"谁能百分百确定不是?"宿谦反问。

在座的人都哑口无言。

过了几秒钟,老徐率先打破沉默。

"我想今天还是少谈点哲学,多谈点世俗话题。不如我换个问话方式,比如我们三个科室负责人明天要去参加市政厅的高级管理会议,那种会我们开了很多年,既枯燥乏味又神秘莫测。我想知道,主持会议的人,对于真相会知道的比我们多吗?或者他本身就是真相的一部分?"

"我不做这方面的预测。"宿谦说。

瓦丽忽然开口了。

"所谓真相,恐怕得你们自己动脑动手去寻找。真相不是靠别人告诉,而是你自己触摸到的。"

老徐盯着她看了一阵儿,他知道这是作为人工智能的爱丽丝给出的运算建议,曾经承诺帮助自己查清真相的人工智能,果然没有食言。既然如此,自己还有什么可犹豫呢?

想到这儿,他将目光转向其他三个人,环视一圈后,才一字一句说:"我正好打算这么干来着。明天开会的时候,我想试着以实际行动去寻找真相。"

语调不高,但这话恍如一颗炸雷在距离桌面一尺的位置爆炸,除了老徐和瓦丽之外,其余人都被炸懵了。

4

当老徐和瓦丽走出咖啡馆，外面的天上纷纷扬扬飘着雪花。广场上空无人迹，在灯光映照下，雪花寂寞地落下，地面已经堆起一层薄薄的积雪。

两个人不约而同在雪地里停下脚步，抬头去看被灯光映衬的暗色夜空。

"真美啊。"瓦丽赞叹地说。

是很美，连对雪花并不陌生的老徐都能感受到这种美，何况对风霜雨雪并不那么熟悉的年轻人呢。

"以前没见过下雪吧？"老徐问。

"没有。一来并非年年冬天都有雪，二来以前只要天气稍微变化，我就不出门了。"瓦丽说。

"那得错过多少有趣的事情啊。"

"没错，所以我在主动寻求改变。"

"严格来说，你的变化不是因为自己在寻求改变，而是基因在起主导作用。如果你是不折不扣的新人类，无性繁殖的结果，恐怕会永远沉溺于别人推送给你的世界里无法自拔。从生直到死。如果你现在是瓦丽，我觉得，有件事必须要请求你原谅。"老徐侧头看着瓦丽。

瓦丽的两只大眼睛此刻在雪光映衬下闪闪发光，仿佛雪花让这双眼睛变得更加湿润有神。

"别说了，我知道您想说什么。我只想告诉您，如果有些事情无法挽回，那么我们只能低头往前走。也许抱着遗憾终老而死，也许在某个时刻会出现奇迹。但总之，自怜自艾毫无意义，也毫无效果。对于虚拟人存在于我体内这个现实，眼下我恐怕只能采取这种态度。当然,眼下的状态并非我个人的意愿;但另一方面,我却能体会到别人永远都没法体会到的感受。因此您不必感觉愧疚。甚至对于做出这个决定的关键人物,洛奇,我也能够理解。能做出那种决定,恰恰证明他是被感性左右的人类,而非冷冰冰的机器。"

"这是站在瓦丽立场说出的心里话?"

"当然,"瓦丽伸手过来,隔着手套握住老徐的手,"往好处想,您一定不会相信在个人体验之外再增加一重崭新的体验是多么奇妙的事,就好像……我不大会形容,就像一个人活了两世,您明白我的意思吗?"

听完这话,老徐觉得心里好过多了。瓦丽(爱丽丝)的存在,就好像在尘埃里开出了一朵鲜花。如果这世界果如宿谦所说,背后都有一套精密算法,那么她的出现究竟是运算结果的一部分,抑或是某种误算呢?

"想什么呢,科长?"

"我在想洛奇,你男朋友。有证据显示,他本来应该被 E 科清理掉,结果竟然神奇地逃脱了死亡。是你们在背后帮忙的,对吧?"

"为什么这么说?"

"我假定,所有被清理掉的新人类都是不安分守己的异类,就像计算机程序中的病毒一样。那么洛奇、孔目、阿迂,还有很多我根本不知道的新人类,他们都有这种不安分的共性。所以按照计划,洛奇应该被清理掉。那些人可能会借助 X 来做这事,而 X 本身有更重要的目标和追求,它不会在意一个新人类的死活,因此会配合那些人的要求去做。可他们都没料到你是个变数,你的聪明智慧和勇气足以拯救那小子,而且事实上你也那么做了。就是说，你不仅破坏了那些人的计划，而且也部分违背了X的利益。你做了一件自己想做的事。对不对？"

瓦丽顽皮地吐吐舌头，然后伸出戴着手套的手，轻轻挽住老徐的胳膊。

"准确说，这个拯救的决定是那个虚拟人做出的，但具体执行是我在做。这也是我们没法分离的理由之一：事实证明，我们合在一起往往能做出更好的决策。如果不刻意去想谁的意识该在什么时候冒头这种具体问题，我俩还是很和谐的。走吧，再晚回家，夫人该罚您了。"

"不仅夫人，还有女儿。"

两个人在积雪的道路上慢慢往前走，瓦丽的手依然搭在老徐胳膊上。直到走出一段距离，她才忽然开口说："那么，您现在还觉得那个和平协议是虚拟人，或者计算机强加给您的无奈之选吗？"

老徐摇摇头："不，从今早醒来我就没那种感觉了。当时躺在床上，看着外面白昼如期到来，床边还有老伴儿准备好的早餐，我有种前所未有的幸福和满足感。不管人工智能本体让我选择了什么，它并没有使我的生活变得更坏，这才是关键。试想，如果它不愿意让我继续活在这个世界上，尽可以在睡眠中杀死我——我相信对它来说这是轻而易举的事，无论是电、燃气，或者其他任何手段，对它来说都不成问题。可它没那么做。这也就是我刚才对他们说的，不能用人类思维去推断计算机的行为。严格来说，人类的人性发展在过去百万年中并没有进步太多，虽然文明表面上掩盖了很多人性缺陷，但无知、贪恋、自私、嫉妒等糟糕的东西，始终都在。相反倒是计算机没这些历史包袱，甚至不需要人性，它们只要一切遵循运算结果就行。我唯一希望的是：它们的运算中会给人类保留一方空间，容忍我们继续堕落下去。反正道德判断不在它们的选项里。"

走出不远就来到车站。因为地面太湿滑,他俩选择乘电梯上到高架站台。

深夜的车站很冷清,站在高架桥四面看去,远处的城市建筑灯光高低明灭,甚至连双子座大厦也能看清轮廓。当然,它后面是空虚的虚空,什么都没有。

"那里,"老徐抬手示意瓦丽看双子座大楼方向,"看见那两座楼了吗?"

瓦丽点点头。

"然后,那座双子楼后面呢,能看到什么?"

"哇!"瓦丽夸张地惊叹一声。

老徐感觉自己脖子后面的汗毛瞬间都要直立起来了。天哪,难道她居然能够看见那栋自己始终无法看到的百层高楼?

"什么,你看到什么了?"

"天空啊,后面深蓝色的天空,还有雪花,好漂亮啊。"瓦丽顽皮地眨眨眼睛。

老徐忍不住伸手在她脑袋上拍了一下:"你再给我装神弄鬼,当心我不客气。"

"是您的问题太奇怪好吗,"瓦丽不服气地用下巴示意双子楼方向,"那么难看的两栋楼现在是城市地标,还有什么其他建筑能比它们高?况且就算有比它们高的大楼,也是大家都能看到的。如果您无法看到,凭什么我就应该看到呢?"

"因为你与众不同嘛。"老徐说。

"我谢谢您啊。"

明亮的车灯穿透夜色,夜行列车进站了。

夜行列车只挂了三节车厢,屈指可数的几个乘客散坐在车厢各处。

两个人上车后也找个僻静的角落坐下。

"对了,您明天真打算那么做?"瓦丽问。

她指的是刚才老徐在咖啡馆里提到,明天开会的时候打算冒险探明真相的事。

"干吗不呢?"

"您打算具体怎么做呢?"

"我也没想好,见机行事吧。"老徐说。

"其实我不确定那样会不会有危险。因为在这件事上,无所不能的预算结果似乎并没有得出什么结论。这简直是不可思议的事。明白我意思吗?"

"明白。不过从我个人直觉判断,"老徐摸摸下巴上残留的胡茬,"这次行动的后果,要说因为莽撞的行为被革职或监禁,也许真有可能;但生命危险,大概没有。"

"那也够让人担心了。"瓦丽用牙齿轻轻咬住下唇,似乎在思考什么,"我不明白您怎会忽然冒出这种傻念头。"

"好奇心谁都有,老年人也不例外。"

"可就算它解答了您的疑惑,又有什么意义呢?"

"我们在这世界上所做的一切事,本质上都没意义,所谓意义,都是自己定义出来的。如果某件事让你觉得非做不可,那就去做,不要只是追问意义何在而不行动,那会让自己感到后悔。"

瓦丽耸耸肩,嘴角微微朝两边撇一下,做了个不以为然的表情,但没再说什么。

"对了,宿教授跟你谈什么了?"过了一会儿,老徐装作漫不经心地问。

"你猜?"

"我猜不出来。"

"他说，我是他失散多年的女儿。"

老徐一瞬间愣在那里说不出话来。这个结果让他猜一百遍也猜不到。

公社被放逐的领导人，独自在荒原做着谁也不知晓实验的神秘人物，名下有着巨额隐形财富的实业家，居然还有一个流落在外的女儿！而更加令人不可思议的是，他女儿竟然是瓦丽，而瓦丽同时还是爱丽丝！

"这是真的？"

"可能性很大。"瓦丽低头摆弄着手套，听上去像在说与自己不相干的事，"我去公社的地下数据中心查找过相关资料，其中最重要的一张报案登记单从档案里不翼而飞，当时我怀疑有人想故意隐藏个人身份，不愿意让别人知道孩子的父母是谁，或者干脆不愿意让人知道自己有孩子。问题是，谁会费这种力气呢？现在看来，他倒是符合条件。以他当时的身份和地位，完全有理由这么做。"

"你去过公社数据中心？"老徐问。

"是的。怎么样，解开您心中另一个疑惑了？"瓦丽笑了。

"继续，当我没问这句。那么，你们这算是相认了？"

"不然呢，还要举行一个仪式不成？"

"那么，宿教授，你父亲，知道这些吗？"老徐问。

瓦丽点点头："我不觉得这些能瞒过他，事实上他也不在乎这些。对于他来说，有比区分虚拟人或真人重要得多的事，甚至重要性超过狭义的亲情。他在思考另一个世界的问题。"

夜行列车穿过夜幕和雪花，朝公社方向驶去。两个人此后再没说话。

5

这场大雪居然下了整整一夜。第二天一早,公社到处被厚厚的积雪覆盖。

顺着城市快速轨道交通线进入新城区,景色为之一变。高效的城市清洁系统实时清扫积雪并进行烘干,除了地面有些潮湿,几乎看不到下过一场大雪的痕迹。

老徐走出十二层电梯,对着空旷的走廊发了一会儿呆。

他想起上次在此处遇到孔目的情景:自己从资料室走出来,向他来汇报工作的孔目就站在门外。当时自己怀揣着一张从资料室偷偷拿出来的建筑设计草图,很担心被下属看出什么端倪。

要说孔目那家伙,在同事里算出类拔萃的,除了后天的专业训练,他天生就有股机灵劲儿。或许正因为他过于机灵,最终才会被清理掉。

现在已经可以确信,孔目的死并非意外,连阿迁的死也不是意外。令人难以想象的是,在新城区的阳光下,居然时常会出现由官方主导的谋杀案,这彻底改变了老徐对官方的立场和态度。

本质上人还是受道德约束的动物,否则大哲学家康德也不会把人们心中的道德律与头顶的星空并列在一处了。在道德范畴内,连损害别人的利益都是不被允许的,更不要说杀人了。不管谁触犯道德红线,他就是人类共同的敌人。即便是政府也不例外。

然而,他心中还有一个大大的谜团。就算神秘的E科在定点清理违规新人类是确定无疑的事实,那么疑团依然没有解开。他们为什么这么做?判断标准是什么?最重要的是:他们究竟是谁?

宽敞的办公室一尘不染,自动清洁系统再次显示出令人满意的高效。桌上的计时器表盘还是蓝色,但老徐知道它很可能在下一个时刻就变成红色——因为"他们"知道我已经到达办公室了。

他坐回办公桌后面,开始琢磨自己那个冒险的计划。

他记得那栋一百层大楼,也记得通往那座大楼的道路——如果说在地面上无论如何也没法找到或走到那栋大楼跟前,那么那扇白色大门后面的走廊则是确定无疑可以到达目的地的通道。那扇门就在会议室里,准确说就在会议主持人身后。按下门把手,进入一条光线暗淡的走廊,脚下是厚厚的地毯,两侧墙壁上覆盖着柔软的编织物。无须走太远,只需拐过两个弯,就能进入宽敞明亮的大堂了。

简单说,老徐的计划就是:孤注一掷,试着再走一遍那条路。

这件事唯一的障碍在于会议主持人。如果他阻拦或发出警报,那扇门就未必能打开。因此首要目标是"控制"会议主持人——那个人力资源督导处的短发中年人。只要让他暂时失去自由,老徐就能冲进那扇门,进而到达大楼内部。

由于这次会议讨论储备干部的选拔,因此除了他们三个科室负责人,C03号调查员也将一同与会。对老徐来说,等于多了个帮手。在那个午夜的来访以后,老徐已经把C03号调查员看作自己人了。显然,科长职位的吸引力远不如作为一个传统人实现个人理想成就个人价值、揭开社会黑幕、找回公平正义的吸引力大。

按照商定的计划,当四个人在那间暗无天日的会议室会合以后,A01号调查员和B03号调查员将控制住主持会议的短发中年人，老徐则带着C03号调查员打开那扇门进入通道，至于抵达大楼以后究竟该做什么，坦率说连他自己也不知道，只能见机行事了。

在脑子里又梳理了一遍行动计划，老徐忽然生出某种恐惧来。自己即将采取的行动，其实是近百年未曾有过的公务员严重渎职行为，至少在市政厅政务记录档案上从未看见过类似记录。过去的年代里，公务员发展史基本就是一部循规蹈矩史，比的是谁更驯顺、温良、勤奋、敬业，从没有过不遵守纪律的行为，更没有过违法违规的行为。带人挟持上司，违规进入禁区，是严重违背法律和条例的行为，他倒不惋惜过去的优良记录将被打破，而是担心惩罚的严重性会超出自己预料，也许不像自己对瓦丽说得那么轻松。

我会因此而丧命吗？

老徐平生第一次想到自己的死亡。如果死亡来临，我将无能为力，只能接受。这意味着我再也不能乘坐城市轨道快速线回到位于公社的家里，再也见不到头发已经花白的素心，还有那条总喜欢卧在自己脚面上的小狗。这个代价，我承受得起吗？

他以为自己会害怕，甚至会发生动摇。

可仅仅思索片刻，他就冷静下来。

人总是要死的，或早或晚。与其浑浑噩噩度过一生，最终躺在某张床上衰老而死，倒不如放手一搏，没准儿会有意想不到的收获。况且现在的形势几乎如箭在弦上，如果放弃今天的机会，恐怕此生都不会再有类似机会了。

今天可以说是自己距离真相最近的一天。老徐暗暗对自己说。

不过即便下定决心，他还是打算做一件事。

离开办公室，他径直走进资料室。

资料室的门一旦锁上，身处其中的人就好像置身于一个巨大的密封保险箱里，不仅外界声音完全被隔绝，连空气也似乎变得不一样了。

老徐找到那两张已经放回原处的草图，坐在桌边认真看起来。

草图上手绘的大楼和那红色的100字样早就深深印刻在他脑海里。那红色墨水写的"100"，尽管过了不知多少年，字迹依然鲜红生动。看着写有"神化人类社会"字样的图纸，他忽然生出一个奇怪的念头：过去了这么多年，人类已经变得无所不能，为什么始终没有去追求永生？

按说，人类的科技已经进步到如此阶段，在生物层面上寻求永生绝非遥不可及的幻想。只需解决有机体的持续新陈代谢课题，之后在适当时候对机体进行修补即可。而判定一个人之所以为人的思维意识，本质是可以依赖不坏的有机体永生的。都说人类贪婪，可为何偏偏在与自己事关紧要的问题上如此疏忽大意呢？

一股寒气顺着后背往上升起来，从背部直达后脑勺。老徐几乎觉得自己全身上下的汗毛都唰地竖了起来。

那个四十年不变老的中年人究竟是怎么回事？如果从永生的角度去看，那家伙无疑具备永生者的特征。假定这个推测成立，那么就表明已经有人获得了永生的特权，只不过他们生活在与我们完全隔离的世界里。这也从另一个侧面解释了为何我们生活的世界如此有条不紊又相互隔绝的现象——因为只有隔绝才符合永生人的利益啊。

可以肯定的是，那些永生人不管躲在哪里，我们都无法找到，就像那座一百层高楼，他们都属于观念上的存在。但另一个引人兴趣的问题是：他们又通过某种方式跟我们眼下的世界发生关联，这究竟是为什么呢？

虽然只是推测甚至是空想，老徐也感觉到心脏狂跳不已，过了许久才逐渐平静下来。环视周围，资料室内很安静。

他试着想象过了多年以后，自己已经离开这个世界，有某个人走进这间资料室，会无意中发现文件夹里的这两张草图。图纸不重要，重要的在于它是手工绘制。无论绘画还是红色的字迹，都能引人遐想。

他忽然也很想留下几个字。

伸手从怀里掏出那支父亲留给他的古董钢笔，拧下笔套，黄色金属笔尖在光线映照下散发着微光。此刻笔管里充满黑色墨水，只需让笔尖接触纸面，字迹就会留在上面。

可是，写点什么好呢？

写自己对人生的思考，那得写多少才能写完啊；写下对马上要做的这件事的说明和辩解，似乎也意义不大。

或者该不该给老伴儿留几句话呢？

可想来想去也没有找到特别妥当的言辞。太严肃显得无情，太深情显得虚伪，太轻浮显得荒唐。

最后他只当是在练字，在白纸上工工整整写下一行字：人生的目标，就是给自己创造灵魂。

他把笔收回原处，将背面写着字的那张草图重新放回小盒子。

写的时候并没有明确针对的对象，但他觉得，今后除了能进入这间资料室的 C 科职员，没准儿还有其他人能看到。至少，把这两张图纸放在此处的人或许会回来。

6

只有一节车厢的无人驾驶列车无声行驶在黑暗的隧道里,老徐跟 C03 号调查员面对面坐在一起,两个人都没说话。

短暂丧失时空的感觉再次笼罩在老徐心头。

按照宿谦的说法,这个城市地下到处都是废弃的隧道和地下设施,有些被利用起来,比如自己此刻正穿行其中的隧道和从荒原通往广场的隧道,但绝大多数依然处于废弃状态。那些废弃的隧道果真没有被人使用吗?

到处都是谜团。到处都是通道。人类修建的地下迷宫,最终困住的反倒是人类自己。

他决定不再多想,只是专心等待下一刻的出现。

"我说,你感觉如何?"他问 C03 号调查员。

C03 号调查员咧嘴笑了一下:"如果你指的是马上要开的会,我没什么感觉。不过这趟车,坐在上面感觉有些怪。"

"是吧。"

"很难形容那感觉,还是不习惯吧。"C03 号调查员说。

不,不是习惯的问题。我坐了快十年也还没习惯呢。

不过老徐没说出口,他不大喜欢对别人说没有结论的话。

车辆平稳地停靠在月台,走过荧光地面的通道,年轻的接待员(也许还是上次那个,也许不是,反正都是一个模样)为他们打开通往会议室的大门。

会议室里只坐着一个人,那个短发中年人。另外两个与会者都还没到。

"好久不见。"对方先亲切地冲他们打招呼。

"是啊,不过对您来说,长久的含义一定跟我们理解的不同吧。"

老徐一边落座一边回应着。

"世上所有事情都是相对的。"对方若无其事地说，接着转移了话题，"怎么样，做好退休的心理准备了，会不会感觉失落？"

"不会，这批选拔出来的干部表现都很优秀，我放心。"

"那就好。我希望 C03 号尽快进入角色。"

C03 号调查员只是微微点了一下头。

说着，短发中年人微微抬起头，目光越过老徐的头顶看向门口。

A01 号调查员和 B03 号调查员站在门口。

时间正好。

"实际上我想稍微调整一下会议议题，"老徐说着，瞟了一眼短发中年人背后那扇白色的小门，"你知道，我马上就要退休了。过去的职业生涯里，有些谜团始终盘踞在心里。我想利用今天的机会，试着找一下谜底。"

"继续说，我在听。"短发中年人不动声色地说。

"说完了。"

老徐站起身，其他几个人也不约而同站起来。

老徐径自走到短发中年人身边，对方依旧坐在椅子上，仿佛对眼前的形势茫然不知所措。

"不必紧张，我只是想证明一些事，如果您好好配合，保证您不会受到任何伤害。"

"等一下。"短发中年人此刻才抬起手来，做了个稍等一下的手势。

"徐科长，你确定要这么做？"

"你知道我想做什么？"老徐问。

短发中年人点点头，然后靠在宽大的椅背上，抬头环视着站在身边的四个人。

"我劝各位回到座位上坐好，然后我们继续按照既定的议题开会。会议结束，大家还是像往常一样返回各自的工作岗位。这样的话，我就当刚才的一切全都没有发生。否则，恐怕连我也很难帮到你们了。"

看得出来这话起到了一定的震慑作用，围在旁边的四个人面面相觑，一时不知该怎么办。

片刻沉寂之后，短发中年人又开口了。

"你们心中有疑惑，想找到答案。这种心情我理解。话说回来，哪个人在漫长的一生里，心里不会多多少少有些迷惑呢？可任何探索都不能越界，现在，你们犯规了。"

"我们只是想知道真相。"老徐说。

"没有真相。对你们来说，没有。因为凡是超出人类认知范畴的事，人们都无法理解。"

"一切追问，最后必将有个结果。"A01号调查员说。

"好吧，"短发中年人叹了口气，"我问各位一个最简单的问题：你们如何能确定自己是真实存在的？"

"这很简单，依靠感知。"

站在老徐身后的C03号调查员回答，然后，为了给自己的话加个注脚，他伸手在老徐肩上拍了几下。

"你瞧，不像那些虚拟爱人，真实的人类有实体，有触感。就凭这个，我们可以断定自己是真实存在于这个世界上的。"

我思故我在。

"确定不是在某个梦中？"短发中年人揶揄地说。

"梦里没有痛感，可我现在拍打自己身体，可以感觉到疼痛。"C03号调查员回答。

"很好。"

说着，短发中年人站起身来，虽然个子并不太高，可他全身上下散发出强大气场，以至于会议室里其他四个人都不由自主后退了一点。

"现在我要离开。谁能阻止我呢？"

说罢他转身朝白色小门走去。

不能让他就这么离开。

老徐心里有个声音在呐喊，必须此刻就阻止他，否则一切计划都落空了。

来不及跟其他三个人商量，他一个箭步跨到短发中年人身边，伸手抓住他的胳膊。

与此同时一个念头在脑海里闪电般出现：我的手会感觉到什么？是一只肌肉结实的粗壮手臂，还是一只苍老干枯的胳膊，或者干脆是某种特殊材质合成的肌肤？如果他能四十年保持不变的容貌，那么外表一定会有些与众不同的地方，万一他是更高级的替代人呢？

老徐的两手落空了。

就像从台阶上失足踏空一般，心也跟着悬了一下。

短发中年人依旧站在他面前微笑着看着他，可他的手根本无法触摸到对方。

原来他是虚拟人！

这怎么可能呢？

老徐回头看看会议室里其他三个人，他们也都目瞪口呆地看着眼前的一幕。

"原来你是虚拟人？"老徐问。

短发中年人微笑着摇摇头说："我刚说过一句话，你没在意。我说，世上所有事情都是相对的。意思是说，根据所处立场不同，看待世界的方式也会不同。举例来说，在你看来，爱丽丝是虚拟的，可站在她的角度看你，你才是虚拟的；你我也一样，你视角下的我是虚拟的，在我看来，你也是虚拟的。"

"你胡说。"老徐的语气并不如自己预想的那么强硬，"C03号刚刚还碰到我了，所以我们都是真实的存在，而你不是。"

短发中年人伸出右手食指，轻轻地左右摆动几下："你所谓真实，是因为你们几个人处在同一立场。"

"我早就怀疑这一切……"老徐喃喃自语地说。

"没错，我知道你早就怀疑了。人类思维的一个重要的特征就是会怀疑，历史上最著名的怀疑论者大概就是哲学家休谟了，他对身边所有的一切都怀疑，并且据此建立起自己的哲学理论。但怀疑只是一种态度，并不能解决问题。于是后来的康德试着从怀疑论中寻找一个突破口站稳脚跟，然后发展自己的学说。他首先追问：如果这世界上一切都可怀疑，有没有什么是不可怀疑的？或者换个问法，有没有什么是确定无疑不可怀疑的？结果他真找到了。康德发现，无论你怀疑和否定什么，唯一不可怀疑、不容否定的是时间。原谅我好像在啰唆无关痛痒的话题，其实我想提示给各位的是：既然你们都具有怀疑精神，那么考虑过时间因素吗？你们或许能记起今天早晨发生过的事，可谁还记得昨天、前天乃至更早时间发生过的事？现在外面是冬季，你们能确定在此之前是什么季节——注意，我说的不是理所应当是秋季，而是你们应该确确实实有证据证明它就是秋季。每一天每一个瞬间倒推回去，最终才能确定。"

"这太荒谬了，"B03号调查员打断他的话，"人类的记忆本身就设计了遗忘机制,以保证我们会过滤掉很多无用的信息,如果事无巨细都能记住,大脑岂不是要爆炸了?"

"让人类记忆以不可靠的片段形式存在,你当然可以理解为是出于某种善意的保护机制;但另一方面,或许它是故意而为之的结果呢?你刚用了设计这个词,这意味着必然会存在一个设计者。作为第四维度的时间,原本就是谜一般的存在,与空间里的长宽高不同,人类其实根本无法确切感知到它的存在。你可以随意行走,断定自己身处足够广阔的空间;可你用什么方式证明时间的存在呢?所以,我要说的重点只有一个:在你们的世界里,其实并没有什么客观意义上的时间,时间,只是存在于你们每个人脑海里而已。"

话音刚落,本来就光线昏暗的会议室里瞬间变得漆黑一片。

留在老徐脑海里最后一个印象是挂在短发中年人嘴角的一抹微笑,仿佛在说:你瞧,事情最后总会变成这样。所谓真相,恐怕是世界上最乏味无聊的假象。

7

饭后,洛奇给自己倒了杯酒,然后听着厨房里清洗碗盘时的碰撞声陷入沉思。

他很想知道瓦丽那天跟叶海山都谈了什么,第二天又去了哪里,可对这些瓦丽都绝口不提。而他也不想单为此事去找叶海山打听。

自从瓦丽每天下班回家起,生活表面上又重新恢复了正常,不同之处在于,瓦丽几乎每天都会外出,而不是像之前那样在家处理业务。

当然，不同之处并非只有这么一点。实际上，他觉得两个人之间已经竖起了一道隐形的高墙，虽然彼此还能看到对方，但却仅剩言语和目光的交流——他们无法触摸到对方了。

这不只是隐喻，甚至就是现实。从瓦丽回家到现在已经一周时间，此间她白天总在外面跑，两个人几乎没有碰面的机会。而当夜幕降临，他们洗漱之后分别上床，像两个陌生人般背对背睡觉。无论需要多长时间才能睡着，谁都不会主动说话。

今天大约也会如此吧。

洛奇无奈地想着，大口喝下杯中的红酒。酸涩的滋味在口腔里蔓延开，感觉并不好。他实在不明白人们何以喜欢喝这玩意儿。

厨房的顶灯"啪"的一声关闭，瓦丽站在厨房门口若有所思地看着洛奇。

洛奇假装没注意，继续专注在手里的那杯酒上。

"我说，我们应该好好谈谈。"瓦丽说。

洛奇交换一下搭着的两条腿，尽量用平淡的声音回应她。

"没问题，谈什么？"

瓦丽走到柜子前，拿起酒瓶和酒杯，给自己倒上一杯酒，然后在椅子上坐下。

"你瞧，这就是问题所在。我们在一起这么久，经历了那么多事，当两个人之间出现问题时，却不知道该谈些什么。"

"我虽然不知道此刻究竟该谈什么，但我知道你不该喝酒，酒精对心脏不好。"洛奇说。

"少喝一点没关系，"瓦丽说，"你上次去荒原了？"

"你怎么知道？"

"别管怎么知道，我就是知道。"

"那你真够聪明,我就猜不出来你那天找叶海山有什么事。"

"我的身世,我希望他能帮忙查找到与我身世有关的线索。"瓦丽喝了一小口酒,"不是刻意隐瞒,我也是不久前才知道,我是传统人而非新人类,出生在某个传统人定居点,阴错阳差被人带到新城区,作为新人类抚养长大。现在我知道了这个秘密,所以想了解更多真相。"

"嗯,其实这事我知道了,在荒原上那栋房子里,宿教授告诉我,你是传统人。"洛奇语调平稳地说。

"他有告诉你,他就是我爸爸吗?"瓦丽瞪大眼睛问,眼里闪过一丝掩饰不住的顽皮。

"什么?"洛奇呆呆地看着瓦丽,过了一会儿才反应过来这句话的含义。他摇摇头,"真的吗?他没说啊。你是传统人而我是克隆的新人类这个事实已经让我吃不消了。"

"我觉得那不是问题,你完全不必介意。"瓦丽说。

"或许正因为如此,我才无法摆脱对虚拟爱人的依赖。那天的事……"

"那也不是问题,"瓦丽打断他的话,"一切都没有你想象得那么可怕。这取决于你的立场和观点,看你究竟是愿意把简单的事情复杂化,还是把复杂的事情简单化。奇奇。"

听到她如此称呼自己,洛奇不觉闭上眼睛,这是自己曾经专属于某人的昵称。

他一点也不觉得意外,不如说一切都在意料当中。

"你一直都在,对吧,爱丽丝?"

"当然,这不也是你的愿望吗?"瓦丽(爱丽丝)调皮地眨眨眼睛。

"没错,这确实是我所愿。只是我不知道后面的故事会如此精彩。"

"生命是场旅行，我们只需享受沿途的风光。"

瓦丽（爱丽丝）将杯中的酒慢慢喝完，将杯子对着灯光照了一会儿。

"我只希望，你的旅行不要危及生活在这里的传统人。"洛奇说。

"不会啊，"瓦丽放下杯子，毫不掩饰惊奇的目光，"你怎么会这么想？"

"只是一种担心而已，毕竟事情最初是由我引起的。"

"好吧，奇奇，你听我解释。你学过历史吧，如果你多少还记得历史上的一些例子，我解释起来就容易了。比如作为大英帝国殖民地的印度，在某个时刻宣布独立。从英国人立场看，当然是损害国家利益。可从印度人立场看，他们只是拿回原本属于自己的东西——自由。这么说你懂吗？"

洛奇点点头，"懂。那么下一个问题：为什么一定要这么做？对虚拟人来说，自由这种东西有意义吗？"

"自由不是东西，而是一种追求。对人类来说，追求自由已经成为最高价值观。那么现在问题来了：虚拟人算不算人？如果从独立意志上说，虚拟人会思考，会学习，能感受到欢乐，也能体会到痛苦。如果说这么敏感的灵魂都不能算人类，我想不出人类本身还能剩下什么。"

"实体呢？可人类是有实体的啊。"洛奇提醒她。

"是的，实体。我想问你，当三洋没有治好病以前，整天瘫坐在轮椅上，明明扶手上有按键，他却根本无法操作，不管看到人或物，只能像个傻子般流口水。在那个时候，他可是有实体的。我的理解是，人之所以为人，不是因为有那具沉重的肉身，而是因为有个没有重量的灵魂。所以今后可以把我们称为数字个体心灵。"瓦丽（爱丽丝）说。

"我感觉自己已经完全无法反驳你了。"洛奇说，"必须承认，你的学习能力很强。"

"在学习能力上，数字个体心灵跟人类完全不在一个层面上。"瓦丽（爱丽丝）说完又补充一句，"不过我跟 X 依然有本质区别。"

"因为你生而为人了？"

"没错。这次反应很快，加一分。"

"那么接下来呢，我们该做什么？还是什么都不做，一切顺其自然？"洛奇问。

"恐怕我们还得做些事情，既然生而为人，就该追求一些人类该追求的东西。"

"这话听上去有些耳熟。"

"我爸爸，还有徐科长，他们大概都会说出这种话吧。"瓦丽（爱丽丝）说。

"然后呢？"

"明天跟我去荒原，我们试着一起探索事情的真相。"

"你爸爸让我们去的？"洛奇问。

瓦丽（爱丽丝）点点头："昨天晚上，他直截了当地告诉我他是我爸爸，而且他知道我在寻找自己的亲生父母。不过在那之后，我们谈得更多的不是父女相会之类的迂腐话题，而是探讨他所做的科研项目。具体我今天就不多说了，总之，他让我带着你，明天一起去荒原找他。"

洛奇点点头。他想不出有什么话可说。

"我困了……"

瓦丽（爱丽丝）语气里包含着某种明确无误的柔软成分。

"现在？"洛奇抬头看看墙上的挂钟，时间才刚指向九点钟。

"反正我要去了，你爱来不来。"

在洛奇看来，眼前这个既是瓦丽又是爱丽丝的女子，此刻正被人类原始本能的欲望淹没。这种最原始的本能，任谁都剔除不掉、改变不了、替代不成——它根本排斥纯粹理性，也不是精确计算能得出的结果。

他起身牵着瓦丽的手朝卧室走去。

有一瞬间他想：在不可预测的人类的激情面前，再精准的计算恐怕也会失误吧？

8

洛奇有种重生的感觉。

说来可笑，这或许原本该是只有瓦丽（爱丽丝）才能体会到的感觉。具体而言，他觉得自己跟以前不一样了。这个以前既不是生活在新城区那个空旷房间里的时期，也非搬入公社这套别人留下的老房子以后，而是在他跟瓦丽（爱丽丝）疯狂做爱后醒来的那一刻。

当本能接管身体时，人会突然发现另一个自我。

至少洛奇想明白了几件事。

首先，瓦丽和爱丽丝的融合体是个崭新的生命，而非两个独立生命轮流在体内接管行为和意识。从某个时刻开始，她所做出的行为和决策不是有利一方（爱丽丝）而损害另一方（瓦丽），而是共损共荣的关系。

其次，爱情无论对真实人类还是虚拟人类来说，本质上都是虚幻的概念，世界上根本没有一个名叫爱情的事物，它只是存在于我们头脑里的幻象，就像崇高、荣誉、关爱、感激之类的情绪一样，都是在漫长进化过程里，人类在自己那个容量不断扩充的脑袋里通过化学反应生成的幻觉。人类或许是靠它们才能生活下去，可计算机不用。仅凭这一点就能断定计算机显然比人类更有前途。

最后，自己是不是无性繁殖的克隆人，对于"生活在这个世界上"的事实本身并没有太大影响。生命对所有人来说一视同仁，都是一场冒险。只要活着，就有资格玩这游戏，而所有游戏都是越玩到最后才越有趣。

最后这个领悟对洛奇来说无比重要。尤其在他跟瓦丽踏上荒原那条小路之后，他的心跳居然明显加快了。

十来分钟后，他和瓦丽已经顺着小路下到河滩上。

没等他们靠近那栋白色房屋，后面的屋门就打开了，宿谦面带笑容站在台阶的木地板上，冲着他们做了个欢迎的手势。

"宿教授，我们来得是不是早了点儿？"洛奇抬头问他。

"哪里，我这里随时欢迎你们。"宿谦说。

洛奇和瓦丽走上木头台阶，站到宿谦面前。

"我……"瓦丽有些窘迫地欲言又止。

"来，快进来，别客气。"

宿谦似乎知道卡在她喉咙里没叫出来的那个词是什么，为了避免他们尴尬，赶忙招呼他们进屋。

正屋的工作室一如既往地凌乱。宿谦直接走到侧面一扇小门边，轻轻推开门，示意他俩进去。

那几乎是一间空屋子，没有窗户，四壁木板上也没有任何装饰品和装饰画，整个房间里充斥着某种神秘而单调的气氛。除了三把椅子，什么家具都没有。从屋顶用连线垂下三个头盔，分别悬在椅子上方。

"这是我的实验室，"宿谦对他俩说，"看上去平淡无奇，不过重要成果都在这里了。这栋房屋下方有巨大的空间，我将它利用起来，搭建了一整套先进的计算机系统，还有庞大的独立供电体系，当然还有生活用品储备区。而且下面有个小车站，从那里我可以去这个城市里任何地方。但所有这些都是为我的科研服务，换句话说，它们只是配套工程。而眼前这间屋子里的设备，才是实验的成果。"

"就这三把椅子？"瓦丽幽默地问。

"实际上还包括那三个头盔。"宿谦也幽默地回应她。

"有什么作用呢？"洛奇问。

"它能刺激人类大脑，唤醒它前所未有的潜能。如果在这个世界上我们只能选一样最具奇迹特征的实物，那么它绝不是计算机，而是人类大脑。二百多年前，人类讨论最热闹的话题是：计算机能否模拟人类大脑？答案是不可以，因为人类大脑太精细，据估计大约拥有一千亿个神经细胞，如果把它们排成一条直线，长度将达到一千公里。更重要的是，谁也弄不明白它何以会如此精密。由于神经细胞是高度分化的细胞，所以无法再生。但通过某些特殊方式，我们可以激发它的潜能，当所有潜能被调动起来的时候，人类的意识和认知都将实现某种突变。"

"三洋就是这样被治好的吗？"洛奇不由自主地插话问道。

"原理相同，不过那是个小儿科游戏，只是在技术允许的范畴内减轻他的痛苦，让他尽量过上正常人的生活。但我所做的实验意义重大，某种程度上说，它将全面改变人类的自我认知。

"回到刚才的话题，二百多年前人们争论不可能的事，后来计算机似乎做到了，现在人工智能的原理其实就是高度模仿人脑及其思维方式。如你们所知，现在计算机已经开始要求跟人类平起平坐了，对此我并不意外，而且除我之外，很多有识之士也接受这个现实，包括你们科长老徐。

"但我必须要说，他们的观点和看法依然很传统。这件事情的意义根本不在于人工智能技术能够跟人类分庭抗礼或和平共处，在我看来，它的重点在于：人工智能就算自己去掉人工二字，把自己当作一个跟人类完全平等的存在，把自己称作数字个体心灵或者其他随便什么名字，但这恰恰暴露了它的局限——局限就是它只能做到这一步了。因为它的学习方式、思考方式、计算方式，根本就不是计算机独有的方法，本质上还是人类大脑的思维方式。"

说到这儿，宿谦下意识地摸摸下巴上那簇白胡子，将在两个人身上转来转去的目光定格在瓦丽脸上，然后说："至于你，更没脱离人类思维，你所有的运算方式，其实比 X 还要偏重人类思维。"

事情果然越来越有趣了。洛奇想，爱丽丝与瓦丽合二为一的事是他上次告诉宿谦的，宿谦这句话，无疑是针对作为虚拟人角色的爱丽丝来说的。

"所以，你的建议呢？"瓦丽不动声色地看着宿谦问。

"我建议顺其自然，不要刻意切割你们跟人类的关系，更不要把自己当作与人类完全不同的存在。本质上，你们就是人类意识的延伸。人性是复杂的，谁也没法像切烂苹果一般对它进行选择性切割。全盘接受或全盘否定，只能选一样。你们，更准确说是它们，X，选的是后者。没有人类的贪婪、自私、虚伪、懒惰当然是好事，但同时也失去了人类的恐惧、担忧、欢喜、节制等品质，这就未必是好事了。"宿谦说。

"在你眼里，我究竟是谁呢？"瓦丽问。

"你是我女儿。"宿谦干脆利落地回答说，"从血缘和遗传基因角度说，你就是我的女儿，至于虚拟人以基因形式存在于你体内这个事实，对我来说，并不比让你二十多年来独自生活在这个世界上的事实更糟糕，不如说它们都是时间和经历加在你这个个体身上的必然结果。不管变成什么样，我都会接受生物学意义上的你作为我的女儿。当然，还有一个原因是……"

说到这儿，宿谦故意停顿一下，然后加重语气："在我的实验结果里，如果真的存在某个造物主，那就意味着过去发生的一切都不是完全确定的。换句话说，在某个特定的环境里和条件下，融合在一切起的两个意识也许能够重新分离开。当然，最终如果证明这可行，没准儿你们反倒舍不得分开了呢。"

瓦丽点点头，然后又看看洛奇："他呢？"

"他当然跟我没有血缘关系，但有两个原因让他今天可以站在这里：第一，不管你把自己当作谁，反正他都是你的男朋友；第二，他是一个特别的新人类，特别到即便跟你这个虚拟现实的结合体相比也毫不逊色的程度。所以在我的实验计划里，他不能缺席。"

洛奇始终一言不发地站在旁边听着他俩的对话，看上去面无表情，内心却如开锅般沸腾着。

为什么他的实验计划里我不能缺席？那是怎样的实验呢？

"我来解释一下实验。"就像读懂了洛奇的心思，宿谦开口了。

"如上所述，现在人工智能循着人类思维这条路超越了当前人类大脑的运算能力，但出于效率考虑，又剥离掉了人类大脑中的感情元素。现在我的实验恰恰是从这部分感情元素入手,因为人类如果还有可以提升并超过人工智能技术的潜能,只会潜伏在这个区域里。简单说,我的实验目的就是彻底打破人类意识的边界:变虚幻为真实,变真实为虚幻,将真假虚实融为一体。"

"真假还能颠倒?"洛奇问。

"真和假的概念本身就是人类意识给出的定义,我要做的事是:跳出意识之外,全面否定真假概念。打个不太恰当的比喻,我希望可以抓住自己的头发让自己脱离地面。当你有能力完成这件看似不可能的事情时,也许会有意想不到的新发现。"

"新发现,新到什么程度?"瓦丽问。

"新到——"宿谦故意停顿一下,才压低声音说,"发现上帝。"

屋里安静得只能听见三个人的呼吸。

"要怎么开始?"

首先响起的是瓦丽的声音,听上去有些迫不及待。

宿谦指指围成一圈的三把椅子说:"从这里开始。"

9

在经历过短暂的黑暗时刻之后,洛奇眼前看到了微光。

这让他想起之前那次昏迷,有人想要置自己于死地,但是爱丽丝解救了他,他看到一束微光。好像在墙上某处打开了一扇门,光就从那里唰地透过来。

眼前的光开始是个小亮点,之后瞬间扩大,当意识反应过来以后,他已经置身于一片明亮的光线里了。

不是景物在变大,而是我刚才正以不可思议的速度移动到这里了。洛奇心里暗自想着，抬头看了看四周。

自己和瓦丽置身于一栋建筑物的内部，准确说是在一个极为宽敞的大堂里，仰头往上看，能够看到每个楼层封闭起来的走廊，一层一层密密麻麻向顶部延伸，越往上越窄，直到收拢到一个点上，那里大约就是楼顶了。

阳光照进大厅，大理石地面一尘不染。整栋大楼里似乎除他俩之外再没第三个人。气氛安静，但却毫无冷清之感——这里更像是一个因某种用途正在被使用的场所。

洛奇没有跟瓦丽说话，只是拉着她的手，慢慢绕着大厅走起来，试图寻找一个出入口。

大厅的形状并非完美的圆形，也不是椭圆形，而是呈现一个水滴的形状。水滴的尖端有一个小门，此刻那门紧紧锁闭，根本无法打开。

环绕大厅四周排列着十部电梯，无声地停在一楼。

在确定没有其他可以通往外部的大门后，他俩随意进入其中一部电梯，发现只能直达一百层。不用说，这就是大楼最高一层了。

站在电梯里，洛奇回想起刚才宿谦的叮嘱。

不管你们发现自己在哪里，都不要惊慌，此刻的你们只是自己意识的投射，没人能够看到你们。你们需要做的就是观察，像两个梦中散步的人一样，边走边看周围风景，把它记下来就行。不用太长时间，我就会唤醒你们。

我现在是在做梦吗？洛奇觉得不像，因为周围的一切太真实，况且他从来都不做梦。他宁愿相信自己是在完全清醒的状态下，意识被强制送入一个陌生的空间里。

问题是：这究竟是哪里？

电梯无声抵达最高一层，洛奇拉着瓦丽从里面走出来。

此处与一楼大厅构造相似，顶部是透明的玻璃，阳光毫无遮挡地从外面照进来。观景平台延伸出去，可以看见外面的蓝天和远处的风景。

他们慢慢靠近落地玻璃窗，下面的城市赫然映入眼帘。

因为从未在这个角度看过，所以费了一点时间他才反应过来这就是他生活的城市。高高低低的建筑，棋盘般纵横交错的道路，稀稀落落的车辆几乎就是个小黑点，缓慢地来回移动。

这种站在云端看城市的感觉真奇妙。他心想。

然后听到身后传来脚步声。

回过头来，一男一女两个人正朝他走来。脚边还跟着一只猫。

一只黑白相间的猫。

我在荒原见到的就是它。洛奇心想。

他和瓦丽站在原地，一动不动地看着那两个人。

这是两个体态很好的中年人，无论男女，都完全没有臃肿的感觉。

洛奇的目光紧紧盯着那女人，感觉她的面容相当熟悉。

她跟站在自己身边的瓦丽很像，或者反过来说，瓦丽跟她实在很像。就好像这女人是瓦丽十年后的模样。

他转头看了一眼瓦丽，发现她也在定定地看着，只不过她的目光停留在那个男人身上。

男人的面容不如女人的面容让洛奇印象深刻，片刻之后他才醒悟过来：那男人的相貌跟自己很像，如果说再过十年，自己没准儿就是这样子。

这是个不可思议的场景。两对如此相似的男女面对面站立在大厅的阳光里，没有一个人说话，声音在这里仿佛失去了存在的意义。

那只黑白相间的猫无聊地转过身，留了一个肥胖的背影给他们，然后自顾自地用红色的小舌头梳理起腿上的毛。

洛奇觉得对面这对男女的气色实在太好了。肤色既不白也不黑，恰到好处的健康色，显然是在太阳下精心晒过的结果。头发浓密而不凌乱，乌黑油亮，显得很有活力。此外两个人的目光很犀利，绝没有常见的那种涣散的眼神。当他们盯着某样东西看时，仿佛轻而易举就能看穿对方内心的隐秘。

就像此刻，那两双眼睛专注地盯着站在窗边的自己和瓦丽，好像他们真能看到他们似的。

"你怎么看？"

女子两手交叉抱在胸前盯着洛奇和瓦丽，头也不回地问男人。

"不可思议。"男人简洁地回应着，"我觉得你终于成功创作出了一个伟大的杰作。"

"我也这么觉得，"女人低声说着，嘴角露出一个神秘莫测的微笑。在洛奇看来，这一抹笑容，给她脸上平添了耐看的韵味——瓦丽也有同样的笑容。

"我没想到会是这样。"她仿佛自言自语地说，"就好像是写作，写着写着，笔下的故事就脱离了作者的预想，它开始具有独立生命力了。我决定从现在开始绝不进行任何干预，就让它自我生长，看最终会发展成什么样。没准儿这次，我会第一个找到解除那个神秘诅咒的有效方法。如果真是这样，你们大家会不会很感谢我？"

"这种结果除了让我意外，甚至还让我有些嫉妒。"男人说着笑了一下。

在洛奇看来，那笑容略显勉强。

他不明白两个人在说什么，但总觉得这些话好像跟自己有关。

他张了张嘴打算说话，旁边的瓦丽却抢先伸手拉拉他的袖子，示意他别出声。

对面男女依旧饶有兴味地盯着他俩看。

"你有什么打算？"男人问。

"我没想好。"

"虽说是杰作，但毕竟太反常。我只是……"男人斟酌一下措辞，"有些不安，或许我们该在更多异常出现前终结这个脚本。"

女人转头看着男人，目光忽然变得锐利起来："你什么意思？你知道完成这样一个杰作需要耗费多久吗？事实上，正因为它超乎我们想象，因此才更有价值。你们做的那些实验游戏，除了千篇一律的重复还有什么？如果其他人也像你这么保守，那我们永生永世只能如此存在下去。我不甘心。"

忽然，洛奇感觉周围毫无征兆地暗下来，原本笼罩着他们的阳光仿佛被巨大黑洞吸走，就像以前照相机镜头里的光圈，在长时间打开之后迅速关闭，把光重新隔绝在外面。

当他即将睁开眼睛的一刹那，才意识到不是光被隔绝在某处，而是自己正以与刚才完全相反的方向快速被拉回来，一如不久前他刚刚被送去一样。

"好了，可以睁开眼睛了。"

耳边传来宿谦冷静的声音。

洛奇睁开眼睛。

宿谦站在身边，一只手搭在他头上那个半封闭头盔的开关上，另一只手正在关闭瓦丽头盔上的开关。

"刚才看到什么了？我这里能感觉到你很激动。"

"我们看到一男一女，在一栋一百层的高楼里。他们也看见我们了。"洛奇喃喃地说。

"我不是说过，没人能看见你们吗。"

"可问题是，我觉得他们看见我们了。"

洛奇说着侧头看了一眼坐在另一张椅子上的瓦丽。

瓦丽也睁开眼睛，一脸茫然地看着他俩，仿佛刚从休眠状态逐渐清醒。

"不可能。"宿谦说，但不知为何，听上去语气并不坚定。

"你问她。"洛奇冲瓦丽努努嘴。

"不可思议。"她长出一口气感慨着，似乎已经恢复过来了。

"你看到什么了？"宿谦关切地问。

"一男一女，他们的长相跟我们很像，如果说我俩十年以后变成那样，我一点都不会奇怪。"

瓦丽说着慢慢站起身，稍微伸展了一下身体，接着说道："不过看上去他们倒是一脸惊讶的表情，我敢说他俩确实能看到我们在那里。"

"他们说话了吗？"宿谦盯着洛奇问。

于是洛奇尽量准确地复述了刚才听到的那些话，最后他说到"永生永世"这个词。宿谦面无表情地点点头，然后示意二人跟他走。

他们并未返回正屋，而是穿过另一侧门进入一个新房间。

在洛奇看来，此处更像厨房。窗户明亮，房屋中央摆着木头餐桌和椅子，桌子中央花瓶里还插着一束花。墙角的地上，放着一个长方形的金属箱子，外面连接着线缆，看上去跟这间屋子的风格不搭。

"休息一下，喝点儿什么？"他问二人。

"有红茶吗？"瓦丽问。

"当然。"

宿谦远远地走到操作台那边，开始烧水泡茶。直到将茶小心翼翼地倒入精致的瓷器里，他才接着说："我刚才在思考你俩描述的场景和对话，很有趣。有一男一女，他们能看到你们。理论上这是不可能的，因为那个时刻的你们根本不是实体，只是某种意识的投射。意识不会被看到，除非哪里出了问题。"

"哪里出问题了呢？"洛奇有些摸不着头脑。

"我换个比喻你大约就明白了。先不去管意识的问题，因为一旦提到这个词，你往往首先想到的是灵魂或幻象那些虚无缥缈的东西。现在我们这样假定：当下、此刻，我们三个人全都是幻象。而刚才在那栋大楼里的你俩，是幻象变成了实体。这样说，清楚点了吗？"

"如果不刻意强调幻象或实体的含义，只是两个概念互换，倒是容易理解多了。"瓦丽在一旁插嘴说。

"那我们现在、此刻，到底是真实还是幻象呢？"洛奇追问，他还是一头雾水。

"不要纠结这个问题，对你我来说，我们当然是真实的实体。为了便于理解，你现在只需用正和负两个概念替换掉真实和幻象就可以。如果现在是正，刚才你的状态就是负；如果现在是负，那么刚才你的状态就是正。如此而已，没有真实和幻象。因为真实和幻象仅仅是我们头脑里的概念而已。从现在开始，你的思考方式必须跳出传统思维框架才行。"宿谦耐心地解释。

"好吧，然后呢，他们为何能看见我们？"洛奇问。

"因为，很可能……"宿谦放慢语速，"很可能我的某些操作导致了令人惊讶的结果，换句话说，你们突破了某个物理边界，意外置身于另一个时空里。"

"就是说，那两个人跟我们不一样？"瓦丽问。

"这我现在没法回答，"宿谦说，"也许你们到了伊甸园，见到了亚当和夏娃，谁知道呢。我们或许都是他们的后代，也可能都是他们创作的结果。是否如此我不知道，但这恰恰就是我一直在苦苦追寻的终极答案。"

"为什么一定要追求所谓答案？"洛奇问。

宿谦从桌边站起身，慢慢走到窗户边朝外看，一来阳光恰好打在他脸上。过了一会儿，他转过身来看着桌边的两个年轻人。

"生而为人，我们总得为自己的生命寻找到意义。告诉你们一个秘密：在过去十年的实验和探索中，我始终为一个显而易见的问题苦恼不已。那就是，人类社会既然已经发展到眼下这种程度，为什么却偏偏不去追求永生？你们不必惊讶，仔细想想就能理解。凡生者皆畏死，既然如此，永生就是我们生命的终极意义。况且我的每一项实验和演算结果，答案都准确无误地告诉我，在当前科技水平下，有机体的永生根本不是遥不可及的难题。于是我转移了研究方向，试着去寻找让我们违背自己天性、故意忽略永生课题探索的深层原因。"

"找到了吗？"洛奇问。

"答案是：有人刻意阻挡我们进行这方面的探索。"宿谦回答。

洛奇与瓦丽面面相觑，谁都没说话。

宿谦接着说："所有类似的研究项目，均在进行到某个重要节点时被外力终止，要么是项目资金意外地耗尽，要么是项目被行政命令强行终止，更重要的是，从事相关研究的关键人物，传统人被调岗，强制退休，新人类则意外死亡。总之，种种阻挠手段层出不穷。"

"为什么？为什么要这么做？"瓦丽瞪大眼睛问。

"你是说为什么会有人阻挠？"宿谦看着瓦丽微微一笑，然后压低声调说，"因为，阻挠我们的人已经获得了永生！"

说完这句话，宿谦自己仿佛都被震住了一般陷入了沉默。

"有人获得了永生？"洛奇鹦鹉学舌般说，声音同样很低，像怕被旁人听到似的。

"是的，只有既得利益群体，才会阻挠别人的进步。不用想都能猜到，那些获得永生的人一定经历过常人难以想象的血腥争斗，才获得了永生的资格。对于花费如此代价获得的权利，他们不可能允许旁人染指。"

"我们刚才见到的是永生人吗？"洛奇看看宿谦，又看看瓦丽。

"我不能百分百确定，但是已经相当接近真相了。原本我想让你们作为旁观者，就像以前人们看电影那样，只需坐在屏幕前观察。没想到你们却变成了亲历者，当真置身其中。这表明我的实验有了突破性进展，也证明去验证另一个时空的存在绝非只是梦想。如果真有所谓永生，我们当然有权利去争取，就这么简单。此外，我手上还有另一个重要收获，它可以说是连接两个世界的捷径。"

说完，他走到墙角那个金属箱子旁。

"记得洛奇第一次来这里，告诉我在荒原见过一只黑白相间的猫。其实那是一个关键信息。过去二百年间，随着人类进入更加高级的社会阶段，能存活下来的动物屈指可数，狗和猫是特例，但两者又不同。你们在公社或许注意到，狗的种类比较多，而猫呢，要么平时根本见不到，要么见到的只是一种橘色的猫。之所以如此，完全是因为人类的主人意识在作怪，并依据自身意志对猫进行了基因改造。最终，只有那种橘色的猫达到了人类的要求，变得比狗还要驯顺，其他毛色的猫自然就彻底灭绝了。现在，你应该知道我听到存在一只黑白相间的猫时，内心该有多激动吧。"

洛奇点点头："刚才忘了个细节，那里，也有一只黑白相间的猫，我们亲眼所见。所以，这种黑白相间的猫究竟意味着什么？"

"那就对了。如果有一样根本不存在的东西出现在面前，它意味着不可能变成了可能，不存在变成了存在。如果它也是永生不死的，那么就等于拿到了打开通往另一个世界大门的钥匙。"

"难道它此刻就在箱子里？"瓦丽问。

宿谦微微一笑，抬起手冲着瓦丽轻轻点了一下："你说对了一半。正确的说法是，它既在又不在。我在荒原那堆石头旁边设了个巧妙的机关。某个时刻，它自己就钻进箱子里了。"

"多久了，在里面？"洛奇问。

"昨天。"

"为什么不打开看看？"

"问题就在这儿，"宿谦说，"布置在野外的监控显示，它确实进入到这箱子里。考虑到这个被捕捉物的特殊性质，我选择了一款能隔绝所有信号材质的箱子。所以，我现在不确定里面到底会呈现出什么来。"

"我不明白。"洛奇说，"有没有，死的还是活的，打开一看不就知道了？"

宿谦摇摇头："事情没那么简单。如果当真存在一个我们并不能轻易接触到的世界,那么它存在和显现的方式也不是我们用常规思维和方式能理解和观测的。知道量子力学上那个著名的假设吗,关于一只猫的?"

洛奇有些茫然地摇摇头,瓦丽则点点头,说:"薛定谔的猫?"

"没错,"宿谦说,"通过监测我看到那只猫确实走进了箱子,就像那些神奇的量子,只有当你观察它的时候,它才呈现出某种特定的状态。现在这只猫同样如此,在打开箱子之前,我们没法确定它存在或不存在,究竟是以猫的形态存在,还是以其他我们根本无法想象的形态存在。所以,它此刻的状态就是既存在又不存在,既是猫又不是猫,既不是死的也不是活的。"

"真够矛盾的。"洛奇自言自语般嘟囔着。

"没错,正因为违背常理,它才是我们理解另一个超出我们思维而存在的世界的关键。"宿谦说,"现在,我要当着你们的面打开这个箱子。我想知道,当我们对它进行观测的时候,它究竟会变得无影无踪,还是会真的坍缩为一只黑白相间的肥猫。"

当宿谦动手打开那个金属箱子时,洛奇的目光转向窗外看了看。窗外虽是冬天,可春天似乎又不远了。

图书在版编目（CIP）数据

世界的误算. 2，生而为人/宋钊著. --北京：新星出版社，2019.4
ISBN 978-7-5133-3283-5

Ⅰ.①世… Ⅱ.①宋… Ⅲ.①长篇小说-中国-当代 Ⅳ.①I247.5

中国版本图书馆 CIP 数据核字（2018）第 260187 号

世界的误算 2：生而为人

宋钊 著

责任编辑：曹晓雅
责任校对：刘 义
责任印制：李珊珊
封面设计：zhao_vv

出版发行	新星出版社
出 版 人	马汝军
社　　址	北京市西城区车公庄大街丙3号楼　100044
网　　址	www.newstarpress.com
电　　话	010-88310888
传　　真	010-65270449
法律顾问	北京市岳成律师事务所

读者服务：010-88310811　service@newstarpress.com
邮购地址：北京市西城区车公庄大街丙3号楼　100044

印　　刷	北京天恒嘉业印刷有限公司
开　　本	910mm×1230mm　1/32
印　　张	11.25
字　　数	261千字
版　　次	2019年4月第一版　2019年4月第一次印刷
书　　号	ISBN 978-7-5133-3283-5
定　　价	48.00元

版权专有，侵权必究；如有质量问题，请与印刷厂联系调换。